O COMPLÔ do CASAMENTO

Também de Kristina Forest

Um favorzinho do vizinho

KRISTINA FOREST

O COMPLÔ do CASAMENTO

Tradução
Dandara Morena

1ª edição
Rio de Janeiro-RJ / São Paulo-SP, 2024

VERUS
EDITORA

Título original
The Partner Plot

ISBN: 978-65-5924-339-6

Copyright @ Kristina Forest, 2024
Edição publicada mediante acordo com Tassy Barham Associates e Ginger Clark Literary, LLC.
Os direitos morais da autora foram assegurados.

Tradução © Verus Editora, 2024
Direitos reservados em língua portuguesa, no Brasil, por Verus Editora. Nenhuma parte desta obra pode ser reproduzida ou transmitida por qualquer forma e/ou quaisquer meios (eletrônico ou mecânico, incluindo fotocópia e gravação) ou arquivada em qualquer sistema ou banco de dados sem permissão escrita da editora.

Verus Editora Ltda.
Rua Argentina, 171, São Cristóvão, Rio de Janeiro/RJ, 20921-380
www.veruseditora.com.br

CIP-BRASIL. CATALOGAÇÃO NA FONTE
SINDICATO NACIONAL DOS EDITORES DE LIVROS, RJ

F797c
    Forest, Kristina
        O complô do casamento / Kristina Forest ; tradução Dandara Morena. - 1. ed. - Rio de Janeiro : Verus, 2024.

        Tradução de: The Partner Plot
        ISBN 978-65-5924-339-6

        1. Romance americano. I. Morena, Dandara. II. Título.

24-93333
        CDD: 813
        CDU: 82-31(73)

Meri Gleice Rodrigues de Souza - Bibliotecária - CRB-7/6439

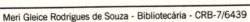

Revisado conforme o novo acordo ortográfico.

Seja um leitor preferencial Record.
Cadastre-se no site www.record.com.br e receba informações sobre nossos lançamentos e nossas promoções.

Atendimento e venda direta ao leitor:
sac@record.com.br

Para Jason

Prólogo

ONZE ANOS E MEIO ATRÁS

Para Violet Greene, houve um momento distinto em que ela parou de sentir que a vida era apenas uma sucessão de dias monótonos no calendário e de repente começou para valer. Um momento que mudou tudo.

Aconteceu quando ela tinha dezesseis anos e pôs os olhos em Xavier Wright.

Era o primeiro dia do segundo ano do ensino médio, quarto tempo, aula de educação física. Já que os professores de educação física não tentavam ensinar nada no primeiro dia de aula, os estudantes ficavam por conta própria. Violet estava sentada na arquibancada com algumas garotas do grupo de dança e, enquanto o restante da equipe conversava sobre as rotinas futuras e os novos uniformes, ela encarava o vazio, repassando a discussão que tivera com a mãe logo cedo. Na noite anterior, Violet tinha sido pega saindo de fininho pela porta dos fundos depois da meia-noite, embora seus pais tivessem lhe dito que ela não podia sair na véspera do primeiro dia de aula. Eles a colocaram de castigo e, naquela manhã, ao entrar na cozinha, sua mãe, Dahlia, achou que Violet tinha resolvido colocar mais lenha na fogueira: deu de cara com a filha vestida com um suéter de tricô curto e sem mangas, calça jeans skinny com rasgos no joelho e um par de sapatos oxford antigos que tinha garimpado no verão. Sair de casa com roupa curta ou rasgada era expressamente proibido no livro de regras de Dahlia, e ela não conseguia entender por que Violet se vestia assim de livre e espontânea vontade. Ordenou que Violet voltasse para o quarto e se trocasse.

Mas, para Violet, roupas eram uma forma de expressão. Ela passava horas selecionando o que entrava em seu guarda-roupas e se debruçando sobre revistas de moda. Em seus devaneios, ela imaginava como seria seu futuro quando desse o fora de Willow Ridge, New Jersey, sua cidadezinha natal sufocante onde ninguém e nada mudavam. Violet mal via a hora de fugir para Nova York ou Los Angeles, talvez até para Paris ou Milão. Qualquer cidade que estivesse imersa no mundo da moda. Cidades repletas de criatividade e pessoas que acolheriam Violet exatamente do jeito que ela era e não desejariam que ela fosse a melhor aluna, cheia de conquistas acadêmicas, como sua irmã mais velha, Iris, ou tivesse uma natureza mais doce, como sua irmã caçula, Lily. O ruim de ser a filha do meio era nunca ser o suficiente de um jeito ou de outro.

No fim das contas, Violet se recusou a trocar de roupa. Só faltou sair fumaça dos ouvidos de Dahlia com a afronta de Violet, enquanto seu pai, Benjamin, apenas olhava, esfregando a testa com um suspiro. Já que Violet não se trocara, seu castigo aumentou alguns dias. A discussão prolongada com a mãe fez com que Violet e Lily, que estava no primeiro ano, se atrasassem para a escola. A secretária, sra. Franklin, anotara o atraso de Lily com um sorriso complacente, mas olhou feio para Violet.

— O ano está só começando, srta. Greene — disse ela. — Não vamos fazer do atraso um hábito. — Então ela fez uma pausa, encarando a roupa de Violet e os brincos de cerâmica verde-limão. — Esses aí chamam bastante atenção.

— Obrigada — respondeu Violet, sorrindo com doçura, mesmo sabendo que não tinha recebido um elogio.

Violet sabia que praticamente todos os adultos que a conheciam tinham uma opinião forte sobre ela. Ela era muito distraída. Muito afrontosa. Sempre era *muito* alguma coisa. Sabia que nunca conseguiria prosperar de verdade numa cidade como Willow Ridge. No instante em que se formasse, ela pegaria o primeiro trem para fora dali. Ia se tornar uma stylist de celebridades e compareceria a desfiles de alta-costura ao redor do mundo. Sentiria o tecido refinado entre os dedos e teria seus sonhos na palma das mãos.

Era nisso que estava pensando quando Bianca, sua amiga e capitã da equipe de dança, a cutucou.

— Já viu o novato? — perguntou Bianca.

Violet parou de sonhar acordada e se virou para Bianca, cuja atenção estava fixa do outro lado do ginásio.

— Que novato? — perguntou Violet, seguindo a linha de visão de Bianca.

E então o viu. Ele era alto, magro e de pele negra clara. Usava uma camiseta polo bem vermelha que combinava com o tênis Air Jordan preto e vermelho. Batia uma bola de basquete no chão com displicência em meio a um grupo de garotos debaixo da cesta. Ele prendia a atenção deles, gesticulando enquanto falava e rindo com o corpo inteiro. Vivo. Uma novidade.

Violet se endireitou.

— Ele é primo do Raheem — continuou Bianca. Raheem era o namorado de idas e vindas de Bianca havia dois anos. — Se chama Xavier. Eu te falei dele, não?

— Talvez — respondeu Violet, ainda encarando. Ela tinha desistido de garotos da idade dela depois de muitas decepções. Eles eram imaturos e só queriam saber de vê-la sem roupa. Aquele novato, Xavier, era bonito. Mais bonito do que a maioria dos garotos da sua série. E, ao que parecia, pelo menos tinha se esforçado e escolhido uma roupa, em vez de rolar para fora da cama e se enfiar em um moletom. Mas a probabilidade era que ele não fosse muito diferente dos outros. — De onde ele veio?

— Filadélfia — explicou Bianca. — Ele joga basquete muito bem. Pelo menos foi o que o Raheem me contou.

Violet observou Xavier passando tranquilamente a bola de basquete de uma mão para a outra enquanto falava. O movimento a deixou maravilhada.

— Que pena ele precisar sair da Filadélfia e se mudar pra cá — declarou.

Então, como se soubesse que falavam dele, Xavier se virou na direção delas e pegou Violet olhando. Os lábios cheios dele se curvaram num sorriso, e, na hora, ela sentiu um frio na barriga. Pigarreou e começou a vasculhar a bolsa atrás de um gloss ou chiclete. Qualquer coisa que a fizesse parecer ocupada e nada embasbacada. Ficar embasbacada era algo que *não* ocorria com Violet.

— Ele está vindo pra cá — disse Bianca.

No degrau abaixo delas na arquibancada, Shalia McNair, outra garota do segundo ano e bem provavelmente a maior fofoqueira de Willow Ridge, logo sussurrou para o grupo:

— Ouvi falar que o Xavier ficou entre os melhores jogadores de basquete do estado pela escola antiga. Parece que as faculdades já estão de olho nele, *e que* não tem namorada. Encontrei com ele na casa da Wendy outro dia, e ele veio me perguntar como eu estava. Acho que ele gosta de mim.

Bianca revirou os olhos.

— Você acha que todo mundo gosta de você.

Shalia bufou e jogou as tranças sobre o ombro, mas não discordou.

O tempo todo, Violet manteve a cabeça baixa, fingindo estar engajada em seu esforço para achar o gloss. Ela ouviu os passos de Xavier ficarem mais próximos quando ele subiu os degraus. Então as outras garotas se calaram quando seus tênis apareceram bem na linha de visão de Violet. Ela aplicou o gloss bem devagar e, com calma, fechou a tampa e o jogou de volta na bolsa. Por fim, ergueu o olhar para o rosto de Xavier. Ele sorria para ela, exibindo uma covinha profunda na bochecha direita. O frio na barriga persistente e flutuante ameaçou tirá-la do prumo, mas ela disfarçou e fez cara de paisagem. Totalmente controlada.

— E aí? — disse Xavier. Sua voz era suave como veludo. Ele estendeu a mão. — Eu sou o Xavier.

Devagar, Violet deu a mão para ele, e os dedos compridos de Xavier se curvaram ao redor dos dela, bem menores. O coração dela já estava quase saindo pela boca.

— Violet.

— Bonito nome — elogiou ele. — Pensei em vir aqui e me apresentar, já que você estava me encarando e tal.

Violet inspirou fundo e puxou a mão.

— Eu *não* estava te encarando.

Ele virou a cabeça e deu um sorriso irônico.

— Então qual o nome do que você estava fazendo?

Ela fechou a cara e apertou os lábios. Sua única defesa.

— Bom, eu também estava te encarando — continuou ele. — Foi mais forte do que eu. Você é a menina mais bonita da escola.

Aquilo fez as garotas sentadas ao redor de Violet entrarem num frenesi de cochichos.

O elogio de Xavier a aqueceu lá no fundo, mas ela se recusava a ser conquistada tão fácil.

— Você vai ter que fazer melhor do que isso — avisou.

— Não esquenta, eu vou fazer. — Ele se sentou ao seu lado, e arrepios se espalharam na pele dela quando seus braços encostaram. Ele tinha cheiro de roupa lavada. — Sou novo aqui.

— Estou vendo.

Ele sorriu de novo.

— O que eu preciso saber sobre Willow Ridge?

— O Raheem não é seu primo? Ele já deve ter te dito.

— Então vocês andaram falando de mim? — Ele se inclinou sobre Violet e olhou para Bianca, que desviou o rosto, escondendo o sorriso.

— Não exatamente — respondeu Violet. — É uma escola pequena. Sempre que chega uma pessoa nova, a gente descobre a vida dela bem rápido.

— Bom, as pessoas não sabem *tudo* da minha vida.

Ela ergueu uma sobrancelha.

— O que mais tem pra saber?

— Que eu e você vamos sair sexta à noite.

Violet congelou. Ao seu lado, Bianca emitiu um *ui*. Ela conhecia muito bem a opinião da amiga sobre sair com garotos do ensino médio:

Violet não perdia mais tempo dando bola para eles. Um silêncio recaiu sobre as garotas do grupo de dança, e elas observavam Violet, loucas para ouvir o que ela ia responder.

— Posso pegar seu telefone? — perguntou Xavier, puxando seu BlackBerry, que tinha a tela rachada. — Juro que você vai se divertir comigo.

Violet encarou Xavier em silêncio enquanto ele segurava com paciência o celular na direção ela. Ele sorria como se soubesse que era apenas uma questão de tempo até ela ceder.

Ele era um convencido. Muito seguro de si.

Um sopro de ar fresco. Exatamente o que Violet ansiava.

Então pegou o celular dele e gravou seu número.

○ ○ ○

Era de se esperar, como Violet falou, que pouco depois a escola toda soubesse tudo que havia para saber sobre Xavier Wright. Ele não tinha irmãos e acabara de chegar do oeste da Filadélfia, onde morava com os pais, até que diferenças irreconciliáveis — também conhecidas como infidelidade paterna — resultaram em divórcio; e, visto que nem sua mãe nem seu pai desejavam o fardo de continuar pagando, sozinhos, a hipoteca e os impostos municipais e estaduais, venderam a casa. O pai de Xavier se mudou para o sul, Savannah, e Xavier se mudou com a mãe para Willow Ridge, a fim de ficarem perto da irmã dela e do primo de Xavier, Raheem.

Willow Ridge foi um dos primeiros municípios negros fundados ao norte da Linha Mason-Dixon. Tinha a reputação de ser uma comunidade sólida de pessoas negras de toda as classes. Graças à rede de transportes local, Willow Ridge estava a uma hora de trem de Nova York. A mãe de Xavier, Tricia, que crescera na Filadélfia e nunca tivera um quintal, estava eufórica com a casa estilo Cape Cod e com o novo rumo da vida deles.

Mas, na opinião de Xavier, as pessoas iam morar nos subúrbios para morrer lentamente. Ele sentia saudade da conveniência do sistema de trânsito da Filadelfia e das lojas a cada esquina. Em que lugar ele poderia conseguir um sanduíche de carne e queijo decente naquela cidadezinha? Willow Ridge era o tipo de lugar que se via na televisão. As pessoas aparavam a grama do jardim nas manhãs de sábado, os vizinhos buzinavam e acenavam quando passavam por você na rua. Era legal ter um quarto um pouco maior, e era bom ver o primo todos os dias, mas onde estava o agito? Xavier sentia falta da vida antiga. Precisar se mudar na metade do ensino médio era um saco. Mas depois lembrou que aquilo não tinha tanta importância, porque a faculdade ia abrir novas portas para ele. Ele era visado por programas de basquete das faculdades desde o primeiro ano. Começou a jogar com cinco anos. Era alto e ágil. Claro que esses fatores ajudavam, mas Xavier também estudava o jogo como ninguém. Ele comia, dormia e respirava basquete.

A reputação de Xavier na área dos três estados — Nova York, New Jersey e Connecticut — o precedia. O treinador do Colégio Willow Ridge, sr. Rodney, ficou tão empolgado quando soube que Xavier se juntaria ao time que foi até a casa dele pessoalmente receber sua mãe e ele na vizinhança. Os colegas de time pareciam legais, e, até o momento, todo mundo em Willow Ridge tinha sido mais que gentil. Só que Xavier não conseguia deixar de se sentir *entediado*.

Foi então que notou Violet o encarando do outro lado do ginásio. Ela era pequena, de pele negra e cabelo crespo. Numa palavra: linda. Assim que trocaram olhares, a reação de Xavier foi tão visceral, tão intrigante, que ele sentiu como se um raio o tivesse atingido bem no peito. Violet desviara o olhar com teimosia, como se estivesse com raiva de si mesma por tê-lo encarado. Xavier sorriu na hora. Enfim, algum agito.

— Quem é ela? — perguntou, cutucando o colega de time, Leonard Davis, e apontando com a cabeça para Violet.

— Aquela é Violet Greene — respondeu Leonard. — Mas não perca tempo. Te garanto que ela não vai te dar bola.

Xavier decidiu que precisava ver por si próprio.

○ ○ ○

Na sexta-feira seguinte, Violet deu a Xavier instruções específicas para encontrá-la na calçada na frente da casa do vizinho dela. Violet e a família moravam no condomínio Oak View, onde as pessoas viviam em pequenas mansões, muito diferente do bairro modesto de Xavier do outro lado da cidade. Às 21h32 em ponto, Violet abriu a janela de seu quarto e viu que Xavier a esperava no local combinado. Então desceu, com cuidado e rapidez, a árvore robusta do jardim, como se já tivesse feito isso um milhão de vezes antes, e ela realmente tinha.

Aterrissou com um baque fraco e correu até Xavier, ainda usando o uniforme verde e amarelo da apresentação do grupo de dança no jogo de futebol daquela noite. Teria escolhido outra coisa para um primeiro encontro, mas o único jeito era sair escondida enquanto os pais ainda estavam entretidos vendo televisão na sala após o jantar.

— Você é uma fugitiva? — perguntou Xavier quando ela chegou perto.

— Estou de castigo.

— Por quê?

— Por sair escondido.

Ele ergueu uma sobrancelha. Ela deu de ombros.

— Para onde vamos?

— Pensei em darmos um pulo na festa do Martin Wilson.

— Ah — respondeu ela.

Martin Wilson era o capitão do futebol americano e, embora o time tivesse perdido naquela noite, coisa que acontecia sempre, ele estava dando uma festa mesmo assim.

— Achei que tivesse prometido que eu ia me divertir.

— Você vai — declarou Xavier, totalmente confiante.

Algumas ruas depois eles chegaram à casa de Martin, e Violet logo percebeu que Xavier era o tipo de pessoa magnética que fazia amigos aonde fosse. Assim que passaram pela porta, as pessoas começaram a chamá-lo, puxando-o para cumprimentá-lo. Em Willow Ridge todo mundo conhecia todo mundo, e era meio que emocionante ficar amigo de uma pessoa que não havia frequentado a mesma creche que você. De qualquer forma, Xavier tinha passado de novato a um dos garotos mais populares da cidade em mais ou menos cinco segundos. A própria Violet era bem popular, mas isso era por ser uma Greene. Seus pais, donos da floricultura e do viveiro de plantas, eram importantes na comunidade, e Violet e as irmãs tinham participado de quase todo clube desde quando eram bebês. Ela estava maravilhada com o efeito que Xavier causara em seus colegas de turma tão rápido.

Ela e Xavier jogaram uma rodada de beer pong contra Raheem e Bianca, o que foi divertido, mas nada especial. Violet já tinha jogado beer pong e outros jogos com bebida em diferentes ocasiões. Considerando o modo como Xavier a abordara na aula de educação física, estava esperando um pouco mais dele. Começou a pensar que talvez estivesse perdendo tempo. Ele não parecia ser tão diferente dos outros garotos da escola. Então, como se pudesse ler a mente dela, ele se abaixou.

— Meu vizinho tem uma piscina — cochichou.

Ela se virou e o encarou.

— Legal?

— Das boas. Aquecida. Ele já deve estar dormindo. Geralmente cochila um pouquinho depois de nove e meia.

— O que está sugerindo?

— Gosta de nadar? — perguntou ele.

— Claro.

— Quer ir?

Ela refletiu.

— Vai dar merda?

Ele sorriu, erguendo as sobrancelhas.

— Pergunta a garota que acabou de fugir de casa.

— Tá bom — cedeu ela, respondendo ao desafio que ouviu em sua voz. — Vamos lá.

O vizinho de Xavier, o sr. Bishop, tinha ido dormir bem na hora que entraram de fininho no quintal. Enquanto Xavier jogava a camiseta e a calça jeans em uma das espreguiçadeiras e mergulhava num salto bomba do trampolim, só de cueca, Violet tirou com cuidado seu uniforme do grupo de dança, ficando de sutiã e calcinha, e entrou na piscina. Ela não mergulharia naquela noite. Não depois de todo o tempo que levou para domar o cabelo no rabo de cavalo alto que precisava usar em cada jogo.

Ela nadou até Xavier, e ele a encontrou no meio do caminho. Eles andaram na água e sorriram um para o outro, cheios de adrenalina, lançando olhadelas para a janela da cozinha do sr. Bishop a fim de conferir que a luz ainda estava apagada.

— Nenhum dos meus vizinhos na Filadélfia tinha piscina — afirmou Xavier, deitando-se para boiar. Ele encarou o céu noturno. — Tem vezes que gosto do quanto aqui é quieto, mas, outras vezes, só me sinto...

— Entediado? — completou ela. — Estagnado? Como se fosse perder a cabeça?

Ele sorriu para ela.

— Como se esse tipo de vida não fosse para mim — respondeu. — Vou para a NBA. Sei que muita gente diz isso, como se fosse um sonho impossível, mas eu vou de verdade. Quero jogar nas Olimpíadas. Tudo isso. Vou viajar o mundo.

— *Eu também*. — Empolgada, ela agarrou o braço dele. A pele quente fez Violet sentir de imediato um choque viajar por seu corpo. — Vou ser stylist de celebridades. Como June Ambrose.

— Não faço ideia de quem ela seja, mas isso é irado — respondeu ele. — Percebi que você sempre vai pra escola com um look diferente.

Ele encarou seu sutiã preto liso, fazendo-a corar.

— Você não é tão ruim também — disse ela.

Ele sorriu.

— É um grande elogio vindo de você, srta. Futura Stylist de Celebridades. Quem sabe você me vista para o prêmio ESPY um dia.

— Você não vai poder me pagar — falou ela, rindo também.

Ela o encarou, com os olhos iluminados de encanto. Ali estava a primeira pessoa que conhecera que também desejava dar o fora e ver o mundo. Mesmo com toda a inteligência, a irmã mais velha de Violet, Iris, tinha ido para uma faculdade a apenas quarenta minutos de distância, em Princeton, quando poderia ter ido para qualquer lugar. Violet não queria isso para si, e, ao que parecia, nem Xavier.

— Caramba. Está tentando dizer que eu não vou ter grana?

Ela deu de ombros.

— Você que está falando, não eu.

Ele jogou água nela, arrancando uma expressão surpresa de Violet, que jogou água nele de volta. Ela nadou para longe, e ele foi atrás, com a mão esticada para tentar alcançar seu calcanhar, quando de repente a luz da cozinha do sr. Bishop acendeu e eles avistaram a silhueta baixa na janela.

— Ei! — gritou ele. — Quem está aí? Dá o fora do meu quintal antes que eu chame a polícia!

Violet e Xavier saíram atrapalhados da piscina, pegaram suas roupas e correram, pulando a cerca. Quando estavam escondidos em segurança atrás do barracão de ferramentas do quintal de Xavier, por fim se viraram um para o outro e caíram na gargalhada. O coração de Violet martelava, não só por quase ter sido pega pelo sr. Bishop, mas porque percebeu que Xavier ficava mais bonito ainda quando ria. Ela se sentiu eletrizada da ponta dos dedos do pé até o topo da cabeça.

— Acho que gosto de você, Xavier — declarou ela, baixinho.

Sua boca se curvou num leve sorriso.

— Acho que gosto de você também, Violet.

Ela se apoiou no metal frio do barracão de ferramentas, e Xavier se aproximou, segurando suas bochechas com gentileza.

— Te levei para a festa do Martin porque queria que todo mundo me visse com você — sussurrou ele.

E depois pressionou os lábios nos dela, e, enquanto o beijava, Violet refletiu que ficar presa em Willow Ridge talvez não fosse tão ruim se Xavier estivesse preso com ela.

E assim começou a jornada do primeiro amor dos dois.

Violet encontrou em Xavier o que não tinha conseguido achar em mais ninguém. Um espírito semelhante, compreensivo. O apoio mútuo dos sonhos e desejos do outro. A sensação de ser aceita por completo.

Eles se amaram de forma impetuosa e de todo o coração, o que na prática significava que muitas vezes terminaram de forma intensa e voltaram inúmeras outras com mais intensidade. Em geral, os términos aconteciam por causa de uma discussão boba por ciúme desnecessário, falta de comunicação e/ou hormônios enfurecidos. Por exemplo, se Xavier não ligasse para Violet antes de pegar no sono depois de um treino de basquete, ou se Violet não fosse a um dos jogos dele com seu número pintado na bochecha, consideravam esses momentos afrontas pessoais. Brigavam no meio do refeitório, com Violet se retirando tempestuosa, xingando Xavier de alguma variação de babaca mulherengo que não se importava com seus sentimentos, e Xavier, ofendido, corria atrás dela, e eles brigavam mais. Dias, às vezes semanas depois, a saudade um do outro superava qualquer motivo pelo qual estivessem chateados, então escapuliam para o estacionamento na hora do almoço e se pegavam no banco de trás do carro de Violet, esfregando-se um no outro e pedindo desculpas pelos exageros da briga.

A primeira vez que transaram foi em um hotel para onde escaparam num dia atipicamente quente no fim de abril, durante o recesso de primavera. Enquanto os amigos estavam a caminho da praia, do cinema ou do shopping, Violet e Xavier sussurravam promessas no escuro, jurando que sempre se apoiariam, independentemente de qualquer coisa.

Antes do baile de formatura, eles estavam separados havia três semanas e dois dias porque Xavier rira quando Violet disse que precisavam fazer uma reunião para debater a estética do baile. Como futura graduanda de moda, a estética era de ultraimportância para Violet, e ela e seu par tinham que arrasar. Ela não gostou de Xavier achar que estava sendo tola. Chamou-o de insensível. Ele lhe disse que ela estava levando aquela bobagem de baile muito a sério. Ela desligou o telefone na cara dele, e ele ignorou sua ligação quando ela tentou falar com ele mais tarde. Violet então pediu a Leonard Davis que fosse seu par no baile no lugar dele e, em troca, Xavier chamou Shalia McNair.

Então foi irônico quando Violet e Xavier foram coroados rei e rainha do baile.

Naquela noite, os colegas de Violet vibraram quando ela deslizou pela pista de dança usando um vestido de cetim vintage da Alaïa, preto e com um decote nas costas, que havia custado quase metade do dinheiro que economizara trabalhando na Charlotte Russe aos fins de semana. O professor, o sr. Rodney, colocou a tiara de plástico na sua cabeça com cuidado para não arruinar o coque habilmente elaborado, e, enquanto Violet sorria e olhava para os colegas que a tinham escolhido como rainha do baile, ela ponderou que talvez, no fundo, a escola não fosse tão ruim assim. Por que estava com tanta pressa para fugir de tudo aquilo?

— Agora vamos dançar? — perguntou Xavier.

Ele sorriu para Violet e esticou a mão quando o DJ tocou as primeiras notas de "Hold On, We're Going Home", do Drake. A coroa de rei do baile estava meio inclinada na cabeça, e ele se livrou do terno e desafrouxou a gravata. As bochechas marrom-claras estavam coradas de tanto que ele tinha dançado naquela noite, porque, como sempre, fora o centro das atenções. E sorria para Violet do jeito de sempre. O sorriso que dizia que ele era lindo e sabia disso.

Violet olhou feio para ele:

— Aff.

O sorriso de Xavier só cresceu. Ele balançou os dedos da mão esticada.

— Vamos? Vai deixar todos os nossos colegas esperando? Eles querem ver o rei e a rainha dançarem.

Violet deu uma olhada para os tais colegas, que de fato os observavam com entusiasmo. E por uma boa razão. Violet e Xavier tinham fornecido muita energia para a engrenagem de fofocas da escola por mais de um ano e meio. Foram até eleitos O Casal Mais Fofo na votação dos formandos.

— *Tá* — disse ela, revirando os olhos.

Xavier gargalhou, e ela cruzou os braços ao redor de sua nuca. Ele era muito mais alto, e ela tinha que esticar o pescoço de leve para encarar seu rosto. Ele colocou as mãos na cintura dela, e eles balançaram conforme a música. Ela o tinha ignorado de todas as formas possíveis desde a briga antes do baile, mas isso não impedia a memória muscular de seu corpo reagir ao dele. Seu estômago se revirou um pouco quando ele intensificou a força com que segurava sua cintura, e, enquanto Drake sussurrava pelos alto-falantes, Xavier se curvou e cochichou:

— O que está rolando entre você e o cafona do Leonard?

Violet se sobressaltou e reagiu, fazendo cara feia para o comentário maldoso sobre seu par.

— Por que você sempre tem que falar mal das pessoas? — sibilou ela. — O Leonard não é cafona. Por acaso você me viu fazendo algum comentário sobre o vestido mais horroroso de toda a festa, que por acaso é o seu par, Shalia, que está usando? Parece que ela comprou numa loja de artigos para festas.

Xavier riu.

— Mas *eu* estou bonito, não estou?

Ela revirou os olhos.

— Você é inacreditável.

— Você me ama.

Violet fechou a cara. Ele ergueu uma sobrancelha, desafiando-a a negar. Ela não negou.

— Você me ama mais — afirmou ela.

— Aí você me pegou. — Uma de suas mãos se moveu um pouquinho e parou com gentileza na lombar de Violet, puxando-a para perto. — Me desculpe. Tentei falar com você, mas alguém tem ignorado minhas ligações e mensagens.

— Uhum — balbuciou Violet.

Ele se inclinou, aproximando os lábios de sua orelha, e disse, baixinho:

— Você está linda demais, Vi. De verdade. Queria que a gente tivesse vindo junto.

Ela se afastou um pouco para encará-lo. Ele a observava, alerta e sério. A ruguinha do meio da sua testa despontou, e isso só acontecia quando ele estava sendo bem sincero. O gelo ao redor do coração dela começou a derreter.

— Eu também — respondeu, por fim. Mais baixo, acrescentou: — Me desculpe também.

Xavier sorriu e a olhou.

— Eu te amo do mesmo jeito que o sr. Bishop ama a piscina dele.

Violet riu. Aquilo era uma brincadeira entre eles.

— Eu te amo do mesmo jeito que a sra. Franklin ama anotar quem se atrasou para a aula.

— Eu amo *você* do jeito que LeBron ama bolas Spalding.

— Eu amo *você* do jeito que a Channel ama pérolas.

— Caramba, sério? — Ele assobiou e pôs uma mão no peito. — Que profundo, Vi.

Então a beijou, descongelando seu coração por completo, fazendo-o bater a todo vapor. Coitados de Leonard e Shalia, que estavam em algum lugar do salão, achando que teriam alguma chance com um dos dois naquela noite. Mas Leonard e Shalia eram a última coisa na mente de Violet. Ela estava pensando que em breve, no outono, estaria no Fashion Institute of Design and Merchandising de Los Angeles, e Xavier iria para a Universidade do Kentucky com uma bolsa de basquete. Eles estariam em fusos horários diferentes, a milhares de quilômetros de distância um do outro. E que tinham passado as últimas poucas semanas brigados. Que desperdício de tempo precioso.

A música enfim terminou, e Violet retirou os braços da nuca de Xavier com relutância. Ele logo pegou uma de suas mão e a levou até a boca, plantando um beijo nos nós dos dedos.

— Você vai para o after? — perguntou ele.

O after seria no Skate Zone, não muito longe da escola. Ia ter uma pista de gelo coberta, máquinas de fliperama e pizza grátis até três da manhã. Era o modo da escola de garantir que todo mundo ficasse seguro depois do baile oficial.

Violet deu uma olhada na expressão maliciosa de Xavier.

— Não vou se você não for — respondeu ela.

— Estava torcendo para que dissesse isso. — Ele estendeu a mão e cruzou os dedos nos dela.

— A gente nunca fez nossas tatuagens, né? — sussurrou ela.

Era algo que tinham conversado em uma noite qualquer, deitados lado a lado na cama de Violet. Tatuagens dedicadas um ao outro para que ficassem ligados para sempre, independentemente do que acontecesse.

— Vamos fazer hoje? — perguntou Xavier.

Violet fez que sim. Mas não sabia como fariam para acontecer de verdade. Xavier já tinha dezoito anos, mas ela só faria em outubro. Precisava de consentimento dos pais para a tatuagem, e seus pais odiavam tatuagem. E, mais ainda, ela não conhecia nenhum lugar que ficasse aberto até tarde da noite.

— Tá bom, então vamos fazer — disse ele, conduzindo-a para fora da pista.

— Aonde vamos?

— Conheço um cara que conhece um cara.

Violet não pediu explicações. Xavier fazia amigos aonde fosse. Ela não duvidou de que ele conhecia alguém que tatuaria dois adolescentes à meia-noite.

Meia hora depois, estavam num estúdio de tatuagem em Jersey City, que pertencia ao primo de um dos amigos de Xavier do acampamento de basquete. Violet fez um pequeno x no quadril esquerdo, e Xavier fez uma flor violeta no interior do bíceps direito.

Depois foram para a casa de Violet. Ela entrou pela porta da frente porque sabia que os pais estariam assistindo televisão na sala e iriam querer saber do baile. Iris estava em casa de férias da faculdade, e, sendo do segundo ano, Lily tinha escolhido não ir ao baile, então as duas irmãs já estavam cada uma no próprio quarto, no andar de cima. Violet ficou contente, porque os pais acabavam fazendo perguntas genéricas sobre comida e música, mas ela sabia que as irmãs iam querer conversar e saber mais, e Violet não tinha tempo para isso. Porque, quando chegou ao seu quarto, Xavier já tinha escalado a árvore e estava esperando na janela. Ela o deixou entrar, e eles não perderam tempo: já foram se despindo e subindo na cama.

Quando acabaram, eles se enrolaram no emaranhado de lençóis, as pernas entrelaçadas, a respiração tranquila. Xavier já tinha ficado ali uma dezena de vezes, sem o conhecimento dos pais de Violet. Eram especialistas em ficarem silenciosos enquanto estavam no quarto dela.

Ele suspirou e virou de lado, apoiando-se no cotovelo para encará-la.

— Não acredito que está tudo acabando — disse ele.

Violet sorriu ao ver a expressão tristonha dele.

— Está falando da escola?

— Estou. E disso. Te ver todo dia.

Ela encontrou a mão dele sob os lençóis e a apertou. Pensou no momento em que Xavier tinha dito que a amava pela primeira vez, um ano atrás. Estavam deitados lado a lado na cama dela do jeito que estavam naquele momento, e ele sussurrou as palavras. Ela se lembrava do tom rouco, um pouco nervoso, da sua voz. E se lembrava do sorriso brilhante que ele deu quando ela disse que o amava também.

— Estamos indo atrás de coisas maiores e melhores — declarou ela, tentando esconder a tristeza que sentia com a inevitável separação. — Em alguns anos você vai ser um dos primeiros escolhidos por um time da NBA.

— Verdade. Vou ser milionário.

— Não se gastar o dinheiro todo em carros e joias.

Xavier fez uma expressão confusa.

— Uaaau. Está dizendo que sou irresponsável?

— Foi você que gastou quase todo o dinheiro que economizou cortando grama no último verão em dois cordões de ouro na Piercing Pagoda.

— Foram investimentos de qualidade. Esses cordões são para sempre. Mas e você e seu vestido "Aaliyah" de rica? Você vai pelo menos usar de novo? O quanto *essa* compra foi responsável?

— É um *Alaïa*, muito obrigada — sibilou ela.

Ele sorriu, encarando sua expressão furiosa.

— Sabe, um dia vou casar com você.

Violet sacudiu a cabeça, lutando contra a euforia que sentia.

— A gente enlouqueceria um ao outro.

— Algumas pessoas chamariam isso de amor, meu bem.

Ela riu com deboche e revirou os olhos.

— Você é tão piegas.

— Seu futuro marido piegas — corrigiu ele.

— Minha vida vai ser caótica por causa de todas as celebridades com as quais vou trabalhar — explicou ela. — Você vai ser um jogador de basquete famoso. Nunca vai estar em casa. *Eu* nunca vou estar em casa. Vamos pensar o pior um do outro. Nosso futuro não se alinha.

— Que nada, não acredito nisso — respondeu ele, pegando a mão dela de novo. — Não digo que vai ser fácil, mas vamos conseguir superar tudo que a vida lançar para a gente. Porque o amor é isso. Eu te amo e você me ama. Acho que é bem simples na verdade. Sei que somos jovens e tal, mas não tenho mais ninguém com quem eu queira construir minha vida, Vi.

Ela mordiscou os lábios, segurando as lágrimas. A confiança dele era contagiosa, e de fato derreteu seus receios.

— Nem eu — afirmou ela, baixinho. Além do mais, a ideia de Xavier casando com outra pessoa fazia seu sangue ferver.

— Então vai se casar comigo? — perguntou ele. — Quando for a hora certa?

Ela assentiu e passou os braços em volta do pescoço dele, puxando-o para si.

— Sim — sussurrou.

○ ○ ○

Quando amanheceu, Xavier saiu pela janela de Violet e desceu pela árvore. Ela se inclinou no batente e o observou indo embora. Limpou os olhos, em lágrimas. Eles ainda tinham alguns meses antes de começar a faculdade, mas já parecia o fim de uma era.

— Não esquece do nosso plano! — gritou Xavier, da calçada, claramente não se importando se acordaria os pais ou as irmãs.

— Nunca! — gritou de volta, na mesma altura.

Então a mãe de Violet abriu a janela do quarto dela e viu Xavier. Ela se assustou, e ao se virar viu Violet inclinada no parapeito usando apenas camisola e calcinha.

— Violet, feche a janela! — berrou Dahlia. — E, Xavier Wright, é melhor você ir pra sua casa agora mesmo!

— Desculpe, sra. Greene — pediu Xavier. — Eu estava... é... vendo se Violet quer sair pra tomar café da manhã!

— Nem perca seu tempo mentindo, jovenzinho! Vou ligar pra sua mãe mesmo assim!

Já que estavam encrencados, Violet não viu mais motivo para se fingir de inocente. Ela se inclinou mais um pouco e soprou um beijo para Xavier.

— Te amo!

— Também te amo! — Ele fez uma mímica de pegar o beijo e o colocar no bolso da frente da camisa.

Violet riu, e Xavier sorriu para ela antes de entrar em seu carro, buzinar e sair.

Ele era o amor da sua vida. Nada os afastaria.

Ela era jovem e ingênua o suficiente para acreditar que isso era verdade.

1

DIAS ATUAIS

O Dia dos Namorados nada mais era que um golpe capitalista, e o mundo seria um lugar bem melhor se todos aceitassem essa verdade simples sobre a data sem sentido.

Pelo menos, era essa a nova filosofia de Violet Greene.

Ela nunca se vira como alguém que não acreditava no amor ou que falava mal de coisas que a maioria das pessoas gostava porque eram difíceis ou irritantes, mas o Dia dos Namorados daquele ano podia se danar. Talvez fosse muito pessimismo odiar o dia do amor, mas Violet achava que merecia se deleitar em sua aversão, considerando que cinco meses atrás, apenas duas semanas antes do casamento, ela havia descoberto que o noivo charmoso, bem-sucedido e aparentemente dedicado estava transando com outra.

Mal tinham se passado os primeiros dias de janeiro, e ela estava na fila de uma loja em Las Vegas, rodeada de balões, ursos e cartões bobos do Dia dos Namorados com trocadilhos românticos esquisitos, como *Obrigada por rechear meu x-traordinário Dia dos Namorados*. Ela imaginava os ursos fofos vermelhos e cor-de-rosa rindo dela e de sua tentativa tola de ter uma vida amorosa, que tinha com muita facilidade ido para os ares. Era tudo uma grande piada. *Amor* era uma piada. Pelo menos, na versão romântica.

Mas ela não estava na Walgreens para fuzilar ursinhos inocentes com os olhos. Ela precisava de vitaminas e petiscos para curar o cansaço, visto que tinha uma tendência a ser envolver com o trabalho e se esquecer de comer. Entre suas doze e às vezes catorze horas de trabalho diárias e sua vida pessoal decadente, até que ela estava grata por cansaço ser o pior de seus sintomas e por seu estresse não estar criando problemas maiores, como uma úlcera no estômago ou algo assim.

— Encontrou tudo que precisava? — perguntou o caixa, quando finalmente chegou a vez de Violet.

Violet colocou um saco de batatas sabor sal e vinagre e uma caixa de amendoins com chocolate no balcão perto das garrafas de multivitamínicos. Ela estava com os óculos de sol aviador Dior presos com cuidado no alto do nariz e sacudiu a cabeça. O caixa, um cara meio jovem com cabelo loiro desleixado e a testa cheia de acne, olhou-a de cima a baixo de um jeito um pouco sugestivo. Violet suspirou e revirou os olhos por trás dos óculos. Os homens a objetificavam desde o sétimo ano, quando ela desenvolvera seios. Por mais que aquele comportamento fosse exaustivo, não era novo. Mas aquele cara estava exagerando, porque mal dava para ver o corpo dela sob a camiseta off-white bem larga e as calças de corrida da mesma cor.

— Sim — respondeu.

E então, enquanto ele ensacava os itens, Violet avistou algo atrás da cabeça dele.

— Espera. — Ela apontou para a última edição da *Cosmopolitan*. — Posso pegar isso também?

Ele escaneou a revista e começou a deslizá-la para dentro da sacola, mas Violet rapidamente a tirou de suas mãos.

— Vou ler agora. Obrigada.

Ela saiu correndo da loja em direção ao suv Mercedes preto que a esperava no estacionamento. Seus olhos estavam grudados na foto da estrela da capa de janeiro da *Cosmo*, Meela Baybee, a cantora de R&B

em ascensão pela qual todo mundo parecia estar obcecado nos últimos tempos. O corte do cabelo platinado de Meela era um assimétrico que ia até os ombros, e estava vestida com a bermuda ciclista e os adesivos de mamilos que eram sua marca pessoal — um visual que Violet criara especificamente para ela. Violet abriu a revista direto na entrevista, pulando as partes desinteressantes que falavam do novo álbum de Meela, e, quando chegou à pergunta inevitável sobre a vida amorosa, semicerrou os olhos.

> **Cosmo:** *Só se fala de sua relação com seu empresário, Eddy Coltrane. Pode comentar isso?*
>
> *Meela dá um gole na bebida timidamente e ri.*
>
> **Meela:** *Estamos juntos. Estou feliz. E nada mais direi.*

Eddy Coltrane, o empresário de Meela que virou namorado, também era conhecido como ex-noivo de Violet.

E também como o maior filho da mãe do mundo.

Um babaca infiel que tinha ligado e mandado mensagem para Violet tantas vezes depois que ela terminou com ele que Violet não teve escolha a não ser bloqueá-lo.

Eles tinham se conhecido em uma festa de Halloween dois anos antes, em Los Angeles. Ela já tinha ouvido falar dele, daquele jeito que as pessoas que trabalham no setor de entretenimento sempre acabam ouvindo falar vagamente umas das outras. Eddy era empresário de alguns dos músicos em ascensão mais populares, e Violet por acaso trabalhara com alguns de seus clientes em vários videoclipes no início de sua carreira. Naquela fadada festa, Violet tinha se vestido de Cruella de Vil, com um casaco imitando pelo de dálmata e luvas de cetim vermelhas que iam até o cotovelo. Eddy não estava fantasiado, só uma camisa de botões branca e terno preto. Ele esbarrou em Violet no bar e, para se desculpar, ofereceu um drinque.

Era mais velho que ela, no fim dos trinta anos, e de cara foi muito claro em dizer que queria encontrar alguém e se comprometer. Até aquele momento, Violet tinha focado exclusivamente na carreira. Divertia-se com uns caras aqui e ali, mas nunca os deixava se aproximar muito. Mas sua carreira estava florescendo, e ela sentia estar pronta para a vida pessoal enfim florescer também.

Com apenas três meses de namoro, ele a pediu em casamento. Ela estava na Itália para a Semana de Moda de Milão, e ele pegara um voo para encontrá-la e levá-la para Veneza. Enquanto andavam de barco pelo Grande Canal, ele se ajoelhara e fizera o pedido. Violet respondeu que sim porque gostava de Eddy. Eles podiam não ter um amor avassalador ou que os consumisse, mas era estável. *Ele* era estável. Com Eddy, não haveria términos repentinos ou dores de cabeça intensas que duravam anos. Ela já tinha passado por isso uma vez e não desejava viver essa experiência de novo.

Eddy compreendia seu estilo de vida ocupado. Quase sempre, ficava até mais ocupado. Tudo indicava que era uma escolha sábia. A escolha segura. Então foi bem irônico quando, enquanto Violet dava uma festa de despedida de solteira em Miami, o TMZ postou um vídeo de Meela e Eddy se beijando na praia na Jamaica. A situação era até pior: Violet era a stylist de Meela e os tinha apresentado.

— Caramba, gata, achei que alguém tivesse te raptado dentro da loja.

Violet ergueu a cabeça, e sua melhor amiga, Karina, conhecida como Karamel Kitty, a rapper número 1 do país e a cliente número 1 de Violet, estava baixando a janela do SUV, gesticulando para Violet entrar. O esmalte brilhante em suas unhas longas stiletto reluzia sob a luz do sol.

— Estamos cheias de coisas pra fazer, *mami*! — exclamou Karina. — Coloca essa bundinha gostosa pra trabalhar.

— Já estou chegando!

Violet riu e jogou a revista no lixo antes de se sentar no banco de trás ao lado de Karina. Ela lhe entregou a caixa de amendoins.

— Ahhh, você sabe que adoro isso — guinchou Karina abraçando Violet apertado. O cabelo da peruca preta de Karina, que ia até a cintura, roçou na perna de Violet. Karina abriu a caixa de amendoins com cobertura de chocolate, jogou um punhado na palma da mão, então guardou a caixa na bolsa amarelo marca-texto Telfar. — Obrigada, amor.

— De nada — respondeu Violet, comendo um punhado de batatas antes de mandar duas vitaminas pra dentro e tomar um gole d'água. — Tenho quase certeza que você é a única pessoa no mundo que ainda come isso.

— Sobra mais pra mim. — Karina observou Violet, que estava rolando os ombros e alongando o pescoço de um lado para o outro. — Tudo bem aí?

— Tudo. Só cansada, mas qual a novidade nisso? — Ela deu de ombros, e Karina apoiou a cabeça no ombro de Violet.

— Já passamos por coisa pior. Pelo menos não está tão ruim quanto a noite em Quebec, não é?

Violet meio bufou, meio gargalhou. *Pelo menos não está tão ruim quanto a noite em Quebec* era um de seus lemas. Dois anos antes, quando Violet vestira Karina para uma apresentação num festival em Quebec, elas ficaram presas no elevador do hotel por três horas. Tinham entrado no elevador como uma stylist e uma cliente que se davam bem e tinham uma boa relação, e saíram de lá com um laço novo. Era isso que acontecia quando se decidia passar o tempo compartilhando os medos mais aterrorizantes e os segredos mais profundos e sombrios. Karina acabou perdendo a apresentação agendada naquela noite, mas aquilo entraria para sempre na história como o dia em que Violet ganhou uma nova melhor amiga.

O motorista saiu do estacionamento, e Karina se inclinou à frente do segurança no banco do carona para ligar o rádio. O sucesso de Karina, "Bad Bitch Antics", estava tocando. Las Vegas estava dando muito amor a Karina porque ela estaria naquela noite na inauguração de um cassino novinho em folha, o Luxe Grande.

Mas elas só ficariam em Las Vegas por menos de vinte e quatro horas. No dia seguinte, Karina iria para Atlanta filmar alguns episódios como jurada convidada em um reality show novo de competição de hip-hop, *Up Next*, e Violet pegaria o primeiro voo de volta a Nova York, onde daria uma entrevista para a *Look Magazine*, visto que era uma das indicadas para fazer parte da lista "30 Under 30", um elenco de pessoas influentes da moda com menos de trinta anos.

Depois de anos batalhando, Violet tinha acumulado uma pequena, mas impressionante lista de clientes. Além de Karina, trabalhava com Gigi Harrison, que era conhecida por atuar em filmes de ação e tinha acabado de estrelar um longa de super-herói. Também trabalhava com Destiny Diaz, uma ex-estrela da Nickelodeon que estava causando grande impacto como a protagonista de um drama adolescente sombrio, e o cliente mais recente de Violet era Angel, um cantor popular de R&B que estava se tornando um verdadeiro sex symbol. Ela tinha uma agenda apertada com ele em Los Angeles na semana seguinte, para a cerimônia do Grammy e eventos relacionados. Então ela voltaria para Nova York a fim de começar a maratona do mês de moda, que iniciaria com a Semana de Moda de Nova York e depois a levaria para Londres, Milão e Paris.

Em seguida, retornaria para LA para se encontrar com Karina e fazerem a prova do figurino para a estreia mundial de seu álbum visual, *The Kat House*. Era o segundo trabalho de Karina, e o álbum era sobre o empoderamento feminino. Nos clipes das músicas, Karine fazia a líder de um grupo independente de mulheres que circula ao redor do mundo libertando cidades de homens de merda e cruéis. Em cada cena, Karina e suas dançarinas de apoio vestem macacões colantes vintage customizados. A equipe filmara os clipes em novembro e dezembro do ano anterior. Violet trabalhara como chefe de figurino para o projeto inteiro. Com apenas vinte e oito anos, ela era uma das stylists mais jovens a atingir tal conquista. O burburinho ao redor do álbum visual, agendado para sair em março, era uma das principais razões para Violet ser considerada para entrar na lista muito cobiçada e exclusiva da *Look Magazine*.

Se a equipe da *Look Magazine* a considerasse bastante impressionante durante a entrevista e decidisse incluí-la na lista, seria um lance bem importante na carreira de Violet. A *Look* era lida principalmente pelos influentes da indústria: gente da moda, claro, mas também empresários e agentes de grandes estrelas que desejavam dar uma olhada em quem eram os stylists que poderiam ajudar a melhorar a imagem de seus clientes. Se Violet aparecesse na lista, seria colocada diretamente sob o radar de alguns dos maiores chefões da indústria.

A irmã mais nova de Violet, Lily, sempre dizia que a vida de Violet se movia na velocidade da luz. Ela não estava errada. Seu trabalho exigia que estivesse sempre em movimento. Perdia aniversários e feriados. Não tinha uma rotina normal de sono. Com bastante frequência, ficava sem energia nenhuma. Mas estava vivendo a vida que sempre sonhara. Era isso que dizia a si mesma toda vez que sentia o vazio se aproximando.

○ ○ ○

De volta ao hotel, um caos controlado se seguiu — a regra na área de trabalho de Violet. Ainda bem que, por causa das vitaminas e dos petiscos, sua energia estava começando a voltar. Música alta tocava enquanto Karina conversava com os fãs ao vivo no Instagram ao mesmo tempo que fazia o cabelo e a maquiagem. Violet e a assistente, Alex, estavam do outro lado da suíte avaliando as muitas opções de looks para Karina. Estavam diante de uma fileira de vestidos selecionados por elas depois de uma prova no início daquele mês. Karina era exuberante, tinha seios grandes e quadris torneados, e amava mostrar o corpo. Esse era o jeito dela desde a época em que ainda era uma estudante universitária na Pensilvânia que postava seus raps freestyle no YouTube. Violet era com frequência convidada a visitar lojas de marcas de alta-costura que queriam que Karina fosse vista usando a roupa deles.

Violet tirou dois vestidos do cabideiro: um Versace longo com estampa de leopardo que evoluía para linhas de zebra com uma fenda profunda até a coxa e um minivestido com espartilho rosa-dourado LaQuan Smith. Alex tirou algumas fotos para o banco de dados de Violet. Alex falava manso e trabalhava muito bem. Com um corte pixie e uma personalidade séria, fazia Violet se lembrar de sua irmã mais velha, Iris. Elas tinham se conhecido na feira de carreiras do Fashion Institute of Design and Merchandising e Violet a contratara assim que ela se formara no ano anterior.

Depois que Alex tirou mais fotos e as passou para o laptop, Violet levou os vestidos para Karina, que tinha encerrado a transmissão no Instagram.

— E aí, em que clima estamos hoje? — gritou Violet por cima da música. Ela segurou os vestidos lado a lado. O plano era Karina desfilar pelo tapete vermelho com as outras celebridades convidadas para a inauguração do Luxe Grande, e depois ela teria um camarote na boate dentro do cassino. — Estava pensando no Versace para o tapete vermelho e no LaQuan Smith para a boate.

Karina entregou o celular para seu assistente, Edwin, e se virou para Violet a fim de ver os vestidos.

— Vocês fiquem à vontade para opinar — disse Violet para Brian, o cabeleireiro de Karina, e Melody, a maquiadora.

— Esse aí está com uma vibe muito rainha da selva — declarou Brian, apontando para o Versace de animal print. Ele pegou o pincel de maquiagem de Melody com iluminador dourado e passou em sua bochecha marrom-escura.

— *O quê?* — Violet olhou feio para ele. — Não fale do meu gosto, Brian! Esse vestido é poderoso.

— Pode ser bonito e ter vibe de rainha da selva ao mesmo tempo.

Violet ofegou e olhou para Melody.

— Mel, o que acha?

Melody focou os pincéis de maquiagem e amarrou o cabelo preto e brilhante num rabo de cavalo baixo.

— Não me inclua nessa discussão. Gosto dos dois. Karina vai ficar bonita de qualquer jeito.

— Sei que vou — afirmou Karina. — Fico sempre na lista das mais bem-vestidas da noite, não fico? Vi, Versace para o tapete vermelho e LaQuan Smith para boate está perfeito. Brian só está sendo grosseiro porque alguém agora na live disse que ele parecia um John Boyega pirata.

Violet riu, debochada, e olhou para Brian.

— Meu Deus, você parece mesmo um pouco com ele! Por que nunca notei?

— Mas, infelizmente pra gente, ele não tem o sotaque britânico sexy — lamentou Melody.

— E nem a fama de *Star Wars* — adicionou Alex, pegando os vestidos da mão de Violet para pendurá-los de novo.

— Ou o dinheiro — observou Edwin.

— Ele também não é tão alto — declarou Violet.

— Isso, continuem... — falou Brian. — Quando eu acabar o cabelo da Karina, não vai ter retoque grátis para o cabelo de nenhuma de vocês.

Ele direcionou um olhar agudo para Violet.

Ela lhe soprou um beijo.

— Então não vou te ajudar com sua roupa. Se divirta na boate suando em seu conjunto de malhar de veludo.

— Ninguém precisa ficar suado na área vip, Brian — afirmou Karina se virando para Melody, que começou a pintar os lábios dela com um tom magenta bem escuro.

Brian mostrou o dedo para Karina e a língua para Violet, que riu. A equipe era como uma pequena família. Com a frequência que viajavam juntos, Violet passava mais tempo com eles do que com as irmãs.

Após decidir os sapatos e joias de Karina, Violet foi para seu quarto se arrumar. Era comum que ela se juntasse a Karina no tapete vermelho e a seguisse discretamente para garantir que os vestidos não arrastassem ou enrolassem, porque ela precisava ficar bonita nas fotos. No fim da noite, Violet postava as fotos nas redes sociais e as adicionava ao seu portfólio.

Enquanto colocava o vestido de frente única preto Valentino com recortes intricados nos quadris, seu telefone tocava sem parar. Eram e-mails de sua agente, Jill, falando sobre os desfiles da semana de moda, e uma série de mensagens de Angel, que tratava Violet como uma irmã mais velha e estava mais interessado em pedir conselhos amorosos do que em saber o que deveria usar no tapete vermelho. Violet pôs o celular na bolsa, prometendo a si mesma que responderia a todo mundo durante o voo para Nova York na manhã seguinte. Ela só precisava passar por aquela noite primeiro.

Brian foi até seu quarto e rapidamente transformou seus cachos em um coque alto chique. Então ela o ajudou a escolher uma roupa e eles se encontraram com o restante da equipe no corredor.

— Bom, a equipe toda está bonita — declarou Karina, ajustando o celular para gravar um vídeo quando entraram no elevador. O segurança de Karina pressionou o botão para o saguão e eles desceram.

Alex, que odiava aparecer, se enfiou atrás de Violet para evitar ser vista pelos milhões de seguidores de Karina. Ela apontou para a pele visível no quadril esquerdo de Violet.

— Acho que nunca vi essa tatuagem — disse ela. — Este x é de quê?

Violet abaixou o olhar, vendo que a pequena tatuagem tinha ficado descoberta graças ao design do vestido. Às vezes, esquecia que a tatuagem estava ali. E, em outras, quando estava tomando banho ou passando hidratante antes de dormir, encarava o x por um tempo e se perguntava se o garoto, agora um homem, para quem tinha feito a tatuagem ainda tinha a imagem de uma violeta no bíceps. Se tinha, imaginava se ele havia considerado apagar. Ela pensava em apagar o x de vez em quando, mas não teve coragem de levar isso adiante.

Todo mundo achava que o fim do relacionamento com Eddy tinha sido devastador. E de fato tinha, até certo ponto, sobretudo porque Hollywood era um lugar pequeno e Eddy tinha trocado Violet por uma mulher que era sua cliente, o que era constrangedor. Violet precisou dar uma festa anticasamento na mesma data que teria sido seu casamento, para salvar as aparências.

Mas a verdade era que o que havia acontecido com Eddy não tinha chegado nem aos pés da dor que ela sabia que um término poderia *mesmo* causar. Como se o peito estivesse desmoronando e metade de você sumisse. Ela sabia como era estar apaixonada e nada mais importar, e sua vida perder completamente o sentido sem a outra pessoa. Ela se sentira assim por alguém uma vez, e não tinha sido Eddy.

Violet não via ou falava com Xavier havia quase uma década. O que era o melhor, ainda mais considerando como a relação deles tinha acabado.

— É só uma coisa que fiz no ensino médio — respondeu por fim, ajustando o vestido para cobrir o máximo possível da tatuagem.

Então a porta do elevador se abriu, e os paparazzi no saguão do hotel se aproximaram, gritando por Karamel Kitty. Os flashes das câmeras dispararam, arrancando Violet dos pensamentos melancólicos sobre o passado.

Não tinha tempo para pensar em amores perdidos ou velhos fantasmas. Ela se agachou para pegar a cauda do vestido de Karina.

O show tinha que continuar.

2

— A questão, Xavier, é que eu estou procurando alguém para formar uma equipe comigo. Alguém que fique por perto e não esteja só investindo no próprio crescimento, mas sim no crescimento do programa da Riley em geral. É isso que preciso de um técnico-assistente.

Xavier estava sentado à beira da banheira de seu quarto de hotel em Las Vegas, assentindo intensamente com a cabeça enquanto fazia uma chamada de vídeo com Tim Vogel, o técnico do time de basquete masculino da Universidade Riley. Do outro lado da porta, ele conseguia ouvir seu primo Raheem, que estava na varanda, falando alto no celular com a noiva, Bianca, e ele torcia para que o treinador Vogel não ouvisse.

— Entendo isso, senhor, entendo mesmo — respondeu Xavier. — Estou pronto e disposto a fazer o que for preciso para ajudar o time a crescer.

Xavier estava conversando com Vogel desde o fim do ano anterior, quando descobriu que um dos técnicos-assistentes estava saindo do cargo na Universidade Riley, a faculdade estadual de New Jersey. Xavier tinha se formado na Riley e jogado no time de basquete da terceira divisão após seu curto período de tempo na Universidade do Kentucky. Tim Vogel tinha sido treinador de Xavier. Um cargo de técnico-assistente na faculdade poderia colocá-lo em um novo rumo profissional, como estava torcendo. Um movimento para levá-lo de volta aos trilhos.

— Sei que está entusiasmado, filho, e agradeço por isso — disse o treinador Vogel, dando um gole no que Xavier presumiu ser uma saideira. — É que você é muito novo. Não é casado. Mora sozinho. Você pode fazer as malas e decidir se mudar a qualquer momento. E, olha, não tem nada de errado com isso, mas significa que, no futuro próximo, eu teria que começar a procurar outro técnico-assistente. Preciso de alguém com um pouquinho mais de estabilidade e que estivesse disposto a firmar um compromisso de longo prazo. Não vou receber esse tipo de promessa de um solteiro como você. — Ele riu e então acrescentou: — Sem ofensas, mas não posso confiar em você.

— Não me ofendi — respondeu Xavier, suspirando.

Como sempre, Tim havia feito uma piada que só ele achava engraçada. Mas como poderia revidar os argumentos dele? Xavier *era* solteiro. Totalmente desimpedido. Solto mesmo. E tudo o que tivesse a ver com a solteirice. Mas precisava daquele emprego. Ele era um professor de inglês de ensino médio que paralelamente treinava times de basquete de todos os níveis, e adorava trabalhar com seus alunos, mas não podia negar que estava insatisfeito. Se as coisas tivessem pelo menos acontecido do jeito que planejara anos antes. Naquele momento, ele seria um jogador profissional de basquete no auge. E não estaria solteiro.

— Escute, você devia estar aproveitando sua viagem de aniversário — afirmou Tim. — Conversamos quando você voltar, tá bom? Feliz aniversário.

— Obrigado — respondeu Xavier. Mas como Tim Vogel era a pessoa mais difícil de se contatar, ele precisava agir rápido e agendar a próxima ligação.

— Espera... — começou, mas Tim já tinha desligado.

Xavier esfregou a testa. Precisava descobrir um modo de provar para Tim que levaria o cargo de técnico-assistente a sério. Só não sabia como.

Levantou e encarou seu reflexo no espelho, se perguntando se era aquela a aparência de uma pessoa comemorando vinte e nove anos. De um ponto de vista objetivo, ele ainda parecia novo. Sua pele era macia e iluminada. Ainda não tinha cabelo branco. Não via bolsas sob seus olhos, e ele tinha uma aparência bem musculosa.

Mas se *sentia* um ancião.

Ele pegou o pote de suplemento de colágeno na pia e engoliu duas pílulas com água porque suas articulações estavam começando a incomodar. Sem falar do leve desconforto ocasional que sentia na panturrilha direita. Ele achava que isso acontecia porque todos os dias, após o trabalho, ficava ensinando truques de basquete para um grupo de adolescentes. Na verdade, Xavier ficaria mais do que feliz em passar seu fim de semana de aniversário em Willow Ridge, talvez jantando na casa de Raheem e Bianca, onde poderia pegar no sono na frente da televisão. E então acordaria, voltaria para seu apartamento e pensaria em como levar os garotos do time da escola para as eliminatórias.

Mas o destino tinha aprontado das suas e ele ganhara um sorteio na festa de fim de ano do corpo docente que dava direito a um quarto de hotel grátis no novo cassino Luxe Grande em Las Vegas. Ele tentou passar o bilhete premiado para frente, mas seus colegas professores o fizeram se sentir muito mal por não querer aproveitar a viagem.

O quarto em si até era legal. Havia duas camas queen aparentemente bastante confortáveis, uma jacuzzi, uma varanda espaçosa e uma televisão de cinquenta polegadas pregada na parede. Xavier queria vestir um dos roupões macios e confortáveis e pedir alguma coisa pelo serviço de quarto. Queria cair no sono com o som de fundo acalentador de um documentário da Netflix. Oito, talvez nove anos atrás, celebrar o aniversário em Vegas com um quarto de hotel grátis seria um sonho se tornando realidade. Ele teria farreado e bebido tanto que ficaria de ressaca por uma semana. Mas ali estava ele, com vinte e nove anos e cansado.

Perguntou-se quando tinha ficado tão careta.

Ele entrou no quarto bem quando Raheem voltava para dentro, fechando a porta da varanda.

— Eii, tá bom. Já me liguei, primo — disse Raheem. — O visual tá bonitão, meu chapa.

Xavier se virou para novamente encarar seu reflexo. O cabelo crespo estava com um corte degradê. Ele usava uma camisa lisa branca sob um cardigã creme com calça jeans preta e bota Chelsea de camurça preta.

Mesmo que tivesse escolhido usar as lentes naquela noite no lugar dos óculos, ele ainda parecia exatamente com quem era: uma pessoa caseira tentando se soltar em Vegas. Raheem, por outro lado, achava que estava num videoclipe. Seu cabelo tinha sido recentemente trançado, e ele usava óculos de armação dourada, que com certeza não tinham grau, grillz de ouro nos dentes inferiores, dois cordões de ouro no pescoço, um blazer caramelo abotoado sem blusa por baixo e calça combinando. Raheem até que ganhava um dinheiro decente como mecânico de carros. Tanto que Xavier o tinha convidado para palestrar na sua turma no dia anual de carreiras informais no próximo mês. Mas Raheem não era esperto quando se tratava de gastar o que ganhava. Por isso estava brigando com Bianca minutos atrás, que estava convencida de que Raheem iria apostar a mensalidade da creche do filho de um ano deles. Assim que pousaram, Xavier vira uma mensagem de Bianca pedindo-lhe que ficasse de olho em Raheem. Era hilário que Xavier fosse visto como a pessoa mais responsável no momento, já que, na escola, todas as encrencas em que ele e Raheem se meteram tinham sido quase sempre ideia de Xavier.

— Valeu — disse Xavier, respondendo ao elogio de Raheem. Ele se olhou mais uma vez no espelho e andou até o minibar, onde Raheem estava misturando uísque e Coca-Cola em dois copos. — Você está bonitão também. Tudo certo com a Bianca?

— Tudo certo. — Raheem entregou um copo para Xavier, e eles foram ficar na varanda. Olharam para as luzes brilhantes de Vegas cintilando abaixo. Raheem se virou de costas para o fundo de vida noturna e tirou várias fotos de si mesmo. — Posso estar um arraso, mas só estou aqui mesmo por decoração. Você é a estrela, primo. Hoje à noite, vai conhecer uma mulher bem gostosa, e o que acontecer depois disso é com você e ela.

Xavier bufou e deu um gole na bebida. Ela queimou de um jeito suave e familiar.

— Que nada, estou tranquilo.

Raheem suspirou.

— Você não sabe o que precisei fazer para tirar folga neste fim de semana e oferecer meus serviços de conquistador. — Ele deu um tapinha no ombro de Xavier. — Não deixe que meu sacrifício seja em vão.

Xavier riu e sacudiu a cabeça, dando outro gole na bebida.

Era por isso também que tinha sido pressionado a ir para Vegas. Todo mundo, de Raheem e Bianca, até a mãe de Xavier, Tricia, e seus colegas de trabalho fuxiqueiros, mas de bom coração, queriam que Xavier voltasse à ativa e se esforçasse de verdade para namorar. Todos achavam que ele estava relutante em ter um relacionamento sério porque ainda estava preso à ex-namorada, Michelle, que o tinha largado havia mais de um ano. Mas seu namoro de sete meses com Michelle não era o que o inibia de namorar. Era só que ele achava namoros muito *exaustivos*. E, sempre que conhecia alguém, simplesmente não sentia aquela faísca, como raio numa garrafa, e estava meio que desistindo de esperar que um dia isso acontecesse. Verdade seja dita, ele não sentia isso por alguém havia muito tempo, nem por Michelle. Eles tinham sido colegas de trabalho que namoraram porque Willow Ridge não dava muitas opções. Quando Michelle terminou com Xavier e comprou uma passagem só de ida para um mochilão na América do Sul, ele não ficou surpreso.

Mas o tal raio o atingira uma vez, mais de uma década atrás. Tinha sido por uma linda garota de espírito ardente por quem ele teria feito qualquer coisa. Tinha uma tatuagem no bíceps que provava isso. Mas ele a deixou escapar porque era o melhor a fazer por ela, mesmo desejando que tudo houvesse acontecido de forma diferente. Agora ela estava ocupada vivendo o melhor da vida, e ele estava… em Vegas, comemorando com relutância seu aniversário num hotel que não poderia pagar em circunstâncias normais.

— Vamos só nos divertir entre a gente? — declarou ele para Raheem, querendo mudar de assunto. — Vamos tomar umas?

Raheem ficou radiante.

— Ah, claro que sim.

○ ○ ○

Horas mais tarde e muitas doses depois, Xavier arrastou Raheem para longe da mesa de blackjack para que ele não retornasse a Jersey sem um tostão.

— Só mais um pouquinho, primo — pediu Raheem, tropeçando no cadarço do sapato. — Vou ganhar. Só espere.

Xavier passou o braço em volta do ombro do primo e riu. Sua risada soou incomum aos seus ouvidos. Ele estava começando a se sentir como antigamente — o cara que entrava numa festa e revirava tudo. Apesar de sua apatia de quando chegara a Vegas, ele agora queria continuar curtindo a noite, e não poderiam fazer isso se Raheem perdesse todo o dinheiro.

— Vamos para a boate. — Xavier olhou para o celular. Eram quase dez da noite. — Mas primeiro quero passar no quarto e me trocar. Não estou mais a fim dessa roupa.

Raheem, que estava bem menos sóbrio do que Xavier, tentou assentir com seriedade.

— Sim, não quero chegar na boate com um tiozinho. Tira esse cardigã.

Xavier caiu na gargalhada.

— Cara, vai se foder.

— Quê? — brincou Raheem, gargalhando também enquanto saíam do cassino do hotel e voltavam para o saguão. — Vai que damos de cara com a Karamel Kitty na boate. Não quero passar vergonha.

A menção fez Xavier congelar por um momento.

— Karamel Kitty está em Vegas?

— Siiiim — respondeu Raheem. — E provavelmente vai ter o próprio camarote e tal.

Se Karamel Kitty estava ali, então... Não, não significava que Violet estava também.

Sua namorada da escola.

Ele sabia que ela era stylist de Karamel Kitty porque todo mundo na cidade conhecia a família Greene. Não havia um dia que um dos seus colegas de trabalho não lhe desse uma atualização de uma nova conquista de Violet ou de uma de suas irmãs, e, claro, ainda havia as redes sociais. Xavier tinha Instagram, mas nunca tinha postado uma foto. Não gostava de rede social — pessoas demais compartilhando seus pensamentos e vida de uma vez —, mas volta e meia dava uma olhada no perfil de Violet, @viewsofviolet. Ela postava fotos de si mesma e dos clientes, cada uma mais chique e impressionante que a outra.

Fazia quase nove anos desde a última vez que a vira. Mas pensava nela com frequência, mais do que algum dia admitiria para alguém. Imaginava como a vida deles poderia ter sido se tivessem ficado juntos. Mas então ficava sabendo de alguma novidade da vida dela ou checava seu Instagram e se lembrava que ela estava prosperando. Se tivesse ficado com Xavier, ele teria atrapalhado. Ele teria se odiado por fazer isso com ela, e, com o tempo, ela teria começado a se ressentir.

Apesar da conexão cortada, e dos meses e anos dolorosos em que conseguiu de algum jeito sobreviver após o término, ele se sentia confortado ao saber que ela estava se saindo bem. Um deles, pelo menos, tinha seguido os próprios sonhos com sucesso.

— Ei, quem é *aquela*?

Xavier esbarrou nas costas de Raheem porque ele parou de andar. E virou a cabeça na direção para a qual o primo olhava.

Uma mulher de pele negra clara estava na recepção do saguão, usando um vestido preto colado ao corpo. O cabelo dela estava preso em um coque de aparência complicada, e Xavier teve um flashback do baile de formatura. Seu coração começou a martelar no peito. Mesmo depois de tantos anos, da distância e da separação, ele a reconheceria em qualquer lugar. Seus sentidos sempre tiveram uma forma de reagir a ela antes de seus pensamentos terem a chance de se situar.

Ela olhou para a esquerda, e Xavier viu a mulher de perfil. Uma confirmação.

Violet.

3

Violet não gostava de pensar no dia em que Xavier terminou com ela. A lembrança ficava estritamente trancada em um cofre.

Foi no segundo ano de faculdade, no primeiro dia do recesso de fim de ano. Naquela manhã, seu pai a tinha buscado no aeroporto, e, antes de desfazer a mala, ela foi ver Xavier. Tinham aprendido que o relacionamento a distância não era bem o forte deles. Primeiro, havia uma diferença de três horas entre Los Angeles e Kentucky, e, para piorar, eles estavam muito ocupados. Desde o começo do primeiro ano, Violet tinha colocado o pé no acelerador. Diferentemente dos colegas de turma, que tinham conseguido estágios e contatos com a ajuda de familiares e amigos, Violet começou a trabalhar à noite e aos fins de semana na Forever 21 da Olympic Boulevard. Ela começou auxiliando o gerente visual e sua equipe, que vestiam os manequins e reelaboravam o layout da loja a cada estação. O gerente visual ficara tão impressionado com Violet que a colocara em contato com seu antigo colega de quarto, que por acaso era editor de moda no escritório da *Teen Vogue* em Los Angeles, resultando na conquista do primeiro estágio de Violet. As coisas só ficaram mais agitadas depois disso. No verão após o primeiro ano, ela estagiou na *Elle* de Nova York e passou o outono do segundo ano novamente em LA, estagiando na *Flaunt*.

A agenda de Xavier estava abarrotada com as aulas e o basquete. Violet sabia que ele enfrentava dificuldade para se ajustar à vida no Kentucky e que, durante a temporada de basquete no primeiro ano, passara mais tempo no banco do que na quadra, o que o frustrou, já que tinha sido uma estrela a maior parte da vida. Ela tinha recebido essa informação como se não fosse muito importante durante uma das intermitentes chamadas de vídeo entre aulas, jogos e turnos de estágio. A única parte boa do novo modo de comunicação deles é que não tinham mais tempo para se provocar como na escola.

Então, no segundo ano, um pouco antes do recesso de Natal e Ano-Novo, Xavier rompeu o tendão do calcanhar no treino e voltou para casa em Willow Ridge a fim de se recuperar da cirurgia. De repente, Violet não conseguia falar com ele. Ele não atendia suas ligações e mal respondia às mensagens. Aquele era o mesmo garoto que costumava mandar mensagem de bom-dia, todo os dias, como um relógio. Ela sentiu que algo estava errado, mas torceu para que o motivo de ele não responder às ligações e mensagens fosse por estar tão chapado de analgésicos que não conseguia diferenciar o celular do pé. Seria a única explicação aceitável desse sumiço.

Mas, à exceção das muletas, quando Xavier abriu a porta usando um blusão azul do Kentucky, parecia perfeitamente bem e ágil.

— Já liguei mais de mil vezes — disse Violet, lutando para acalmar a agitação. Afinal de contas, ele estava machucado. Além do mais, a mãe dele, Tricia, a amava, e Violet não queria que ela a ouvisse repreendendo Xavier. Ela baixou a voz. — Está me ignorando?

Em vez de convidá-la para entrar, Xavier saiu para a varanda com as muletas. Fechou a porta, e Violet deu um passo para trás a fim de lhe dar mais espaço. Algo na expressão cautelosa dele a fez parar.

— Qual o problema? — perguntou.

— Violet, eu... — Ele olhou para a rua atrás dela. Violet continuou encarando-o, querendo saber por que ele não a olhava nos olhos.

— O que foi? — perguntou ela, ficando cada vez mais desconfiada.

— Eu... acho que devíamos terminar.

Ela ficou em silêncio, atordoada. Seu cérebro se movia em câmera lenta, lutando para acompanhar. Xavier queria terminar. Ele estava terminando com ela.

— O... o quê? — balbuciou ela, confusa. — Mas por quê?

— É diferente agora. Tudo está... — Ele ergueu as mãos, como se ela devesse encontrar mais informações no ar. — ... diferente.

Que vago. Que *confuso*.

Pelo seu tom de voz, ela sabia que não se tratava de uma das brigas dos tempos de escola, em que um término seria seguido por um amasso. Ele estava determinado.

— Não entendo. — Sua voz rachou. — O que está diferente? O que você sente por mim?

Ele olhou para seu gesso, ainda se negando a encará-la nos olhos.

— Você estava certa quando disse que nosso futuro não se alinhava — declarou ele, sem responder exatamente à pergunta dela. — Acho que vai ser melhor cada um seguir o próprio caminho.

Suas palavras estavam tão equivocadas que ela não soube o que pensar. Tudo que sabia era que não queria perdê-lo. Em desespero, agarrou uma de suas mãos.

— Sei que andamos ocupados e tem sido difícil — falou ela. — Mas eu te amo e você me ama. Você não disse que isso era tudo que importava? Que as coisas eram simples?

Quando por fim ele olhou para ela, seus olhos estavam vermelhos, brilhando de lágrimas. Ela estava muito confusa. Se *ele* estava terminando com *ela*, por que parecia estar tão devastado?

— Por que está fazendo isso? — sussurrou ela.

— Desculpe, Violet — pediu ele, tão baixo que ela precisou se inclinar para ouvi-lo. Usando o braço livre, ele a abraçou com uma força feroz e deu um leve beijo na sua testa antes de se afastar e repetir: — Me desculpe.

E então voltou para dentro, enquanto ela ficou na varanda, no frio, abandonada.

Assim que chegou em casa ela arrancou as fotos dos dois da parede do quarto e tirou os porta-retratos da penteadeira. Fotos deles no baile, na praia, nas arquibancadas da escola, Violet com a cabeça apoiada em seu ombro. Olhar para as fotos dava a sensação de que seu coração estava em chamas. Queria queimar todas aquelas fotos, mas não conseguia. Colocou tudo numa caixa de sapato, bem debaixo da cama, para nunca mais serem vistas.

Durante o recesso, ela mal saiu da cama. Se não estava chorando, estava deitada com olhos inchados, encarando o teto e desejando conseguir pensar em qualquer coisa além de Xavier. A comida não tinha graça nem gosto. Suas atividades habituais de fim de ano perderam o sentido. Nada de esquiar com as irmãs. Nada de fazer arranjos de flor-de-papagaio com os pais. Para quê? Como poderia ser feliz sem Xavier? A tristeza crescia por ela como uma videira grossa, encasulando-a, puxando-a para o chão. Ela ficava esperando ele ligar ou mandar mensagem, aparecer na sua porta e dizer que estava errado, que tinha cometido um erro. Mas as ligações e mensagens nunca chegaram, a campainha nunca tocou.

Na véspera de Ano-Novo, sua tristeza fez uma virada brusca para raiva. Quem Xavier pensava que era para deixá-la daquele jeito? Depois de tudo que passaram? Não, ele não teria a palavra final. Ela saiu como um raio de casa, ainda vestida com o pijama xadrez natalino que usara pela última semana, pegou o carro e acelerou até a casa de Xavier. Ela ia xingá-lo, dizer que a vida dele seria uma merda completa sem ela, e então forçaria para entrar na casa dele e furaria todas as suas preciosas bolas de basquete. E aí *ele* seria o infeliz.

Mas, quando estacionou na frente da casa de Xavier e avistou a calçada vazia, lembrou que ele planejara passar a véspera de Ano-Novo com o pai na Georgia. Ele nem estava em casa. A vontade de brigar a abandonou. Apoiou a cabeça no volante e soluçou. Os dias seguintes passaram lentamente, em puro sofrimento. Mas logo chegou o momento de retornar a Los Angeles, onde a moda e as aulas a receberiam de braços abertos, servindo como a melhor distração.

A dor do término com Xavier tinha quase acabado com ela. Por um longo tempo, a sensação foi de que alguém tinha morrido. A perda da presença de Xavier em sua vida devastou tanto sua alma que ela temera nunca mais ser a mesma. Só que, com o tempo, as lágrimas pararam e a dor suavizou. Ela conseguiu mais estágios, fez novos amigos. Depois de formada, se jogou de cabeça na carreira. Aprendeu a construir uma vida ao redor do luto, até que ele gradualmente se transformou em uma manchinha em meio a tudo o que ela se tornara.

Tinha treinado a si mesma para não pensar em Xavier e, depois de nove anos, ficara muito boa nisso. Então, quando estava no saguão do hotel e ouviu a voz vagamente familiar do passado gritar "Ei, Violet!", um alarme gritou em sua cabeça.

Violet se virou e logo escaneou a montanha de gente se movendo pelo saguão. Ela tinha perdido a chave do quarto no jantar e estava esperando para receber um novo cartão enquanto Karine e o restante do grupo se aprontavam para irem à boate. Não avistou um rosto familiar na multidão. Talvez estivesse imaginando coisas. O fato de Alex comentar sobre a tatuagem de Violet a tinha colocado em estado de atenção. Ela virou de volta para o balcão, e a pessoa gritou seu nome de novo. Daquela vez, Violet girou e se viu olhando diretamente para Raheem Anderson.

Ele estava andando bem na sua direção, todo sorridente e acenando. As luzes do teto refletiam em seus cordões de ouro berrantes e grillz. Violet ficou tão pasma por encontrar Raheem ali, entre tantos lugares, que só conseguiu encarar e piscar. A última vez que o vira havia sido no porão da casa dele: ela tinha dezessete anos, estava com Xavier, e juntos fumaram um baseado. De vez em quando ela ainda falava com a noiva dele, Bianca, então sabia que eram pais de um menino completamente adorável de um ano, Raheem Jr. Mas não falava com Raheem diretamente havia muito tempo. Desativara o Facebook um tempinho atrás e não tinha interesse nenhum em revivê-lo. E, além de Bianca, não seguia ninguém da escola no Instagram.

— E aí, garota? — Raheem alcançou Violet e a envolveu num abraço apertado. Na adolescência, ele fora baixo e magricelo, o chutador do time de futebol americano, o que preferiria correr na direção oposta a ser confrontado. Agora, ele ainda era baixo, mas estava mais encorpado, como se tivesse malhado. Ele levantou Violet com facilidade com a própria força de seu abraço até a colocar no chão de volta. — Tudo bem?

— Tudo. — Ela ainda estava confusa, ainda desnorteada. Pôs as mãos nos ombros dele e se afastou um pouco, dando uma olhada melhor nele. Suas pálpebras estavam caídas, e ela inspirou um leve cheiro de álcool. — O… o que você está fazendo aqui?

— Farreando, claro! O que mais? Você sabe como eu gosto de curtir.

— Ha. — Ela não sabia como ele gostava de curtir. Não mais.

— A chave do seu quarto, senhorita.

Assustada, Violet virou para o funcionário da recepção que lhe entregava o cartão-chave substituto. Agradeceu e deslizou o cartão para dentro da bolsa antes de se virar para Raheem.

— Bom, legal ver você… — Ela começou a se afastar, olhando para o celular vibrante. Havia uma mensagem de Edwin em nome de Karina, perguntando se Violet estava tendo problemas para conseguir outra chave do quarto. Alex também tinha mandado mensagem e perguntado onde Violet guardara o rolo extra de tapa-seio da troca de roupa de Karina.

Precisava voltar para sua equipe. Além do mais, ver Raheem daquela forma inesperada despertou muitas lembranças que ela preferiria manter enterradas nas fendas de sua mente, que era o lugar delas.

— Calma aí, um segundo — pediu Raheem, estendendo um braço e detendo-a. Ele olhou para trás e ficou na ponta dos pés, gesticulando e acenando para alguém.

De alguma forma, sem ter provas concretas, ela soube quem Raheem estava chamando. Quem mais seria? O sangue se esvaiu de seu rosto. Sua garganta ressecou, e ela engoliu em seco. Deu outro passo para trás, pronta para fugir.

— Na verdade — grasnou —, não posso…

— x! — gritou Raheem, a mão levemente no cotovelo dela. — Vem aqui, primo!

Ela fechou os olhos. Seu interior berrava para ela fugir.

Não estou pronta para isso! Eu devia estar tranquila, calma e recomposta quando o visse de novo! Não exausta e com apenas três horas de sono! Ele deveria me olhar e na hora se arrepender do dia em que partiu meu coração!

Forçou-se a respirar fundo e abrir os olhos. Então o ar saiu dela. De pé, maior do que todo mundo no entorno e andando a passos largos em sua direção, estava o ex-amor da sua vida.

Xavier Wright.

Ele e Violet se encararam e o ambiente girou. Ela piscou várias vezes e pigarreou, repreendendo por dentro o próprio coração pelo descontrole. Mas seus batimentos apenas a desafiavam mais conforme Xavier se aproximava. Ela analisou o corpo forte e o olhar vigilante. As ondas brilhantes e perfeitas no corte de cabelo recente. A pele macia e sem acne. Ah, porra, ele ainda era lindo. Por quê? Por que não tinha ficado careca? Por que não tinha uma barba difícil que se recusava a ficar alinhada? Era isso que ele merecia!

E estava sorrindo para ela. *Sorrindo*. Como se estivesse morto de felicidade em vê-la. Como se não tivesse despedaçado seu pobre coração frágil e jovem em milhões de pedacinhos.

— Violet — disse Xavier, parando bem na sua frente. Ele parecia confuso, de alguma forma ofegante. — Oi.

E então a abraçou. Envolveu os braços ao seu redor, cobriu-a com seu corpo. Ele ainda era tão mais alto. Seu rosto estava na direção do peito dele. Seu pulso retumbou, e ela se ordenou a respirar profundamente e ficar calma. Nossa, ele cheirava bem. Menta e banho recém-tomado. Por um instante, ficou tão sobrecarregada que não soube o que fazer nem o que dizer. Com formalidade, ergueu os braços e os pousou nas costas dele. O constrangimento e o choque que ela estava sentindo se derreteram por um momento em familiaridade. Era muito natural abraçá-lo. Como se nove anos não tivessem se passado desde a última vez que tinham se falado, na varanda, no primeiro dia do recesso de fim de ano.

O abraço foi infinito e breve. Xavier abaixou os braços e se afastou, colocando uma quantidade educada de espaço entre eles. Violet pigarreou de novo e deixou os olhos vagarem por seu rosto, notando as diferenças entre o passado e o presente. Havia agora um cavanhaque completo e mais rugas ao redor da boca. Ele tinha ganhado um pouco de peso, o que lhe caía bem. Suas bochechas estavam mais preenchidas, seu corpo um pouco mais cheio. Não era mais o varapau da escola. Só que algumas coisas continuavam do mesmo jeito, como a pinta acima da sobrancelha esquerda e a cicatriz no queixo de quando caiu durante um jogo.

Era fácil acompanhar alguém sem realmente nunca falar com tal pessoa, mas, até onde Violet sabia, Xavier não tinha nenhuma presença online. Por causa dos pais, ela sabia que ele ainda morava em Willow Ridge e que dava aula no ensino médio.

— Ele é tão bonito e gentil — mencionara Dahlia em uma das visitas de Violet no ano anterior. Dahlia tinha esbarrado com Xavier no mercado, que a ajudara a carregar um engradado de água até o carro. Depois ela falou sem parar da diferença que ele estava fazendo na educação dos alunos, como se não o tivesse chamado de uma ameaça à educação de Violet quando eles mesmos eram estudantes. Por alguma razão, Dahlia também sentira a necessidade de mencionar que Xavier estava solteiro.

Na época, Violet fingiu desinteresse e tentou ignorar a pontada no peito da melhor maneira possível. Mas naquele momento, cara a cara com Xavier, tinha provas de que a mãe dissera a verdade. Ele *ainda era* lindo.

Ela o encarou, procurando algo para dizer.

Por que está nervosa? Você é aquela *garota. Aja à altura.*

— Bom te ver — disse ela. Sua voz assumiu um nível frio de indiferença. O sorriso fácil dele requeria uma montanha de esforço. — O que te traz a Vegas?

— Ganhei uma estadia num sorteio. — Sua voz estava mais profunda. Outra mudança. Ele sorriu de leve e deu de ombros. — Foi meu aniversário.

— Ah, é — falou ela, como se tivesse esquecido que o aniversário dele tinha acontecido havia apenas alguns dias, no dia 12 de janeiro. — Feliz aniversário atrasado.

— Obrigado. — Ele a encarava com tanta intensidade que as bochechas dela estavam começando a arder sob seu olhar. — Chuto que está aqui a trabalho? Com Karamel Kitty?

Ah. Ele podia não postar nas redes sociais, mas pelo jeito, ao que parecia, ficava de olho.

— Isso. — Ela assentiu, mesmo que fosse desnecessário porque havia acabado de confirmar. — Na verdade, estou indo para a boate.

— Ah, se liga, a gente também! — declarou Raheem.

— Sério? — Violet olhou por cima do ombro, torcendo para ver Alex ou Edwin. Até o segurança de Karina serviria naquele momento. Qualquer um para tirá-la dali e acabar com aquele encontro. — Legal.

— Você está linda, Vi — soltou Xavier.

Ela lançou o olhar de volta para ele. Ouvi-lo dizer seu apelido com tanta suavidade ameaçou sua máscara de compostura. Observou seu pomo de adão se mover enquanto ele engolia em seco, seu maxilar se mexendo conforme os olhos dele a varriam. Ela viu o momento em que ele notou o x no quadril. Ele congelou e seus olhos se arregalaram por um milissegundo. Constrangida, ela ajustou o vestido para cobrir a pele exposta. Que Valentino Garavani a perdoasse, mas ia queimar aquele vestido na primeira oportunidade que tivesse. Ficou imaginando como estava sua imagem, andando por aí num vestido que exibia a tatuagem que era dedicada a ele!

Ainda assim, Violet estava morrendo para saber se ele ainda tinha a tatuagem dele. O orgulho a impediu de perguntar.

— Obrigada — respondeu por fim, desviando o olhar de novo.

— Que coisa linda. — Raheem colocou os braços ao redor de Violet e Xavier e os puxou para um abraço em grupo. — A antiga gangue reunida como nos velhos tempos. Só falta a B.

Violet olhou para Xavier, que a encarou. O canto de sua boca se ergueu num sorriso constrangido. Nossa, aquilo era muito estranho.

De repente, o saguão ficou mais barulhento, as pessoas pegaram os celulares e os apontaram na direção do elevador. Fãs começaram a gritar por Karamel Kitty.

— Preciso ir — afirmou Violet, soltando-se do abraço em grupo. Olhou para Xavier, lutando para aceitar o fato de que ele estava realmente diante dela, em carne e osso. — Foi, é, legal...

— Espera, Violet, você tem que me apresentar para Karamel Kitty — pediu Raheem, agarrando sua mão. — Por favor, ela é minha rapper favorita. Da Bianca também. A gente ama!

— Você não tem que fazer isso — declarou Xavier, tirando a mão de Raheem de Violet. Ele sorriu, e o coração bobo e traidor dela parou de funcionar. — Mas se algum dia aparecer em Willow Ridge, quem sabe a gente...

— Não, eu *preciso* conhecer a Kitty! — implorou Raheem. — Quando vou ter uma chance dessa de novo?

Violet lançou uma expressão irritada para Raheem. O que Xavier ia dizer? Se ela aparecesse em Willow Ridge, quem sabe o quê? Mais importante, por que ela se importava?

Os gritos da multidão ficaram mais altos. Violet virou, e Karina e a equipe estavam andando na sua direção, flanqueados pelo segurança dela e pela segurança adicional do hotel. Karina acenou e soprou beijos para seus fãs. Quando avistou Violet, jogou os braços para cima, num estilo: *Garota, onde você estava?*

— Desculpe — pediu Violet, quando Karina e a comitiva os alcançaram. — Esses são velhos amigos da escola, Raheem e Xavier.

Karine ergueu uma sobrancelha, e Violet assentiu. Sim, *aquele* Xavier. Karina sabia tudo da luta dolorosa de Violet com o primeiro amor graças àquele fatídico dia em que ficaram presas no elevador em Quebec.

— E aí, caras? — cumprimentou Karina.

Raheem ficou de boca aberta literalmente enquanto apertava a mão de Karina. Xavier também apertou a mão dela, mas Violet sentiu seus olhos nela o tempo todo.

— Beleza, a gente precisa mesmo ir — avisou Edwin, aproximando-se.

— Ah, para que boate vocês estão indo? — indagou Raheem.

— A do hotel — respondeu Karina. Ela sorriu, como se Raheem a tivesse divertido.

— A mesma que a gente! Vamos juntos!

Raheem sugeriu aquilo com naturalidade, como se ele e Karina, uma rapper indicada ao Grammy, fossem amigos desde sempre e não tivessem se conhecido havia dois segundos. Ao lado dele, Xavier fez uma careta.

Violet e Karina trocaram outro olhar. Karina franziu o cenho, seu modo de perguntar se Violet ficaria chateada se Xavier e Raheem se juntassem a eles. Violet preferiria que *não* se juntassem. Mas não queria que aquela situação ficasse mais constrangedora dizendo não, ainda mais porque Raheem aparentava estar muito *entusiasmado*.

Depois que ela e Xavier terminaram oficialmente tantos anos atrás e Raheem não tinha nenhum motivo real para continuar em contato com Violet, ele seguiu falando com ela de vez em quando para saber como ela estava. Antes que Violet mudasse o número para um com o código de área de Nova York.

Como resposta, Violet deu de ombros com sutileza. Karine piscou uma vez. *Tem certeza?* Violet pigarreou. *Tenho.*

— Sim, vocês podem vir — afirmou Karina. Ela gesticulou para Edwin. — Pode colocar o nome deles na lista, amor?

Edwin logo pegou as informações de Xavier e Raheem, e Violet teve enfim uma chance de se afastar. Ela foi até Alex e perguntou se ela tinha achado a fita tapa-seio para Karina, depois perguntou se o restante dos vestidos estava pronto para ser enviado de volta ao estúdio em Manhattan pela manhã. E, enquanto isso, fingiu não sentir que Xavier a observava.

Na boate, ela se certificaria de colocar uma bela distância entre eles. Não precisava dar muita importância àquilo. Ele tirara sua virgindade e fora o objeto de suas afeições adolescentes cheias de hormônios. E daí? Era passado.

Depois daquela noite, nunca mais precisaria ver Xavier.

4

Enquanto Violet estava sentada do lado oposto de Xavier no camarote, tentava ao máximo fingir indiferença. Karina e Raheem dividiam uma garrafa de conhaque Rémy e gritavam para a multidão abaixo, enquanto o segurança de Karina mantinha os olhos treinados em Raheem como se estivesse pronto para derrubá-lo a qualquer momento. Melody e Brian compartilhavam uma porção de asas de frango e, ao lado de Violet, Edwin e Alex aparentavam estar comparando agendas nos celulares.

Sem querer, o olhar de Violet encontrou o caminho pela mesa até Xavier. Ele estava sentado com os braços espalhados de cada lado. Seu cardigã era inadequado para a ocasião, mas, de má vontade, ela admitiu que ficava bem nele. Ele se virou de repente e a flagrou encarando-o. Ela desviou o olhar na hora e pegou o celular. Precisava mandar uma mensagem urgente para o grupo das irmãs.

Ei, escreveu para Iris e Lily, alguma de vocês está acordada?

Iris era diretora de parcerias numa empresa de maquiagem e, apesar de trabalhar na cidade, morava em Willow Ridge com a filha de quatro anos, Calla. E Lily, uma editora de livros infantis, morava no Brooklyn. Nenhuma era de ficar acordada até tarde da noite, e já passava de uma da manhã na Costa Leste, então Violet meio que sabia que sua mensagem ficaria à deriva. Felizmente, recebeu uma resposta imediata.

IRIS: Estou acordada. Não consigo para de assistir *Reforma à venda*. Acham que eu deveria redecorar o quarto da Calla?

VIOLET: A Calla quer uma decoração nova?

IRIS: Ela não disse nada.

VIOLET: Então, não. Enfim, não vão acreditar quem tá comigo agorinha no camarote

LILY: Também estou acordada! Editando e morta de sono. Por favor me diz que está com a Beyoncé

VIOLET: Quem me dera ter tanta sorte

IRIS: Humm. Deixa eu chutar, outra pessoa famosa?

VIOLET: Não é famosa

LILY: Por que você nunca sai com a Beyoncé?

VIOLET: Lily, foco!

IRIS: Odeio brincadeira de adivinhar.

LILY: É o Michal B. Jordan?

VIOLET: Acabei de dizer que não é famoso!

IRIS: Por que não fala logo? Não tem como a gente saber

VIOLET: Afff. É o Xavier.

Por longos segundos, nenhuma irmã respondeu.

VIOLET: Oiii?

IRIS: Xavier Wright?

LILY: Seu ex?

VIOLET: Isso, esse Xavier! Ele está em Vegas com o Raheem

LILY: Ah, uau. Que coincidência!

IRIS: Deve ser tão estranho.

VIOLET: Estranho é pouco

— Então, sou um velho amigo da escola?

Violet se assustou com a voz profunda em seu ouvido. Ela virou e viu Xavier sentado bem ao seu lado. Edwin e Alex tinham saído do camarote e Xavier tomara o lugar deles no sofá. Violet não tinha percebido, imersa na conversa com as irmãs.

Ela olhou confusa para ele e sua proximidade repentina.

— O quê?

— Você disse para a Karamel Kitty que eu era um "velho amigo" da escola. — Ele fez aspas com as mãos em "velho amigo". — É isso que somos um do outro?

Ela ergueu uma sobrancelha. A expressão dele era curiosa, sem nenhum indício de provocação.

— Bom, éramos amigos também. — Ela fez uma pausa, avaliando-o. — Não éramos?

Ele fez que sim.

— Melhores amigos.

Ele *tinha* sido seu melhor amigo. E então, um dia, num piscar de olhos, não era mais.

— Sim, bom, você tinha muitos amigos na escola. — Ela apontou para Raheem, que estava deixando Karina derramar conhaque na sua boca direto da garrafa. — Como aquele ali. Parece que está tendo a noite da vida dele.

Xavier gargalhou. Ela catalogou a risada rouca como outra diferença entre o passado e o presente.

— Ele não vai conseguir parar de falar disso quando voltarmos pra casa.

Violet sorriu um pouco, sem saber o que dizer em seguida. Não queria investir muita energia naquela conversa ou em Xavier, e ponto-final. Por mais curiosa que estivesse, não achava que ele merecia sua atenção. Um silêncio delicado se estendeu entre eles.

— Você...? — falou ele.
— Então... — disse ela.
Xavier riu de novo.
— Pode falar.
Violet sacudiu a cabeça.
— Não, você primeiro.
— Você faz isso com frequência? — perguntou ele, gesticulando para o entorno. O DJ gritando sobre a música, a multidão rugindo na pista de dança abaixo. Karina sendo memorável, rebolando como se fosse um esporte.
— Às vezes — respondeu. — Depende.
— Do quê?
— Do cliente. Do meu nível de energia.
— Hum — falou ele, e ela se perguntou o que ele realmente achava do seu estilo de vida. Era muito caótico para ele? Anos atrás, Xavier estaria aproveitando tudo igualzinho ao Raheem. Aquela era outra diferença. O Xavier adulto aparentava ser mais calmo. — O que você ia me perguntar?

Ela não lembrava o que estava para perguntar. As questões para as quais realmente queria respostas não podiam passar por seus lábios. Questões do tipo: Como ele partiu seu coração tão fácil sem nunca se arrepender? Ele também tinha levado anos para se recuperar? Passou a primeira metade dos vinte anos evitando compromisso sério porque morria de medo de outra pessoa partir seu coração do mesmo jeito?

— Minha mãe me contou que você está dando aula na escola — afirmou ela. — Eu ia perguntar como é.

— Não é ruim. — Ele deu de ombros e se apoiou no sofá. Ela notou a enorme extensão de seus braços quando ele os esparramou de cada lado. — Ensino inglês para o segundo ano. Com certeza não era o que eu me via fazendo da vida. Sem dúvida. Mas podia ser pior. — Ele sorriu, jovial e autodepreciativo. — Por que está me olhando assim?

— Só estou... surpresa — explicou ela.

Quando seus pais lhe contaram que Xavier estava dando aulas, ela presumiu que fosse de educação física. Ele era muito ativo; nos velhos tempos, ficar sentado na sala de aula o deixava ansioso. Ela o imaginara com um apito pendurado no pescoço, usando as cores verde e amarelo do Colégio Willow Ridge. Não achou que estivesse dando aula de inglês. Pensou no professor deles do sofrido e longo segundo ano, sr. Rodney, que todos eles achavam, de brincadeira, que parecia o Morgan Freeman e que tentava ao máximo fazer a turma se empolgar com *1984* e *Macbeth*. Sempre que liam a peça, Xavier pedia para ser Macbeth, e lia numa voz profunda e grave que fazia todo mundo rir, até mesmo um levemente exasperado sr. Rodney.

— Aposto que o sr. Rodney ama te ter como colega. Isso se ele ainda trabalha lá.

— Ah, sim, ele ainda está lá — respondeu Xavier. — O sr. Rodney tem dedicação vitalícia, o tipo de professor que só vai sair da escola numa maca. Toda terça-feira, a gente compra Taco Bell no almoço e come juntos na sala dos professores. Tem vezes que é o auge da minha semana. Dar aula é recompensador, mas bastante estressante.

— Imagino.

— O sr. Rodney ainda treina o time masculino de basquete, e eu sou o técnico-assistente agora, na verdade — declarou ele, e ela ouviu um indício de orgulho em sua voz. — Estamos invictos nesta temporada. A gente pode até ganhar o campeonato. Vai ser a primeira vez que Willow Ridge ganha desde quando nos formamos.

— Uau, que incrível. — Ela queria perguntar o que tinha acontecido com os sonhos de basquete *dele*. Depois da sua lesão, sabia que ele não tinha voltado para Kentucky e que terminara a graduação na faculdade estadual local, a Universidade Riley. Mas não sabia se era um tema sensível.

— Valeu — falou Xavier.

Ele sorriu para ela, e, quando os olhos de Violet vagaram para sua boca, ela notou outra similaridade: ele ainda tinha lábios bonitos. Pigarreou e desviou o olhar. Melody e Brian estavam dançando com Raheem e Karina, o que significava que Violet e Xavier eram os únicos sentados.

Xavier se inclinou para a frente e se serviu de outra dose de Rémy. Ele apontou com a garrafa para Violet.

— Quer um pouco?

Ela não estava com vontade de beber. Eram quase onze da noite, e estava exausta. Por outro lado, uma das razões de estar tão exausta era porque estava pensando demais em tudo relacionado àquela interação com Xavier. Não conseguiria passar pelo resto da noite completamente sóbria.

— Claro. — Ela estendeu o copo e observou Xavier servindo a dose com lentidão. Eles brindaram e engoliram o conhaque. Violet se retraiu, e Xavier tossiu. Ela começou a rir. — Lembra quando bebemos uma garrafa inteira do licor de pêssego do meu pai depois do baile de boas-vindas do segundo ano como se não fosse nada? Agora não conseguimos beber uma única dose sem quase engasgar.

Xavier riu.

— Também teve a vez que fomos até Wildwood de carro e você bebeu metade de uma garrafa de Jose Cuervo e tentou correr para o oceano com as gaivotas. Ainda bem que eu estava lá pra te salvar.

— Sabe que não foi isso que aconteceu — rebateu ela, revirando os olhos. — Uma gaivota roubou meu saco de batata e eu corri atrás dela.

— Mesmo assim eu estava lá pra te salvar.

— Se me colocar no ombro como um homem das cavernas enquanto a gaivota foge com minhas batatas fritas com sal e vinagre conta como me salvar, então sim.

— Sal e vinagre. — Xavier estremeceu. — Tinha esquecido o quanto você amava esse sabor.

— Ainda amo — afirmou ela, com orgulho. — O melhor que existe. — Ele começou a falar, e ela ergueu a mão, parando-o. — Não diga que barbecue e mel é melhor. Não estou a fim de discutir.

Xaver colocou uma mão no peito, fingindo choque.

— Violet Greene se recusando a brigar? Nunca achei que esse dia chegaria.

Ela estreitou os olhos, e ele deu um sorriso lento, como se soubesse exatamente o que estava fazendo. Provocando-a. Como nos velhos tempos.

Era empolgante e alarmante ao mesmo tempo.

Ele ainda sorria quando se aproximou um pouquinho, e, como se estivesse sendo puxada por uma corda invisível, Violet também se aproximou. Ele baixou os olhos, vasculhando o rosto dela, brevemente parando na boca. Os batimentos dela aceleraram, e... espere, o que é que estava acontecendo?

Violet se levantou de repente. Se iam ficar naquele ambiente juntos, precisavam ficar ocupados o máximo possível. Nada de ficar sentados conversando. Ela se serviu de outra dose e a engoliu com um rápido gole.

Não ia ver Xavier de novo depois daquela noite, então não havia motivo para se arrepender do que disse a seguir:

— Quer dançar?

Xavier ergueu uma sobrancelha.

— Aqui em cima?

— Não. — Ela apontou para a pista de dança. — Lá embaixo.

Ele virou outra dose também. Ao que parecia, ela não era a única que precisava de um pouco de coragem líquida.

— Vamos lá.

5

Xavier seguiu Violet até a pista de dança, com o olhar grudado nas suas costas enquanto ela serpenteava com habilidade pela multidão pulsante e densa. A base vibrava pelo chão pegajoso da boate, e pessoas se pressionavam em cada lado de Xavier. Mas sua atenção estava focada em Violet. Seus olhos viajavam da curva elegante de seu pescoço até a cintura pequena e o quadril generoso. Ela era deslumbrante. Só havia ficado mais bonita na última década. Violet olhou por cima do ombro para garantir que ele ainda a seguia e o flagrou dando uma conferida nela de cima a baixo. Ela então ergueu uma sobrancelha e voltou a olhar para a frente, continuando a jornada pela multidão de corpos.

    Ele queria tocá-la de alguma forma, colocar a mão na sua lombar ou acariciar com gentileza a curva de seu cotovelo. Qualquer coisa para se sentir próximo a ela, mesmo que fosse apenas uma farsa. Ela ainda tinha aquele ar característico de Violet. Uma leve apatia. Um leve desinteresse. Levemente inalcançável. O motivo pelo qual tinha chamado a atenção dele do outro lado da quadra tantos anos atrás. Quando a abordara naquele dia, não tinha como saber que ela se tornaria a pessoa mais importante de sua vida. A pessoa que nunca conseguiria esquecer.

    Desde o término, passou a imaginar com frequência o que faria ou diria se esbarrasse com Violet. Explicaria por que tinha terminado com ela do jeito que terminou. Contaria que, após a lesão e o ano e meio sem brilhar em Kentucky, tinha percebido que talvez não tivesse, no fim das contas, o que era preciso para ser profissional. Enquanto isso Violet voava, exatamente como tinha planejado. Ele não conseguia acompanhar. Era um atraso. Não era bom o suficiente para ela. Era um fracasso e, a longo prazo, ela ficaria mais feliz se ele a deixasse seguir sozinha. A lógica de um garoto de dezenove anos inseguro. Ele diria o quanto lamentava e que partir seu coração o devastara.

Não sabia se Violet o perdoava nessa conversa imaginária. Seus devaneios nunca ousavam ir tão longe.

Quando chegaram no meio da pista de dança, Violet enfim parou e girou para encarar Xavier. Ela começou a balançar a cabeça para cima e para baixo e a mover o quadril com a música. O DJ tocava outra música de Karamel Kitty. Violet cantava o rap frase por frase, sem errar uma palavra. Ela parecia tão *descolada*. Nunca precisou fazer esforço algum, sempre era a garota mais descolada em qualquer lugar. Ela era o que seus alunos chamariam de "diva".

— Meus alunos ficariam impressionados com você — declarou ele.

Suas palavras saíram lentas e atrasadas. Ele estava mais embriagado do que tinha percebido.

— Quê? — gritou Violet por cima da música, inclinando-se para a frente a fim de ouvir melhor.

O olhar dele caiu para seus lábios cheios, e Xavier pigarreou.

— Falei que meus alunos ficariam impressionados com você!

— Comigo? — Ela inclinou a cabeça. — Sério? Por quê?

— Porque você é você.

Por dentro, ele se retraiu com a honestidade. *Se controle, X, caramba.*

Os olhos de Violet o varreram, curiosos e avaliadores. Ele se perguntou o que ela achava dele agora. Estava decepcionada? Sua vida estava bem longe dos sonhos que sussurrava para Violet no meio da noite enquanto estavam deitados lado a lado na cama dela.

Violet levantou as mãos pro alto acompanhando o restante da multidão enquanto continuava a dançar. Suas bochechas estavam coradas, a testa e o pescoço um pouco úmidos do suor.

De repente, o DJ mudou para a música "No Hands", e todo mundo, incluindo Xavier e Violet, gritou:

— Aêêêê!

Aquela música tinha tocado em quase todas as festas do último ano da escola. Eles foram se aproximando um do outro, e era como se estivessem passado por uma máquina do tempo, rindo e cantando com a música, entorpecidos pelo ritmo crescente e pela nostalgia. Quando a música acabou, Xavier e Violet estavam suados e ofegantes. Ela sorria para ele, e os cantos da boca de Xavier se curvaram para cima em resposta. A frieza que a envolvera desde o começo da noite estava por fim começando a abrandar, e ele sentiu um alívio intenso.

Ela apontou para o bar.

— Pega outra bebida pra mim?

— Nem precisa pedir. É pra já.

Ela revirou os olhos, mas riu. No bar, Xavier abriu uma conta e pediu dois copos de Rémy com Coca-Cola. Ele estava gastando mais do que podia e com certeza lamentaria assim que a noite acabasse, mas poderia voltar a viver com restrições no dia seguinte. Naquele momento, só queria deixar Violet feliz. Depois de tudo, o mínimo que lhe devia era uma bebida de alta qualidade.

O garçom voltou com as bebidas, e Xavier e Violet se amontoaram juntos para tentar não esbarrar nas pessoas ao redor. O perfume floral que ela exalava o envolveu, e, quando seus braços se tocaram, formigamentos se espalharam por sua pele.

— Você está com um cheiro bom — afirmou ele, dando um gole na bebida. Estava grato pelo modo como o álcool o soltara para que não gaguejasse na presença dela, tentando encontrar a coisa certa a dizer.

Violet o olhou com um sorriso.

— Eu sei.

Xavier riu e sacudiu a cabeça.

— Nossa, é assim que recebe elogios agora?

— Foi um elogio ou uma constatação? — Ela rodou para encará-lo. Seu olhar pousou nos lábios cheios dela de novo, pintados de ameixa-escuro.

Ele observou com intensidade quando seu sorrisinho se transformou num sorriso atraente.

— Os dois — respondeu ele, encantado.

— Então acho que eu devia agradecer. — Ela ainda sorria quando deu de ombros seguido de um longo gole na bebida. — Você está com um cheiro bom também.

Ele riu.

— Só está dizendo isso porque eu te elogiei primeiro.

— Não, estou sendo sincera — rebateu ela, rindo também. — Você está com cheiro de menta.

— Menta?

— Uhum. — Ela terminou a bebida e apoiou o copo no balcão. — Fresco.

— Aceito fresco. — Ele também tomou o restante de seu drinque, começando a se sentir com calor naquele cardigã. — Obrigado.

— De nada.

Violet fez um gesto para o garçom, pedindo outra rodada. Enquanto esperavam pelas bebidas, Violet apoiou as mãos no balcão do bar, e Xavier olhou para o dedo anelar esquerdo nu. Na última primavera, ao dar uma fuçada no Instagram dela, tinha notado que ela usava um diamante cintilante no anelar esquerdo em uma das fotos em que posava ao lado de um careca de pele negra usando um terno impecável. Xavier sentira uma forte pressão no peito, como se seu coração estivesse literalmente sendo apertado. Mas não tinha motivo nenhum para estar surpreso. Claro que Violet estava noiva. Claro que alguém a conquistara. Claro que seu noivo era um cara bem de vida que podia bancar um diamante enorme.

E aí, alguns meses depois, em outra foto, o anel tinha desaparecido, assim como o noivo. Todas as evidências do relacionamento tinham sumido do perfil. No lugar de um casamento, ela dera uma festa extravagante para comemorar o fim do noivado em que todos tiveram que ir de preto. Ele só soube disso porque Bianca tinha ido.

— Pode perguntar — falou ela, enquanto o garçom colocava as bebidas na frente deles e eles pegavam os copos. Daquela vez, o líquido não ardeu mais quando Xavier deu um gole. Desceu fácil.

Ele olhou para Violet. Ela o observava.

— Perguntar o quê?

— Pode perguntar o que aconteceu com o anel de noivado. Tenho certeza que ficou sabendo.

— Ah. — Ele queria saber mais, mas não tinha direito àquela informação. — Bom, é assunto seu.

— Sim, assunto meu que foi publicado no TMZ. — Ela deu um gole na bebida de novo e pigarreou. — Duas semanas antes do casamento, meu ex-noivo me traiu com Meela Baybee. — Ela largou o copo. — Antes de eu começar a trabalhar com Meela, ela usava uns vestidos colados em cores neon com tênis Air Force nos shows. *Air Force*, acredita? Ela abriu um show para a Karina, e me ofereci para ser sua stylist porque vi que ela precisava de ajuda. Depois a apresentei para o Eddy porque ela precisava de um novo empresário. Eu estava tentando ser gentil. Olha no que deu.

— Caramba, que merda — respondeu Xavier, franzindo a testa. Ele vasculhou a mente por uma imagem mental da cantora que ela tinha mencionado, mas não achou nada. Mesmo se estivesse completamente sóbrio, não saberia dizer quem era. — Mas, desculpe, quem é Meela?

— Ah, te amo por dizer isso. — Violet gargalhou, jogando a cabeça para trás. Seus movimentos afrouxaram quando tomou outro gole da bebida. E então subitamente congelou, percebendo que Xavier a encarava. — Quer dizer, você não saber quem é a Meela Baybee faz eu me sentir melhor. Eu não, tipo, te amo. Bom, eu... — Ela baixou o olhar para o copo e forçou uma risada. — Nossa, o que tem nessa bebida?

Xavier tentou fingir que a aceleração de seus batimentos não tinha nada a ver com ouvir Violet dizer que o amava, mesmo num contexto de brincadeira.

— Como ele é? — perguntou Xavier, porque, dane-se, estava curioso.

— Seu ex.

— Eddy é... — Ela parou, dando de ombros. — Eddy é um cara "nós".

— Um cara "nós"?

Ela fez que sim.

— Desde o começo, era "nós". Nós íamos jantar sexta à noite no novo lugar que ele tinha ouvido falar no West Side. Nós íamos para a festa de aniversário de Cardi B nos Hamptons. Nós íamos passar o Natal nas Maldivas.

Xavier assobiou.

— Nas Maldivas?

— Ele tem uma extravagância desnecessária — explicou ela, suspirando.

— Nossa — murmurou Xavier, entre os dentes. Nunca conseguiria bancar uma viagem dessa.

— Sim, era uma confusão — declarou ela. — Estávamos namorando fazia só três meses quando ele me pediu em casamento. Parece estúpido agora, mas achei que seríamos felizes. Na teoria, éramos bons juntos. — Ela apertou os lábios. — Mas era tudo um show. Ele só gostava de me ter no bolso ou nos braços. Acho que não gostava tanto de mim como pessoa. Ainda teve a coragem de ficar chocado quando cancelei o casamento. Agora acho que está com Meela. Bom pra eles.

— Que palhaço — afirmou Xavier, irritado em nome de Violet. — Que se fodam.

— Isso… Bom, de qualquer forma, ele não foi o primeiro cara a partir meu coração.

Ela lhe deu um olhar frio.

Droga. Ele merecia. Até tinha demorado para acontecer.

— Desculpe — pediu, virando-se para encará-la totalmente. — Terminar com você do jeito que eu fiz, do nada… foi muito errado. É um dos meus maiores arrependimentos. Eu era jovem e idiota. Mil desculpas.

Queria continuar, contar a verdade inteira por trás da decisão desastrosa de terminar o relacionamento deles, mas, enquanto a olhava, tão glamorosa e realizada, não conseguiu admitir o resto. Que ele se sentira indigno de seu amor e do tempo que ela investira nele. Não precisava lhe dizer que pensou naquele momento na varanda da casa dele durante os anos seguintes, e que a lembrança ainda se materializava em seus pensamentos nos momentos mais inesperados. Ela tinha seguido em frente.

Sua vida parecia incrível. Não queria ouvir nenhuma baboseira triste. Além do mais, os pensamentos dele estavam muito nebulosos. O último lugar para ter uma conversa como aquela era no meio de uma boate, com o som absurdamente alto, e ainda com nenhum deles totalmente sóbrio.

Ela o encarou, e sua expressão tensa suavizou um pouco.

— Esperei anos pra te ouvir se desculpar comigo. E agora...

— E agora? — insistiu ele, seus olhos observadores.

Ela piscou, confusa, então bufou.

— Agora acho que estou bêbada demais pra ter essa conversa.

Xavier riu.

— Se te faz sentir um pouco melhor, você foi vingada. Minha ex mais recente terminou comigo por mensagem dizendo não só que estava terminando, como também estava saindo do país.

— Sério? — Os olhos de Violet se arregalaram de forma cômica. — *Nossa*.

— Sim.

— Minha mãe comentou mesmo que você estava solteiro de novo. Ela disse que sua ex era uma orientadora da escola que largou tudo para fazer trilha na... — Ela estreitou os olhos, tentando retomar o fio do pensamento enquanto balançava a bebida na mão. — Floresta Amazônica!

— É basicamente o que aconteceu.

Xavier pensou na manhã, cerca de um ano antes, em que acordara e vira a mensagem de Michelle. Quando terminou de lê-la, ela já estava a caminho do aeroporto para começar seu novo estilo de vida mochilando pelo Chile. Ele gostava de Michelle, mas, não importava o quanto se esforçasse, algo nunca pareceu certo entre eles. Ele a tinha amado, mas era mais o amor que se sente por um amigo, e não pela alma gêmea. De fato, ele e Michelle continuaram amigos. De vez em quando ela mandava e-mails com fotos dos lugares por onde estava passando. Não estavam mais de verdade na vida um do outro, mas não estavam brigados.

— Calma — disse ele. Seu cérebro estava trabalhando com hora extra para funcionar em meio à névoa de conhaque. — Esta é a segunda vez que você comenta que sua mãe falou alguma coisa de mim.

— Ela me atualizou aleatoriamente da sua vida uma ou duas vezes — respondeu Violet. Ela deu uma olhada na expressão de Xavier e revirou os olhos. — E pode ir tirando esse sorrisinho do rosto. Não é como se você fosse o tema da conversa toda vez que nos falamos.

Ele continuou sorrindo.

— Tranquilo. Minha mãe também pergunta de você de vez em quando. Ela está em Key West com o namorado. Ele tem uma casa lá, então é onde ela fica no inverno.

— Que bom, Tricia encontrou um amor para passar o tempo — falou Violet, e Xavier riu. — Como está seu pai?

— Está bem. Ainda em Savannah. A gente se fala a cada uma ou duas semanas.

Depois do divórcio e da mudança do pai para o sul, a relação de Xavier com ele oscilava muito. Havia a distância física e o fato de que a infidelidade do pai tinha separado a família. Xavier ficara irritado com o pai por bastante tempo. Mas tinha percebido que o ressentimento o consumia e não queria mais se apegar àquela energia. Decidiu perdoar o pai e, com a experiência dele, aprendera uma lição valiosa: nunca desperdice o tempo de uma mulher.

Xavier terminou o restante da bebida, e Violet também. Ele apontou para o copo vazio dela.

— Mais um?

Ela fez que sim.

— Sim, por favor.

— Bom, já que você disse por favor... — brincou ele, sinalizando para o garçom.

— Sabe, é engraçado que você e minha mãe sejam tão fãs um do outro agora, sendo que ela sempre agiu como se quisesse te prender quando namorávamos — declarou Violet.

Xavier sorriu, e suas bebidas novas foram colocadas na frente deles. Ambos deram goles lentos.

— Eu sempre soube que a ganharia com o tempo.

Violet sacudiu a cabeça, ainda sorrindo.

— Minha mãe ficou tão chateada com a coisa do Eddy. Ela nunca gostou dele. Ninguém da minha família gostava, na verdade. Achavam que ele era muito bajulador. Lily foi a única legal com ele, mas ela gosta de todo mundo.

Xavier lembrava do quanto a irmã mais nova de Violet, Lily, sempre fora gentil e receptiva, enquanto Iris era um pouco mais difícil de conhecer.

— Como está a Lily? — perguntou ele. — E a Iris? Fiquei muito chateado quando soube do acidente de carro do marido dela alguns anos trás.

— Sim. A morte do Terry foi difícil pra todo mundo — comentou Violet. — Claro, foi mais difícil para Iris.

Todo mundo em Willow Ridge conhecia a história de Iris. Ela tinha se formado com honras em Princeton e depois foi fazer pós em administração na NYU, onde conheceu o marido, Terry. Quando ela engravidou, resolveram se mudar para Willow Ridge, a fim de morar na mesma área que os pais de Violet. Iris teve uma menina, e a bebê só tinha um ano quando Terry faleceu. Xavier não o conhecera muito bem, mas ele tinha se inserido com facilidade na comunidade local e sempre aparecia nas campanhas de arrecadação de fundos e eventos com um sorriso no rosto, pronto para ajudar. Era um cara bacana.

Violet ficou quieta por um momento, usando o canudo para mexer o gelo na bebida.

— Mas todos estão bem — declarou ela. — Iris está ocupada com trabalho e em ser uma supermãe. Lily está em Nova York, editando livros infantis. Ela tem um namorado escritor pelo qual é obcecada. Eles são tão fofos que dá enjoo.

— Uau. Bom para Lily.

— Talvez. Algumas pessoas têm sorte. Mas, na minha opinião, amor é para os fracos. Pra mim chega dessa palhaçada. Estou focada em mim e no meu trabalho. É isso.

— Te entendo — respondeu, pensando em todo o investimento de energia que ele estava fazendo para conseguir o cargo de técnico-assistente na Riley. — Só queria avançar na minha carreira.

— Um brinde a isso! — Ela ergueu o copo, e Xavier fez o mesmo.

Eles brindaram e riram quando um pouco da bebida espirrou no chão.

— Lembra quando a gente achou que ia se casar? — perguntou ela, ainda rindo. — Meu Deus, a gente era tão ingênuo.

Ele parou de rir. Tinham sido ingênuos, sim. Mas ele fora sincero em cada palavra que tinha dito para ela naquela noite.

— Ah! Essa é minha música — guinchou Violet, sem saber o quanto suas palavras o tinham afetado. — Vem!

Ela o arrastou de volta para a pista de dança e entrelaçou os dedos nos dele enquanto eram absorvidos pela multidão de novo. Seu pulso acelerou. Estar junto dela parecia tão natural. Ele não sabia se deveria se sentir aliviado ou preocupado.

Estavam na pista de dança há alguns minutos quando um dos amigos dela (Brian, talvez?) começou a empurrar a multidão e se aproximar deles, chamando por Violet.

— A Karina está querendo ir para outro lugar — gritou ele por cima da música. — Estou morto de cansaço, então vou voltar para o meu quarto. Você fica ou vai?

— Ah, hum, acho que… vou ficar mais um pouquinho — disse Violet. Ela se virou para Xavier. — A não ser que você queira ir também.

Sua resposta foi automática:

— Vou ficar.

Brian olhou para os dois e sorriu.

— Beleza. Bom divertimento e se cuidem. Não esqueça que vamos para o aeroporto às seis horas da manhã. — Ele deu um beijinho na bochecha de Violet e desapareceu na multidão.

Xavier pegou o celular e mandou uma rápida mensagem para Raheem.

> Vou ficar por aqui com a Violet.

Raheem respondeu na hora.

> Ah, merda. Você quer o passado de volta!

Xavier ignorou a resposta do primo e devolveu o celular para o bolso. Quando ergueu o olhar para Violet, ela sorria para ele. Xavier ficou sem ar.

— Tem certeza que aguenta, professor? — perguntou ela, erguendo uma sobrancelha. Um desafio sedutor.

— Absoluta.

— Beleza então.

Ela deu as costas para ele e começou a mexer lentamente o quadril no ritmo da batida. Ele colocou as mãos na cintura dela, puxando-a para mais perto. Inclinou-se até ela e, quando seus lábios tocaram de leve a nuca de Violet, ela não se afastou. Ele inspirou o perfume floral e intoxicante dela.

... E essa era a última coisa de que se lembrava.

6

UM ZUMBIDO INCESSANTE ACORDOU VIOLET. ELA ABRIU UM OLHO E SE retraiu com a luz do sol penetrando pelos vãos da cortina. Sua boca estava seca, como se algo tivesse morrido em sua língua durante a noite, e sua têmpora pulsava, uma punição por beber demais. Seu corpo estava aquecido de um jeito estranho, e ela demorou para perceber que um braço estava jogado em cima da sua cintura. O braço pertencia ao corpo que a segurava por trás. Músculos rígidos pressionados contra sua maciez. Assustada, tentou sentar. A dor zuniu em sua testa com o movimento repentino. Ela baixou o olhar e viu Xavier deitado ao seu lado, roncando baixinho. Nu. Seu corpo era uma bela escultura de braços fortes e peito definido, uma visão que a deixou atordoada demais para reagir. Então sentiu o ar frio nos seios e percebeu que estava nua também.

— Ai, meu Deus — sibilou, agarrando o edredom para se cobrir.

Ela olhou ao redor do quarto. Seu vestido estava jogado na poltrona perto da cama, e as sandálias de salto espalhadas pelo chão com pelo menos um metro de distância entre elas, como se as tivesse lançado ao acaso enquanto se despia com pressa. O que tinha acontecido na noite anterior? Ela esfregou uma mão no rosto, então notou a parte mais abominável de todas.

Dois anéis de ouro brilhantes no dedo anular esquerdo: um diamante branco num aro amarelo-dourado e um anel liso do mesmo tom.

Lembranças da noite anterior inundaram sua mente. Risadas com Xavier na boate, roçadas na pista de dança, as mãos dele ao redor de sua cintura, sua bunda no pau dele. Os lábios dele em sua nuca. Mais bebidas. Mais roçadas. Ah, Deus. Amassos com ele na pista de dança! E, depois, menções aos planos de casamento da adolescência, algumas provocações dizendo que ela nunca casaria porque era muita areia para qualquer homem. Ela se lembrou da expressão autoconfiante no rosto de Xavier enquanto dizia que aceitava o desafio e que se casaria com ela naquela noite mesmo. Os momentos seguintes eram um borrão, mas ela se recordava vagamente de, já no quarto, tirar a roupa e cavalgar nele.

— Ah, meu Deus. Não, não, não, não, não.

Violet saiu da cama, tropeçando no emaranhado de lençóis, dando de cara em um amontoado no chão… então viu uma camisinha usada dentro da lixeira. Ela colocou a cabeça nas mãos e sentiu o plástico dos anéis na testa.

Pasma, encarou os anéis. O diamante falso com corte princesa e as alianças douradas cintilavam com extravagância. Talvez a conversa sobre se casarem não tivesse passado de uma brincadeira e eles não tivessem feito aquilo de fato. Sim, isso fazia mais sentido! Não tinha como aquilo ser real. O anel tinha um diamante de vidro, pelo amor de Deus!

Seu celular vibrou na mesinha de cabeceira, e Violet logo estendeu a mão e o pegou porque não queria que o barulho acordasse Xavier. Ainda não estava pronta para encará-lo. Não até sentir que tinha controle de si e da situação. Silenciou o despertador e — ah, merda, eram dez para seis da manhã! Tinha que se encontrar com o pessoal no saguão para pegar o transporte que os levaria ao aeroporto. O celular vibrou de novo com uma mensagem de Alex dizendo que todos estavam lá embaixo esperando-a. Com velocidade de fogo, Violet respondeu dizendo que estava a caminho. Agarrou a lateral da cama e se ergueu. Então se assustou quando viu uma foto na mesinha de cabeceira.

Xavier e ela estavam se beijando dentro de uma capela matrimonial. As mãos de Xavier seguravam o rosto de Violet, e os braços dela envolviam seu torso, aproximando-o. Não pareciam em nada com um casal recém-casado comum, já que Violet estava de vestido preto sexy e Xavier de cardigã e calça jeans. Pareciam duas pessoas bêbadas com tesão que cometeram um erro terrível.

— Ah, meu Deeeeeeeus — grunhiu ela.

Seu coração batia sem controle. Estava prestes a ter um ataque de pânico?

— O... o quê? — gaguejou Xavier, acordando. Ele rolou de barriga para cima e esfregou os olhos, piscando para Violet. Lentamente, sentou-se na cama e olhou ao redor do quarto. Confuso, suas sobrancelhas franziram e Violet congelou, olhando para seu peito macio e musculoso. O abdômen definido. A barriga dela foi invadida por calafrios.

O olhar de Xavier retornou para ela, e Violet viu o calor em seu olhos enquanto ele avaliava sem disfarçar o corpo igualmente nu dela. Ela começou a sentir calor pelo corpo todo enquanto se encaravam, tão expostos. Então recuperou o bom senso e correu pelo quarto, enfiando-se numa calcinha e no conjunto de moletom creme usado no dia anterior. Ela se virou para encará-lo de novo. Não sabia nem por onde começar.

— Oi — falou ele, esfregando a nuca. E sorriu, hesitante. — Ontem deve ter sido uma loucura. Não lembro de nada. — Ele parou e absorveu o silêncio de Violet. Franziu a testa. — Você está bem?

— Xavier... — Talvez fosse melhor mostrar do que contar.

Ela andou até a mesinha de cabeceira, pegou a foto da capela matrimonial e a entregou a Xavier. O rosto dele se enrugou enquanto tentava compreender o que estava vendo. Ele olhava para Violet e para a foto, indo e voltando, e seus olhos foram aumentando de tamanho conforme ele ia entendendo.

— Merda — sussurrou ele, passando uma mão pelo rosto. E, naquele momento, os dois perceberam que ele também usava uma aliança dourada no dedo anular esquerdo. Xavier encarou a própria mão em choque. — *Porra*, eu meio que me lembro da gente pegando um Uber para a capela quando saímos da boate. Merda, merda, merda.

— Então é real? — guinchou Violet. — A gente se casou?

— Acho... que sim. — Mais baixo, murmurou: — Porra. Que porra.

Ele olhou para a mão esquerda de Violet, e ela arrancou os anéis do dedo e os enfiou no bolso.

— Nem sei onde conseguimos isso — murmurou ela.

Xavier esticou a mão e pegou a carteira no chão. Vasculhou o conteúdo e puxou um pedacinho de papel. E então soltou um suspiro de alívio.

— Vai achar sua resposta aqui — declarou ele, estendendo um pedaço de papel.

Ela se aproximou com cautela e pegou o papel. Era um recibo da Capela Ye Olde Vegas. No valor de 145 dólares mais imposto pelo Pacote Mentirinha: um casamento falso realizado por um oficial de mentira que incluía o pagamento do ministro, uma fotografia e um conjunto de alianças.

— Ah — murmurou ela, dominada por alívio.

Não estavam casados de verdade. Graças a Deus.

Caíram em silêncio, se encarando. A camaradagem familiar que se esforçaram para reviver na noite anterior tinha sumido. Eram estranhos de novo. Estranhos... e marido e mulher de mentirinha.

— Crise evitada, suponho — disse Violet.

Seu olhar caiu para o peito de Xavier de novo, e calor subiu por seu pescoço enquanto desviava o olhar.

— Sim — respondeu ele, baixinho. — Teria sido uma loucura, não é?

Antes que pudesse comentar, seu celular vibrou de novo, daquela vez com uma ligação de Alex. Violet voltou para o assunto mais importante no momento. Precisava pegar o voo para Nova York. Tinha uma entrevista com potencial para deslanchar sua carreira com a *Look Magazine* em questão de horas. Era isso que precisava de sua atenção. Não as consequências de uma noite embriagada com o ex-namorado.

— Mil desculpas, mas tenho que ir — avisou a Xavier, enquanto corria pelo quarto, pegando a mala e enfiando os pés nos tênis. — Tenho que pegar um voo para Nova York, tipo, agora. — Ela guardou o vestido Valentino na capa de plástico e colocou as sandálias na mala. Depois disparou para o banheiro e escovou os dentes, passando demaquilante nos olhos e lábios na maior velocidade. A única coisa que se salvava nela era o coque que Brian tinha feito na noite passada, ainda intacto.

Ela saiu correndo do banheiro, e Xavier, ainda sentado, só a observava.

— Precisa de ajuda? — perguntou ele, saindo da cama.

Ele se abaixou e pegou a cueca boxer, e Violet teve um vislumbre rápido de seu corpo em plena glória. Um choque disparou por ela e se acomodou bem entre suas pernas. Ela desejou conseguir se lembrar do sexo da noite anterior. Tinha sido bom? Quando namoravam, ela era viciada nele. Mas eram adultos no momento, com mais experiência. Com certeza tinha sido ainda melhor?

Seus olhos foram atraídos para a tatuagem de violeta no lado de dentro do bíceps direito dele. Era a primeira vez, desde que haviam se reencontrado, que ela via a flor roxa simples, o caule fino verde e as folhas ao redor. Seu peito se apertou ao sentir um alívio repentino se espalhar por ela. Ele ainda tinha a tatuagem também. Ela odiava que isso fosse importante para ela.

Xavier pigarreou enquanto abotoava a calça jeans, e ela percebeu que estava com os olhos fixos nele. Seu olhar se voltou para o rosto dele, e, por um segundo, podia jurar que ele sorria.

— Não preciso de ajuda, valeu. — Ela enfiou os óculos de sol e correu para a porta. — O check-out é só onze horas, então pode dormir se quiser. Ou não. Você escolhe. Foi, hum, interessante te ver de novo. Tenha uma ótima vida.

Xavier respondeu alguma coisa, mas ela não ouviu o que ele disse porque estava muito ocupada saindo em disparada do quarto como uma fugitiva. Fugindo de Xavier. Fugindo da vergonha. O que tinha dado nela para ficar com ele daquele jeito? Ela precisava se dar uma droga de férias. Pelo jeito também precisava fazer um detox de álcool.

Quando chegou ao saguão, sua equipe soltou um suspiro de alívio coletivo.

— Ah, graças a Deus — exclamou Alex, correndo com uma garrafa d'água. — Achei que pudesse precisar disso.

— *Obrigada*. Me desculpem mesmo pelo atraso, pessoal.

Ela abriu a tampa e bebeu metade da garrafa num gole.

— Beleza, camelo — falou Brian, com deboche. Violet o olhou de cara feia.

— Alguém se divertiu ontem — cochichou Karina, passando o braço no de Violet enquanto caminhavam até o SUV que os levaria ao aeroporto.

As amigas se sentaram lado a lado no banco dos fundos do carro, mas cada uma tinha um destino: Violet e Alex iriam para Nova York, e Karina e o restante da equipe para Atlanta. Logo toda a equipe tirava um cochilo, menos Violet, que estava bem acordada. Estava de ressaca e, acima de tudo, tinha que ruminar suas ridículas decisões bêbadas. Como pôde se comportar daquele jeito? E com Xavier, ainda por cima? Estava furiosa consigo mesma. Depois do modo como ele a magoara, ela não podia ter permitido que ele a acessasse tão fácil. O que só provava que, nove anos depois, ele ainda era seu ponto fraco.

— Mulher — chamou Karina, baixo, cutucando Violet de leve. — Vai me contar o que aconteceu com você e seu namoradinho da escola ontem ou não?

Violet se retraiu.

— Ou não?

— É melhor me contar. — Karina deu um tapinha de brincadeira no ombro de Violet, mas sua risada parou quando notou a expressão abalada no rosto dela. — Vi, o que aconteceu?

Num sussurro veloz, Violet contou tudo a Karina. Pelo menos, as partes das quais se lembrava. E contou da interação com Xavier momentos antes de encontrar todo mundo no saguão. Quando terminou de falar, Karina estava de queixo caído.

— Caramba — sibilou ela. — Achei que ontem você estava finalmente ganhando um pouco de pau, mas estava no processo de se tornar a droga de uma esposa.

— *Shh.* — Violet cobriu a boca da amiga com a mão, e Karina a afastou, rindo. — Foi de mentira. Ninguém pode saber, então não fale nada, nunca.

— Hum. — Karina inclinou a cabeça e deu uma olhada longa e avaliadora para Violet. Depois deu de ombros e girou para a frente.

— Que foi? — perguntou Violet. — O que significa esse "hum"?

— Não sei. Só estou pensando qual o significado de você e seu carinha antigo, num estado mais que vulnerável e embriagados, terem decidido ir até um lugar que celebra casamentos falsos quando podiam ter se enfiado literalmente em qualquer outra coisa. É bastante simbólico, não acha?

— *Não* — respondeu Violet. — Não é simbólico. É só bobagem.

Karina deu de ombros de novo.

— Não vou discutir com você, noivinha.

Violet a olhou de cara feia, e Karina riu, abraçando a amiga de lado.

— Tudo bem. Como você disse, não foi real. Sabe como eu penso. Não tem por que se estressar por quem não está pagando.

— Sim, nada de estresse — murmurou Violet.

Karina assentiu, se aconchegou no assento e logo adormeceu. Era isso que Violet precisava fazer. Dormir. Se preparar mentalmente para a entrevista com a *Look Magazine*. Não precisava analisar demais as palavras da amiga, porque Karina não sabia do que estava falando. Não havia razão para ficar tentando entender as ações de Violet e Xavier. Tinham passado o relacionamento deles inteiro desafiando um ao outro a fazer coisas bobas e mal pensadas. Como se enfiar em piscinas proibidas e fazer tatuagem. O casamento falso da noite passada era prova de que, mesmo adultos, eles de algum jeito ainda sentiam necessidade de instigar o outro a cometer grandes erros.

Mas, diferentemente da tatuagem, aquele era um erro que ela poderia esquecer.

7

Horas depois, Violet se apoiou nas janelas que iam do chão ao teto de seu estúdio em Manhattan e observou seu local de trabalho, torcendo para que ele parecesse organizado e proficiente. Olivia Hutch, a jornalista da *Look Magazine*, ia chegar em breve. Ela era uma das jornalistas de moda mais proeminentes desde a época de Violet no FIDM, e nos últimos cinco anos ocupava o cargo de editora sênior na *Look Magazine*, publicando perfis de stylists dignos de serem notados, como Law Roach antes da aposentadoria e Jason Bolden. O portfólio de Violet era impressionante o suficiente para colocá-la na lista "30 Under 30", mas Olivia Hutch era essencialmente a voz final. Havia um boato de que ela uma vez tirou um stylist da lista porque descobrira que o local de trabalho dele era muito bagunçado. Por sorte, esse não era um problema particular com o qual Violet tivesse que se preocupar.

Diante dela havia cabideiros de parede a parede com roupas enfileiradas, ocultando uma mesa grande de madeira no centro do cômodo que era dedicada a sapatos e joias. Ela alugava aquele estúdio havia dois anos, quando sua lista de clientes lhe permitiu bancar o próprio espaço e deixar de compartilhar um lugar em Williamsburg com outros dois stylists. Aquele estúdio de paredes brancas clássicas e ampla luz do sol era seu lugar feliz. Um símbolo de suas conquistas. Mas também era o mesmo lugar onde tinha passado dezenas de noites sem dormir, lutado contra dores de cabeças e mastigado barras de proteína entre provas de roupa porque não tinha tempo de comer uma refeição decente. Com vinte e poucos anos, ela tinha prosperado na cultura do tudo para ontem. Agora, mesmo que odiasse admitir, às vezes sentia que estava por um fio.

Violet deu uma olhada na direção do prédio em que morava, na Union Square, a mais ou menos quinze quarteirões. Para a entrevista, tinha escolhido um blazer preto Celine com botões dourados opacos, blusa de gola alta preta, calça jeans preta lisa de corte slim Tommy Hilfiger e os saltos scarpin de bico fino de couro Manolo Blahnik. Tinha passado um batom nude e bastante corretivo para, com sorte, esconder as olheiras. Ainda estava de ressaca e só tinha conseguido dormir pouco menos de uma hora no voo, porque estivera ocupada demais pensando na noite com Xavier e em como tinha se tornado sua esposa de mentirinha.

As chances de ver Xavier no futuro eram baixas. Nos anos após o término, por sorte, nunca tinham se esbarrado quando ela ia passar uns dias em Willow Ridge. Por isso era tão estranho que tivessem se encontrado em Vegas. Ela relembrou que ele ficou se desculpando por ter terminado com ela de forma tão abrupta. Falara algo sobre ser jovem e idiota. Mas o porquê não importava mais. Ela o tinha amado sem cautela ou inibição, e o fim do namoro lhe ensinara uma grande lição: nunca mais amar daquele jeito.

Ela se forçou a não pensar em Xavier. Tinha que manter a cabeça no jogo e se preparar mentalmente para aquela entrevista importante demais para estragar. Se fosse escolhida para a lista e as pessoas certas lessem a entrevista, Violet poderia ter a oportunidade de trabalhar com mais estrelas famosas e vesti-las para o Festival Internacional de Cinema de Veneza ou para o Oscar, conhecidos também como os eventos dos seus sonhos. Se queria que a carreira continuasse a progredir, precisava dizer as coisas certas naquela entrevista. Tinha que ser perfeita.

Alex apareceu na porta e bateu de leve.

— Olivia Hutch da *Look Maga*zine está aqui.

— Valeu, Alex — respondeu Violet, respirando fundo para se estabilizar. — Por favor, peça para ela entrar. E você pode tirar o resto do dia de folga, tá bom? A semana foi longa.

— Não se esqueça de comer — lembrou-lhe Alex enquanto pegava a bolsa.

Violet assentiu, prometendo que almoçaria assim que a entrevista terminasse.

Enquanto Alex saía, Olivia Hutch entrou no estúdio de Violet com um sorriso simpático. Usava um casaco caramelo simples, uma blusa branca solta de botões, calça jeans e tênis branco. Seu cabelo loiro estava preso num coque caprichado na nuca.

Violet cumprimentou Olivia e a levou até o assento do outro lado da mesa. Elas se sentaram, e Violet cruzou as pernas e afastou o nervosismo. Estava pronta. Ela era incrível.

— De todas as pessoas com quem conversei para esta matéria, eu estava mais empolgada para falar com você, Violet — declarou Olivia.

Violet piscou, confusa.

— Sério?

Significava que ela era uma favorita?

Olivia assentiu, pegou o caderno com capa de couro e colocou o celular na mesa. Violet viu o aplicativo de gravação de voz e retornou o olhar para o rosto de Olivia.

— Seu trabalho com Karamel Kitty é muito impressionante — afirmou Olivia. — Bom, é claro que ela é uma mulher deslumbrante, mas, com o guarda-roupa dela, você conseguiu atingir o mesmo equilíbrio maravilhoso da sensualidade clássica, mas descontraída, da música dela.

— Muito obrigada — respondeu Violet. Não conseguiu evitar sorrir com o elogio. — É um sonho trabalhar com a Karina. Ela sempre está disposta a experimentar e colaborar no planejamento visual, é muito confiante e aceita as próprias curvas. Independentemente do que esteja usando, acho que a confiança brilha por ela.

— Você foi a chefe de figurino do futuro álbum visual dela, *The Kat House* — disse Olivia. — Pode falar um pouco do que podemos esperar vê-la usando?

— Muita estampa gigante de gato — respondeu Violet, rindo. — Mas, sério, esse é o segundo álbum da Karina, e as músicas de *The Kat House* são sobre mulheres encontrando o amor-próprio e no comando de sua vida, sem se importar com o que as pessoas acham delas. O nome do álbum é uma brincadeira com Kitty, filhote de gato, nome artístico da Karina, mas gatos têm o ar de superioridade que desejamos capturar no figurino. Incorporamos muito animal print de alta-costura vintage. Comecei minha carreira como assistente de stylist em videoclipes, então foi bom retornar a essa mídia.

— Estou ansiosa para ver — declarou Olivia, assentindo com a cabeça. — Agora uma pergunta básica, mas obrigatória: Quando percebeu que amava moda?

Violet relembrou os dias em que chegava da escola, jogava a mochila cheia de dever de casa do outro lado do quarto e deitava na cama para ler as últimas edições da *Vogue* e *Elle*.

— As roupas que usamos dizem quem somos — declarou. — Eis uma coisa que, acho, eu sempre soube. Sou de uma cidadezinha em que todo mundo se vestia do mesmo jeito porque estavam seguindo a tendência popular do momento, e essa uniformidade me incomodava. Moda nos dá a chance de sermos únicos, de sermos individuais. Algumas pessoas têm esportes e times. Eu me expresso através do que visto.

— Então você teve esse interesse a vida toda? O que seus pais achavam de seus sonhos de trabalhar com moda? Hoje em dia é mais fácil seguir essa carreira, mas, há dez anos, tenho certeza de que eles devem ter questionado essa escolha.

Violet sorriu, visualizando os pais puritanos, que se conheceram na Universidade Brown, casaram-se logo após a graduação e mais tarde abriram a própria floricultura e viveiro em Willow Ridge. Ela lembrava como discutia com a mãe quase toda manhã antes da escola porque Dahlia discordava das roupas que Violet havia escolhido.

— Acho que presumiram que minha obsessão com moda era isso, uma obsessão. Um hobby — respondeu Violet. — Acharam que eu ia cursar administração ou algo mais prático, como minha irmã mais velha. Não amavam a ideia de eu ir para a FIDM, mas, quando consegui os primeiros estágios em revistas de moda, acho que conseguiram assimilar melhor o que eu estava tentando fazer porque, pelo menos, sabiam que eu poderia receber uma oferta de emprego depois da formatura. Não me arrependo de tê-los decepcionado no começo, porque realmente encontrei pessoas como eu na faculdade, sabe? Por exemplo, durante o estágio na *Elle*, me pediram para limpar um vestido de alta-costura e eu achei aquilo a coisa mais legal do mundo. Foi uma oportunidade de examinar os bordados e as costuras de uma peça Carolina Herrera. Quantas meninas de vinte anos tinham a oportunidade de fazer isso? Quando contei essa experiência para os outros estagiários, eles ficaram muito empolgados por mim. Era bom ter pessoas ao meu redor que amavam moda do mesmo jeito.

Olivia assentiu.

— Com certeza me identifico com você nessa questão. Posso não ganhar um prêmio Pulitzer por jornalismo de moda, mas isso não torna essa área menos importante. É difícil explicar para quem não é do meio.

— Exatamente! Sempre que tento falar do meu trabalho com a minha família, eles perdem o interesse. Meu pai uma vez disse que minha profissão é brincar de vestir as pessoas. Ele não estava tentando ser cruel, mas fez minha profissão parecer muito trivial. Mas posso conversar com você por quinze minutos sobre sapatos ou a busca pela bolsa preta perfeita e você não vai me achar idiota. Nós duas sairíamos dessa conversa com a sensação de que fomos compreendidas e validadas.

Olivia sorriu.

— Sua paixão é muito evidente. Seus clientes devem ver isso também. — Ela olhou para as anotações. — Angel, que está agitando as paradas de sucessos de R&B, disse que nunca realmente pensou em roupas coordenadas até começar a trabalhar com você. E Destiny Diaz falou que você tem um instinto fashion maravilhoso.

— Foi gentileza deles — comentou Violet, fazendo uma anotação mental de mandar mensagem para Angel e Destiny e agradecer-lhes. — Tenho sorte de trabalhar com ótimas pessoas.

— Meela Baybee também foi sua cliente, correto?

Violet enrijeceu. Apesar do passado com Meela, Violet lembrou a si mesma que aquela era uma pergunta perfeitamente razoável de se fazer.

— Sim — respondeu. — Também trabalhei com ela.

— Lembro de ver fotos dela no tapete vermelho do último Soul Train Awards e me perguntar quem era sua stylist. Eu nunca tinha ouvido falar dela antes daquele evento.

Violet recordou o terno azul-metálico Pyer Moss que Meela usou naquela noite. Foi difícil fazê-la vestir aquela roupa porque ela queria usar um moletom felpudo e saltos de bico fino. No tapete vermelho. Violet elevou o estilo de Meela, mas a jornada não tinha sido fácil.

— Foi uma boa roupa para ela.

— Foi — concordou Olivia. — Enquanto eu fazia a pesquisa sobre você e seus clientes para a entrevista, descobri que Meela está namorando o empresário dela, que também é seu ex-noivo, Eddy Coltrane. — Olivia inclinou a cabeça e deu um olhar avaliador para Violet. — Deve ter sido... complicado.

As palmas de Violet começaram a suar. Não estavam em um território bom.

— Tento não prestar atenção na vida amorosa de quem não é mais meu cliente — respondeu, com cuidado.

— Claro — disse Olivia. — Só acho muito chocante. Meela também não fez nenhum comentário quando entramos em contato com a equipe dela, o que me surpreendeu, já que você mudou completamente o figurino dela.

— Ela está lançando um novo álbum — comentou Violet, mantendo a voz neutra, e o sorriso, amigável. — Deve estar ocupada.

— Mas é estranho, não é? — pressionou Olivia. — Acho que nunca soube do relacionamento de uma stylist ser desfeito por um dos seus clientes.

A entrevista, que ia muito bem, estava saindo dos trilhos. E se Olivia levasse aquela entrevista de volta para a equipe da *Look* e eles julgassem aquele acontecimento bagunçado demais para ela estar na edição final da matéria? Pior: e se ela chegasse à edição final, e Olivia incluísse a conversa sobre Meela e Eddy? Violet imaginou quanta gente da indústria poderia ler aquele perfil e presumir que sua vida pessoal tinha atrapalhado seu trabalho. Depois do constrangimento da traição pública de Eddy, a última coisa que Violet precisava era de uma menção à infidelidade do ex-noivo e, com isso, à deterioração do relacionamento profissional com Meela.

Desesperada, ela percebeu que precisava fazer algo, qualquer coisa para salvar a situação. A trajetória futura de sua carreira podia depender disso.

— Estou feliz por Eddy e Meela, e lhes desejo tudo de bom — soltou ela, lutando para colocar um sorriso leve na boca. — Eu, na verdade, acabei de me casar.

Olivia arregalou os olhos.

— Você casou? Meu Deus, parabéns! Quem é o sortudo?

— Ele era meu namorado na escola — respondeu Violet. A mentira queimava em sua garganta. — Nós nos reencontramos recentemente e percebemos que ainda nos amávamos. Aconteceu muito rápido, mas estamos muito felizes. — Olivia olhou para a mão esquerda nua de Violet, e ela logo emendou: — O anel está sendo ajustado.

— Incrível. Seu marido é da indústria também?

— Não, Deus, não. — Violet riu, jogando a cabeça para trás. Ela era a imagem da alegria matrimonial. — Ele dá aula de inglês e treina times de basquete. É bastante envolvido com os alunos e com a comunidade. Nosso estilo de vida é diferente, mas completamos um ao outro.

Nossa. De onde aquilo tinha saído? Claramente, Xavier ocupava todos os seus pensamentos.

— Amo um final feliz — declarou Olivia, radiante. — Mostra que mulheres profissionais não precisam sacrificar tudo. Também podemos ter tudo.

— Com certeza — concordou Violet. Seu sorriso estava congelado.

— Bom, isso parece o final perfeito, não acha? — perguntou Olivia. — Foi muito bom conhecê-la, Violet. Mal posso esperar para ver os figurinos de Karamel Kitty no tapete vermelho da turnê de divulgação do novo álbum. Boa sorte com tudo.

— Obrigada, Olivia. Foi maravilhoso conhecer você também.

Violet levou Olivia até a porta, voltou para a mesa e se jogou na cadeira. Soltou um suspiro profundo e encarou distraidamente a janela com a rua movimentada abaixo. Torcia para ter feito um bom trabalho. Torcia para que chegasse à lista. Sua mentirinha tinha salvado a entrevista, então foi um alívio. E, na real, não havia motivo para se preocupar com o que Xavier poderia pensar. Ela tinha usado detalhes da vida pessoal dele, mas não tinha mencionado seu nome. Podia estar falando de qualquer um. Bom, tecnicamente, ele foi seu único namorado na escola, mas as possibilidades de ele ler uma matéria da *Look Magazine* eram muito baixas.

Melhor ainda, as possibilidades de qualquer um da sua vida pessoal ler a matéria eram baixas. A *Look* era uma publicação de nicho com a indústria de moda como alvo, não o consumidor comum. Em geral, só dava para comprá-la em bancas de Nova York e LA. Ela não tinha contado da entrevista para as irmãs, porque não queria atrair azar. Se ela entrasse para a lista e Olivia mantivesse a parte da entrevista em que Violet falou sobre o "marido", ela contaria para a família que entrara na lista, mas não lhes enviaria o link da matéria ou mostraria um exemplar físico da revista. Suas irmãs lidariam bem com a mentira sobre o marido, mas ela preferia evitar contar isso a elas, se possível. E em nenhuma circunstância contaria aos pais. Era fácil imaginar a expressão angustiada da mãe. Se alguém da indústria perguntasse sobre o marido misterioso de Violet, ela poderia apenas dizer que estavam separados e se divorciando. Se as pessoas da moda e de Hollywood entendiam alguma coisa, era de casamentos curtos.

A entrevista drenara o que restava da energia de Violet. Ela queria ir para casa e se arrastar para a cama. Podia tirar o restante do dia de folga, como tinha permitido a Alex. Mas havia muito a fazer. Queria ir ao showroom da Dior para procurar sapatos para Angel. Precisava devolver as roupas de uma prova recente de Gigi Harrison. Mas antes de tudo precisava comer alguma coisa.

Enfiou os braços no casaco peacoat quadriculado preto e branco, se arrastou para o lado de fora do estúdio e caminhou pela rua até o Sweetgreen, oscilando nos saltos Manolo. Estava *exausta* — precisava de mais força para aquela caminhada. Apertando mais o casaco em volta de si enquanto seu hálito ficava turvo a sua frente, ela se sentiu desidratada e delirante, como se estivesse andando no piloto automático, ainda de ressaca. Era bom que o Sweetgreen ficasse a apenas três quarteirões de distância. Do contrário, não tinha certeza de que realmente conseguiria chegar sem precisar de uma pausa.

Seu delírio crescente explicava por que ela cruzou a rua sem olhar para os dois lados. Uma buzina alta a despertou do estado desorientado, e ela virou para a direita, avistando um táxi amarelo que vinha acelerado em sua direção. Arfou e começou a correr, mas então tropeçou nos saltos, torcendo dolorosamente o tornozelo enquanto caía no meio da rua.

O táxi vinha bem em sua direção. Ela ergueu as mãos acima da cabeça e esperou a vida lampejar diante dos olhos. A parte triste era estar exausta demais para conjurar as melhores lembranças de sua vida.

Em vez de destruí-la, o táxi parou de repente. O motorista saltou para fora, correu até Violet e gritou:

— Qual o seu problema? Por que atravessou a rua desse jeito? Você é maluca?

Violet tocou o tornozelo pulsante e se retraiu. Ela olhou para o taxista bravo.

— Pode me levar para o hospital, por favor?

o o o

— É uma fratura por estresse — afirmou Violet. — Não vou precisar de cirurgia.

Ela estava deitada numa cama de hospital, usando uma daquelas camisolas pavorosas, mas ainda assim bastante confortáveis. Seu tornozelo direito tinha acabado de ser engessado, e a dor que sentia estava menos intensa graças aos analgésicos que a enfermeira lhe dera.

Alex estava sentada ao seu lado e segurava o celular enquanto Violet fazia uma chamada de vídeo com sua agente, Jill.

— O que isso significa em termos de recuperação? — perguntou Jill, tirando a franja castanho-escura cegante do rosto.

— Vai levar mais ou menos seis semanas pra sarar. — Os lábios de Violet estremeceram enquanto ela dava a notícia condenatória. — O médico disse que eu devo evitar o máximo possível forçar o tornozelo. Ele aconselhou pular o mês da moda.

— Ah, Violet, sei que o mês da moda é importante pra você, mas, sinceramente, não é prioridade — respondeu Jill com a atitude pragmática de sempre. — Graças a Deus nada pior aconteceu. Você podia ter sido atropelada.

— Mas tenho que ir para Los Angeles semana que vem para a prova de roupas do Angel para o Grammy — rebateu Violet, ignorando a resposta lógica de Jill.

— Alex pode cuidar da prova pessoalmente e você pode aparecer por vídeo — argumentou Jill. — Melhor ainda, Alex pode comparecer na Semana de Moda de Nova York no seu lugar. Não pode, Alex?

Ela assentiu. Depois se virou para Violet e deu um sorriso tranquilizador.

— Eu consigo.

— Sei que consegue — disse Violet, suspirando. — É uma boa ideia.

Não estava preocupada com Alex. Nem um pouco. Estava preocupada *consigo mesma*. O que ia fazer durante seis semanas, isolada em seu apartamento de setenta metros quadrados enquanto todo o restante do mundo seguia em frente sem ela? Nem queria pensar nos desfiles de moda que perderia ou em não poder auxiliar os clientes nos tapetes vermelhos.

— E a estreia de *Kat House*? — perguntou Jill. — É em março, então você vai estar liberada para comparecer, correto?

Violet fez que sim, depois enrugou a testa ao pensar nos saltos práticos e sem graça que provavelmente teria que usar.

— Vai ser uma mudança de curso tranquila — garantiu Jill. — A única coisa com a qual deve se preocupar é focar em descansar um pouco. Tenho que ir para uma reunião, mas te ligo amanhã para saber como está. Fiquei contente de saber que a entrevista foi bem, mas agora preciso que cuide de você, tá bom? Estou falando sério.

— Entendi — respondeu. Jill era sua agente desde os tempos em que Violet trabalhava com videoclipes para artistas independentes. Sabia muito bem como Violet se jogava no trabalho.

Assim que desligaram, Violet encarou inexpressiva o gesso no pé. Se não estivesse tão cansada, poderia chorar por causa daquela reviravolta repentina. Mas apenas suspirou e fechou os olhos.

— *Porra* — suspirou.

— Lamento, Violet — falou Alex. — Imagino o quanto isso deve ser horrível, mas prometo que não vou te decepcionar.

Violet abriu os olhos e assimilou a expressão séria de Alex. Estendeu a mão e deu um tapinha na dela.

— Tudo bem — disse. — Vai ser uma ótima oportunidade pra você, e acredito totalmente que vai dar conta do trabalho. Quando te contratei já sabia disso.

Alex sorriu e assentiu. Então se levantou.

— Eu já vou indo. Precisa de alguma coisa?

Violet fez que não.

— Estou bem. Obrigada por vir.

— Claro — respondeu Alex.

Ela deu um abraço em Violet antes de ir embora.

Por alguns breves instantes, Violet ficou sozinha com o som dos bipes e das enfermeiras passando pelo corredor com uniformes sibilantes. Ela fechou os olhos de novo. Talvez pudesse dar uma dormidinha até o hospital a liberar.

— Oi-oi.

Violet arregalou os olhos e avistou as irmãs, Iris e Lily, na porta.

Lily correu até ela. Ela usava uma jaqueta puffer verde-escura com uma echarpe grossa amarela enrolada no pescoço. O cabelo estava preso no seu coque samurai típico. Ela envolveu Violet num abraço de urso.

— Estou tão feliz por você estar bem.

— Como souberam que eu estava aqui? — perguntou enquanto Lily a sufocava até a morte.

— A Alex ligou pra gente. — Lily se empoleirou na lateral da cama de Violet e segurou sua mão com cautela. — Como está se sentindo?

— Como se estivesse com o tornozelo fraturado — respondeu Violet. As bochechas de Lily estavam coradas do frio. A nova editora na qual trabalhava editando livros de fantasia infantis não ficava muito longe, no Soho. O emprego anterior ficava em Midtown, e era bom que Lily tivesse escapado daquele ambiente tóxico com uma chefe horrível. Em geral, ela parecia bem mais feliz atualmente. Tinha comemorado o aniversário de vinte e sete anos havia duas semanas, mas Violet perdera a festa porque estava em Londres assessorando Karina. — Você não precisava sair do trabalho pra vir até aqui.

— Claro que precisava — rebateu Lily. — Não venha me dizer o contrário.

Violet olhou para Iris, que espiava as imagens da radiografia do tornozelo da irmã na mesa ao lado da cama. Iris estava embrulhada num casaco preto que ia até os joelhos, e seu corte pixie estava oculto debaixo de uma touca preta. Ela tamborilou os dedos no maxilar, como se entendesse tudo o que via nas imagens. Iris tinha trinta anos e era a pessoa mais inteligente que Violet conhecia. Tinha se formado em primeiro lugar da turma tanto na graduação quanto na pós-graduação em administração, e sua mente quase sempre parecia transbordar com informações que a maioria das pessoas não se importava em aprender. Violet não ficaria surpresa se Iris soubesse interpretar o exame.

Iris se aproximou da cama e examinou o gesso de Violet.

— Qual foi o veredito?

— Fraturado, sem cirurgia — respondeu Violet. — Infelizmente, o gesso está cobrindo nossa tatuagem de irmãs.

No aniversário de dezoito anos de Lily, as três fizeram tatuagens das flores de seus nomes no pé. Violet tinha escolhido de propósito um design diferente da violeta de Xavier. Sua tatuagem era menor, mais delicada.

— Você vai precisar fazer repouso? — perguntou Iris.

— Por que usam o termo "repouso"? Será que vou ter que virar a cama na direção do mar a fim de me recuperar?

Iris franziu o cenho.

— Por favor, responda a pergunta, Vi. Quanto tempo vai demorar para seu tornozelo sarar?

— Seis semanas — respondeu, suspirando.

— Bom — disse Iris, sentando-se do outro lado de Violet. — Não posso dizer que essa pausa não seja necessária.

Violet recuou.

— O quê?

— Ah, por favor, Vi. Você está correndo por aí como uma galinha sem cabeça há anos. Precisa tirar um tempo pra você.

— Diz a mulher que vai trabalhar aos sábados.

— Sabe que parei de fazer isso ano passado — rebateu Iris, estreitando os olhos. — E, enfim, é diferente.

— Como?

— Porque meu trabalho é num lugar só. Não fico voando pelo mundo.

— Nem *sempre* fico voando pelo mundo. Na maioria das vezes, só vou e volto de LA.

— E você acha que um voo de seis horas é um vaivém normal?

— Gente, por favor — pediu Lily, gesticulando com as mãos para moderarem o tom de voz. — Estamos num *hospital*. Os pacientes estão tentando descansar.

Em tom mais baixo, Iris falou:

— É claro que você vai ficar comigo enquanto se recupera.

Violet bufou.

— Hum, tenho meu próprio apartamento, lembra?

Iris cruzou os braços.

— Já dei uma pesquisada. Apenas um quarto das estações de metrô da cidade tem elevadores ou rampas para torná-las acessíveis, o que é ridículo. Você vai acabar gastando uma fortuna com Uber e táxi todo dia. Sem falar que, se conseguir um jeito de andar pelos degraus do metrô, vai ficar com o gesso todo sujo.

— E Nick disse que os elevadores principais do seu prédio vão passar por uma reforma e só ficarão prontos no começo do mês que vem — emendou Lily. — Todo mundo do seu prédio vai ter que dividir o elevador de serviço. Imagina quanto tempo vai ter que esperar todo dia, já que não vai poder usar a escada.

O namorado de Lily, Nick, morava no mesmo corredor que Violet, e ele e Lily tinham se conhecido no ano anterior, quando ela passou uma temporada morando com a irmã. Agora Lily morava em seu próprio apartamento no Brooklyn. Violet adorava Nick e gostava de ser sua vizinha, mas, naquele momento, odiava que ele tivesse dado aquela informação privilegiada a Lily para ser usada contra ela.

— Seu prédio parece que está sempre em obra — comentou Iris, franzindo o cenho. — Por que não procura um apartamento novo?

— Porque gosto do meu apartamento — respondeu Violet, com teimosia.

Tinha conseguido um desconto no aluguel através de um programa do governo e não ia abrir mão.

— Não dificulte isso pra você — disse Iris. — Tenho um quarto de hóspedes no primeiro andar, e você vai ficar lá sozinha durante a maior parte do dia enquanto estou no trabalho e a Calla na escola. É uma alternativa melhor do que ficar com nossos pais.

Violet se retraiu. Suas irmãs tinham apresentado argumentos muito válidos. Seria difícil andar pela cidade por causa da lesão, e ficar na casa de Iris seria melhor do que ficar na casa dos pais. Violet e a mãe estavam atualmente em conflito por causa da festa anticasamento que Violet dera no último verão no lugar do casamento de verdade. O local e os fornecedores já tinham sido pagos. Violet não queria jogar dinheiro fora, e por que deixaria Eddy trair e sair por cima? Ela pedira que os convidados aparecessem todos de roupa preta. Ela usara um vestido de gala preto da Vivienne Westwood. Karina se apresentara, e foi praticamente uma festa "fodam-se os infiéis". Violet tinha ocultado a dor dançando e se embebedando com os amigos. Foi um dia agridoce, mas catártico. Dahlia achara a balbúrdia toda indelicada e constrangedora. Ela e Violet discutiram depois e, visto que Violet se recusava a concordar com as opiniões da mãe sobre a festa, nunca chegaram a uma solução. A tensão entre elas havia diminuído, mas ainda estava ali, transbordando sob cada interação. Mas aquilo não era novidade para Violet. Em algum nível, estivera a vida toda mais ou menos em conflito com a mãe.

Pelo menos, se ficasse na casa de Iris, teria um pouco de espaço. E conseguiria voltar para o apartamento em algumas semanas, quando consertassem os elevadores e removessem seu gesso. Mas essa decisão era um saco, porque significava que Violet teria que passar uma longa temporada em Willow Ridge, um lugar que a fazia se sentir sufocada.

Primeiro o tornozelo. Agora a liberdade.

— Que seja — bufou enfim. Não teria mesmo muito trabalho a fazer, já que ia perder o mês da moda. — Pode ser.

— Bom, isso foi só um pouquinho sem dor — disse Lily, abrindo a bolsa. Ela tirou uma barra de cereais e a ofereceu a Violet. — Está com fome?

— *Morrendo.* — Violet pegou a barra de cereais e rasgou a embalagem com ferocidade. Lily e Iris riram vendo a irmã praticamente engolir metade da barra.

— Então, como foi Vegas? — perguntou Iris. — Ainda não contou pra gente o que aconteceu depois que se encontrou com Xavier.

Violet engasgou com um pedaço de granola e soltou uma tosse áspera.

— Ah. Hum.

— Você ficou com ele? — indagou Iris, com os olhos estreitados. Lily arregalou os olhos enquanto esperava pela resposta de Violet.

Violet engoliu e pigarreou.

— Talvez.

— Viu, te falei! — Lily estendeu a mão e Iris suspirou, botando uma nota de cinco dólares em sua palma.

Violet ficou boquiaberta.

— Vocês apostaram se eu ia ou não transar com o Xavier?!

— Não exatamente — respondeu Lily. — Falei pra Iris que achava que algo tinha acontecido entre vocês porque sei o quanto gostavam um do outro na escola, e o modo como terminaram foi tão... Bom, enfim. Só tive um pressentimento. E a Iris discordou de mim.

— Lembrei que você nem queria que a gente mencionasse o nome dele — comentou Iris. — Mas eu estava errada. É claro.

— Não estava errada — respondeu Violet. — Foi uma vez só.

— Então não vai se encontrar com ele enquanto estiver hospedada na casa da Iris? — Lily soava levemente decepcionada.

— Não. Claro que não.

Lily franziu o cenho, e Iris deu de ombros. Violet ficou grata por mudarem de assunto e seguirem em frente discutindo como ajudariam Violet a fazer as malas para a estadia com Iris. Com certeza, ela não lhes contaria da pequena cerimônia de mentirinha. Iriam ver significados demais, como Karina tinha visto.

Violet se perguntou se Xavier guardara a foto da capela. Torcia para ele ter tomado a decisão certa e a jogado no lixo. Desse modo, não haveria evidência física do que tinham feito.

Ninguém nunca precisaria saber.

8

Xavier se apressou pelo estacionamento em direção à entrada do Colégio Willow Ridge segurando a caneca térmica em uma das mãos e o celular na outra. Era segunda-feira de manhã, também conhecida como a hora favorita de Tricia para fazer chamada de vídeo com ele.

— Parece que está tão frio aí — comentou sua mãe, estreitando os olhos para a tela. Sua pele negra clara estava bronzeada pelo sol da Flórida, e os cachos afastados do rosto. — Nevou ontem?

— Dez centímetros. — Xavier enrolou mais o cachecol no pescoço e ajeitou os óculos de armação preta. — Está cinco graus negativos hoje.

— Hum. — Tricia sacudiu a cabeça.

Enquanto Xavier se vestira com camadas e mais camadas de roupas como se estivesse planejando uma viagem pelo Himalaia, Tricia estava sentada numa cadeira de balanço na varanda da casa do namorado usando um vestido leve e bebendo um latte gelado. Tinha conhecido Harry por meio de um aplicativo de relacionamento já fazia uns três anos e, por trabalhar remotamente como supervisora de atendimento ao cliente para empresas de artigos domésticos, nos últimos dois anos passara janeiro, fevereiro e março em Key West com ele.

Claro que Xavier sentia saudade de Tricia nesse período. Gostava de poder ir aleatoriamente até a casa da mãe e passar um tempo com ela, e suas refeições caseiras eram com certeza um bônus. Só que estar com Harry deixava Tricia feliz, e isso era o que importava para Xavier.

— Fique bem agasalhado aí, tá bom? — aconselhou Tricia. — Janeiro é o mês que menos gosto.

Xavier sorriu enquanto seu hálito se enevoava diante de seu rosto.

— Sim, eu sei.

Janeiro tendia a ser difícil para Xavier também. As festas de fim de ano já eram passado. O ar ficava glacial. O céu ganhava uma aparência melancólica, e a espera pela primavera parecia infinita. Mas, ao menos, naquele bimestre Xavier e os alunos estavam lendo alguns de seus livros favoritos: *Se a rua Beale falasse*, *Senhor das moscas* e *Seus olhos viam Deus*. E havia a temporada de basquete, o que o motivava. Os garotos do segundo e do terceiro ano tinham ganhado outro jogo no sábado anterior, seguindo invictos na temporada.

— Já teve notícia de Tim Vogel? — perguntou Tricia.

— Nada, mas espero que ele entre em contato em breve.

Xavier não conversava com o técnico do basquete da Universidade Riley desde o fim de semana de seu aniversário, duas semanas antes. Estava torcendo para receber um telefonema em breve. Caso contrário, teria que incomodar a secretária da escola, sra. Franklin, tia de Tim Vogel.

Xavier já estava quase na entrada da escola, e sua mão começava a congelar por segurar o celular.

— Mãe, te ligo mais tarde, depois do trabalho, tá bom? — falou. — Vou entrar. Manda um oi pro Harry.

— Tudo bem, querido. Tenha um bom dia.

Tricia sorria para Xavier quando desligou. Ela tinha muito orgulho de sua carreira como professor. Dar aula o alegrava. Mas, ao mesmo tempo, ele queria mais. Queria o cargo de técnico-assistente na Riley.

Entre correr atrás de Tim Vogel, a temporada de basquete e dar aula, Xavier claramente estava muito ocupado. Mas não conseguia parar de pensar em Violet. Fazia duas semanas que ela saíra correndo do quarto de hotel em Vegas antes de ele ao menos ter a chance de pedir seu telefone. Vê-la de novo tinha sido bom, do jeito distraído e excitante de quando eram adolescentes. No início, ele se lembrara bem pouco da aventura bêbada deles. Mas, conforme os dias foram passando, fragmentos daquela noite pipocaram em sua mente. Os dois se roçando na pista de dança, apalpando um ao outro no banco de trás de um Uber, entrando aos tropeços na capela para o casamento de mentirinha. Também se lembrava de Violet montada nele nas primeiras horas da madrugada e da sensação macia de seus seios na palma das mãos.

Pensara em diferentes jeitos de entrar em contato com ela. Podia mandar mensagem pelo perfil do Instagram que mal usava. Podia pedir seu número a Bianca, porque sabia que elas mantinham contato. Mas Bianca lhe faria um monte de perguntas que ele não queria responder. A verdade era que, se Violet quisesse que Xavier tivesse acesso a ela, teria providenciado isso. Ele precisava esquecê-la, assim como a noite que passaram juntos. Tinham retornado para seus cantos separados do universo, o que provavelmente era o melhor, pois em que mundo ele e Violet faziam sentido? Ela passava o tempo todo com celebridades, viajando de jatinho pelo mundo, e ele era um professor na cidade natal deles em New Jersey. Precisava resolver o que faria com a foto deles se beijando descuidadamente na capela. Ainda estava na gaveta da sua cômoda, dobrada, bem ao lado da aliança falsa.

Entrou na escola e foi direto para a sala dos professores, a fim de colocar o almoço na geladeira. Passou pela vitrine do corredor principal, que exibia as conquistas atléticas da escola e abrigava o troféu do campeonato estadual que o time de basquete masculino ganhara no último ano de escola dele. Ao lado do troféu havia uma placa com uma foto de Xavier, a mesma do anuário de formatura, seus números no basquete e um texto explicando que ele foi o segundo maior marcador da história do Colégio Willow Ridge. Odiava olhar para aquela vitrine, ela o obrigava a ficar cara a cara com seu eu de dezoito anos obstinado e convencido. Aquele que saíra da cidadezinha para estudar em uma das melhores faculdades com basquete do país e desistira ao primeiro sinal de infortúnio. A vitrine era uma lembrança de como sua vida tinha tomado uma direção completamente fora do planejado.

Nunca imaginou que seria professor. Depois de se formar na Riley em administração esportiva e condicionamento físico, não conseguiu um emprego por nada no mundo. Desesperado por uma renda, conseguiu um certificado de professor substituto e pegou um trabalho na escola. Depois de três meses, o sr. Rodney tirou licença para uma cirurgia no quadril. Xavier desenvolvera uma boa relação com os alunos, então foi contratado como professor de inglês interino do segundo ano do ensino médio. Ali, descobriu inesperadamente um amor pela literatura, um amor que com certeza não tinha quando ele frequentara a escola. Quando o sr. Rodney voltou e outro professor se aposentou, Xavier tomou as providências para obter o certificado de licenciatura e foi contratado em tempo integral. Depois viu que o sr. Rodney precisava de ajuda com o time de basquete, então também obteve um certificado de técnico-assistente. Sua vida tinha meio que se resolvido assim. Um dia, ele olhou ao redor e se perguntou como tinha desviado tanto do caminho. Não queria dar aula na cidade natal pelo resto da vida. Por mais que fosse ficar triste por deixar os alunos e os funcionários da escola, sabia que havia mais para ele no mundo.

Estava perdido em pensamentos quando abriu a porta da sala dos professores e quase morreu de susto com o grito dos colegas:

— SURPRESA!

— O que é isso, pessoal? — Xavier ficou confuso enquanto era guiado até a mesa bamba comprida, em que foi surpreendido com um bolo que dizia "Parabéns pelo casamento!".

Os colegas professores de Xavier o atacaram, abraçando-o e falando um por cima do outro enquanto o parabenizavam. Pasmo, ele se soltou dos abraços.

— De que porra vocês estão falando? — perguntou.

— Olha a língua! — repreendeu a sra. Franklin. Ela já era secretária da escola quando Xavier ainda era um estudante e, mais de uma década depois, ainda estava ali, anotando advertências e defendendo seu título como a mulher em Willow Ridge que sabia tudo de todo mundo. Ela até enviava uma newsletter mensal que supostamente era sobre as atividades da escola, mas quase sempre incluía detalhes da vida pessoal dos habitantes da cidade, como casamentos, nascimentos e se alguém estava vendendo a casa. Sua pele negra estava mais enrugada e o cabelo castanho-escuro curto começava a ficar grisalho, mas, fora isso, quase nada tinha mudado na sra. Franklin. Ela pegou uma revista e a abriu numa foto de Violet toda de preto, encostada numa janela. Aproximou a revista de Xavier e apontou para um bloco de texto.

— Sabe que gosto de acompanhar o que acontece com nossos ex-alunos. Quando vi a publicação de Violet no Instagram informando que ela tinha dado uma entrevista para uma revista grande de moda, rodei pelas imediações até achar um exemplar. Acabei encontrando em uma banca de jornal em Jersey City. E, olha, ela diz bem aqui que vocês dois se casaram recentemente. — A sra. Franklin envolveu os braços frágeis ao redor de Xavier e o apertou o máximo que conseguiu. — Ah, estou tão feliz por você, querido. Sempre tive um pressentimento de que você e a menina Greene ficariam juntos. Vocês eram unha e carne!

Xavier pegou a revista e leu a entrevista rapidamente. A sra. Franklin tinha que estar errada. Não fazia sentido que Violet tivesse declarado falsamente que Xavier era seu marido. Nada daquilo fazia sentido. Mas então chegou ao fim do perfil e leu ele mesmo as palavras de Violet.

> *Greene também conseguiu encontrar equilíbrio na vida pessoal. Quando nossa entrevista estava terminando, ela revelou que tinha acabado de se casar com o namorado da escola.*
>
> *— Nós nos reencontramos recentemente e percebemos que ainda nos amávamos.*
>
> *Depois que expressei meus parabéns e minha empolgação por ela, Violet continuou a falar.*
>
> *— Aconteceu muito rápido, mas estamos muito felizes.*

Apesar do que alguns podem saber do seu relacionamento anterior com um empresário talentoso, o novo marido de Greene não está envolvido de nenhum modo na indústria do entretenimento. Ela me contou que ele dá aula de inglês para o ensino médio e treina times de basquete.

— Nosso estilo de vida é diferente, mas completamos um ao outro.

Que doce final feliz para o mundo da moda.

Xavier encarou a página, atordoado.

Que... porra?

— Você vai ter que trazer Violet para uma visita — disse o sr. Rodney, cutucando o outro ombro de Xavier. No ano anterior, o homem tinha celebrado quarenta e cinco anos como professor. Era divorciado, com dois filhos adultos que moravam em outro estado, então dar aula em Willow Ridge era toda a sua vida. Tinha quase setenta anos, e Xavier acreditava que ele não se aposentaria tão cedo. — Você dois sabem mesmo como guardar um segredo. Ela nem menciona seu nome. E na terça passada, no almoço, você me disse que não estava saindo com ninguém!

— Qual a opinião da sua mãe? — perguntou Nadia Morales, que ensinava espanhol avançado.

— Eu... Eu — gaguejou Xavier, alternando o olhar entre a revista e o rosto sorridente dos colegas de trabalho.

Por sorte o sinal tocou, sinalizando que era hora de os professores irem para seus respectivos lugares. Xavier saiu da sala e correu para sua turma. O que estava acontecendo? Violet sabia que o casamento tinha sido de mentira, então por que diria para uma revista grande que ele era seu marido? Por que ela não o avisara?

E por que seu pulso tinha acelerado com a ideia de que ela o declarara como marido?

Quantas pessoas mais tinham lido aquela entrevista? Talvez não muitas. Ele nunca tinha ouvido falar da revista até aquele momento, quando a sra. Franklin a estendera para ele. Seria melhor que toda aquela situação ficasse confinada à sala dos professores até que ele conseguisse falar com Violet.

o o o

Como era próprio ao estilo de Willow Ridge, por volta do quarto período, a escola toda sabia da suposta nova esposa de Xavier.

— A concha é usada quando um dos garotos quer falar o que está pensando — declarou Xavier para a turma do segundo ano. — Quando uma pessoa está com a concha, o restante do grupo tem que escutá-la. Então a concha se quebra com muita facilidade assim que Porquinho é morto com ela nas mãos. O que acham que a concha representa?

Xavier olhou para os alunos, todos muito silenciosos. Em geral, àquela altura, estariam um pouquinho mais animados, sabendo que almoçariam em breve.

Ele suspirou e se apoiou no quadro branco.

— Alguma ideia? Estamos lendo *Senhor das moscas* há semanas. Sei que um de vocês tem uma resposta. — Ele olhou para Cherise Fisher, na fileira da frente, que normalmente era a primeira pessoa a levantar a mão. Mas ela apenas o encarava com uma expressão monótona. — Cherise? Alguma ideia?

Ela deu de ombros.

— Não sei, sr. Wright. Mas eu tenho uma pergunta.

— Tá bom — respondeu Xavier, grato por começar algum tipo de discussão. — Diga.

— Por que não contou que conhece Karamel Kitty?

— Ou que se casou com a melhor amiga dela — emendou Jerrica Brown, sentada ao lado de Cherise. Ela ergueu o celular e mostrou para a turma toda uma publicação no Instagram de Violet e Karamel Kitty rindo e se abraçando. — Tipo, achei que a gente fosse legal. O senhor disse que somos sua turma favorita.

— Verdade, depois que a srta. Gibson te deixou na mão o ano passado, a gente apoiou o senhor — declarou Dante Jones, sentado nos fundos da sala, ao lado da estante de livros. — Mas só ficamos sabendo da sua esposa por causa da fofoca dos outros professores. Que sacanagem, sr. Wright. Muita sacanagem.

De repente, a turma se transformou num caos agitado, querendo saber por que o professor favorito não confiara o segredo a eles. Xavier arrastou uma das mãos pelo rosto. A entrevista confusa de Violet estava virando seu dia de cabeça para baixo.

— A concha representa liberdade de expressão e democracia — afirmou ele, erguendo a voz sobre o falatório e se recusando a responder às perguntas. — Quando a concha se quebra, representa a fragilidade da democracia, indicando que ela só sobrevive se for protegida por todos os participantes.

Do meio da sala, Jeffrey Colson ergueu a mão.

Xavier apontou para ele.

— Sim, Jeffrey?

— Pode apresentar a gente para a Karamel Kitty? Faz uma chamada de vídeo com ela rapidinho. A gente não conta pra ninguém.

Xavier suspirou de novo.

— *A morte do Porquinho...*

Ele foi interrompido pelo som do sinal. Imediatamente os alunos se levantaram e começaram a reunir os livros e as mochilas, guardando os velhos exemplares de *Senhor das moscas*.

— Não se esqueçam de ler os dois próximos capítulos como dever de casa — avisou Xavier, mesmo que já tivesse perdido a atenção deles.

— Vejo o senhor de noite no treino, sr. Wright — gritou Dante, batendo no alto da porta.

Xavier se estatelou na cadeira. Tinha que dar um jeito de entrar em contato com Violet, rápido, antes que aquela situação se agravasse ainda mais. Ele pegou o celular em sua bolsa carteiro e mandou uma mensagem para Bianca.

Ei, B, pode me dar o número da Violet?

Ele viu um balão de resposta se materializar e então sumir.

— Sr. Wright?

Xavier ergueu o rosto, e ele viu Cherise e Jerrica hesitantes na frente da mesa.

— Pois não? — falou, olhando para suas alunas mais brilhantes, as mesmas que tinham resolvido incitar um pequeno motim minutos atrás.

— É verdade que sua esposa foi sua namorada na escola? — perguntou Cherise.

Xavier a olhou de cara feia.

— Não vou falar disso. Vocês vão se atrasar para o almoço.

— Ela é bonita — declarou Jerrica, abrindo o perfil de Violet no Instagram de novo. Ela mostrou a Xavier uma foto de Violet numa rua movimentada de Los Angeles ladeada de palmeiras. Ela usava uma jaqueta preta de couro irada e sorria largamente, com o cabelo cacheado voando ao vento. — É isso aí, sr. Wright. Talvez ela te ajude om suas roupas.

— Vocês sabem que não devem usar o celular na escola. — Então vier olhou para sua camisa polo branca e a calça cáqui. — Ei, o que de errado com as minhas roupas?

s garotas se olharam e riram.

Sem querer ofender, sr. Wright — falou Jerrica. — Mas hoje o se- eio que tá parecendo um guarda-florestal.

er inspirou.

n guarda-florestal? Fiquem sabendo que eu fui eleito a Pessoa -Vestida da escola no meu último ano, assim como a Violet.

só fez as garotas rirem mais.

á bom, sr. Wright — respondeu Cherise.

spirou pela terceira vez em vinte minutos.

anhã, meninas. — Ele começou a encaminhá-las para fora o se esqueçam da leitura.

o da sala dos professores, seu celular vibrou de novo. Ele ria ser uma resposta de Bianca, mas era uma mensagem

> Minha tia acabou de me contar do seu casamento.

> Parabéns! Pelo jeito me enganei achando que você não tinha namorada. Gostaria de conhecer sua esposa. Jantar em breve?

Aquilo era interessante. Depois de semanas sumido, Tim, de repente, queria jantar?

Mas Xavier não podia responder a mensagem de Tim porque não queria dar mais corda para aquela mentira estranha.

Conforme o dia foi passando, recebeu mais cumprimentos dos colegas de trabalho. Seus alunos continuavam confusos, sem entender suas razões para esconder um evento tão importante.

Estava entrando no vestiário quando Bianca finalmente respondeu.

> Acho que a Violet não ia querer que eu desse o número dela.

Xavier soltou um suspiro frustrado.

> Preciso falar com ela. Ela disse pra uma revista que estamos casados.

> Fiquei sabendo hahaha.

Xavier franziu a testa. Então o boato tinha se espalhado para além dos muros da escola.

> Não vejo graça.

> Olha, não vou dar o número. Mas vou te contar que ela está hospedada na casa da Iris. Use isso como quiser.

Violet estava em Willow Ridge aquele tempo todo e ele nem sabia?

Enfiou a cabeça para dentro do escritório do vestiário e avisou o sr. Rodney que tinha uma emergência e que não participaria do treino. Correu até o carro e foi direto para a casa de Iris.

9

Espalhada no sofá da sala de Iris, com o tornozelo elevado sobre um travesseiro e assistindo a *The Real Housewives of Potomac*, Violet se esforçava para ver o lado bom de sua situação. Estar com uma fratura no tornozelo durante uma das temporadas de moda mais importantes do ano não tinha nada de vantajoso. Pelo menos estava se recuperando num ritmo mediano, de acordo com o ortopedista. Era verdade que nos últimos tempos vinha sentindo que estava chegando ao limite de sua capacidade de trabalhar, mas, agora que isso tinha sido arrancado dela de forma súbita e inesperada, sentia falta da correria e da agitação de sua vida, da mudança constante de cenário. A empolgação em ver novas roupas em um showroom ou numa passarela. O modo como o rosto de seus clientes se iluminava quando se viam usando uma roupa nova que combinava com eles. O mês da moda enchia Violet de vida. Era uma inspiração, um rejuvenescimento. Mas, por conta das circunstâncias, teria que se conformar em receber atualizações de Alex e ver a ação do sofá de Iris.

Nas últimas duas semanas, a maior empolgação vivenciada por Violet era quando a babá de Calla a deixava em casa depois da escola.

— Pronto — disse Calla, gesticulando para Violet olhar a arte recém-feita no gesso. Por causa do inverno, ela tinha que usar um protetor para cobrir a parte exposta do pé. Sem ele, seus dedos provavelmente congelariam e cairiam.

Como Iris, Calla era bem séria. Então, no lugar de sorrir e esperar um elogio como a maioria das crianças, ela encarou Violet com sobriedade:

— Gostou?

Violet se sentou e inclinou a cabeça. O desenho parecia um boneco de palito sem olhos e com orelhas grandes. Uma escolha curiosa, mas ela não questionaria uma artista iniciante.

— Amei — declarou. — Ele é muito bonito.

— Ele? — respondeu Calla, enrugando as pequenas sobrancelhas. Ela torceu a bainha do vestido de malha azul-claro de um jeito meio tenso. — É uma flor.

— Ah, sim, claro. É linda. Você é melhor do que o Leonardo da Vinci.

Calla guinchou:

— Quem?

— Alguém que você não deve confundir com Leonardo DiCaprio.

— *Quem?*

Violet se sentiu uma anciã.

— Ninguém. Gostei mesmo da flor. Obrigada.

— De nada. — Calla enfim se permitiu um sorriso tímido. — Vou desenhar uma borboleta agora.

— Manda ver.

Violet se recostou, reassumindo a posição confortável no sofá. Estava usando seu conjunto de moletom Everlane French felpudo favorito, e um saco de Cheetos ocupava o espaço entre seu quadril e a almofada do sofá, uma espécie de belisco antes do jantar. Iris estava preparando beringela à parmegiana, e Lily estava com ela na cozinha cortando os ingredientes para uma salada. Violet mal sabia preparar um miojo, então elas dispensaram sua ajuda.

O celular vibrou ao seu lado; ela olhou e viu que era uma ligação de Dahlia. Decidiu não atender, silenciou o celular e disse a si mesma que retornaria para a mãe mais tarde. Desde a lesão de Violet, Dahlia sentia imensa necessidade de verbalizar suas opiniões, como sempre. Ela tinha sugestões de médicos que a filha deveria consultar e que exercícios deveria fazer. Estava chateada por Violet ter escolhido ficar com Iris em vez de ficar na casa da infância. Era demais. Violet mal conseguia pensar direito com a mãe pairando em cima dela daquele jeito. Além do mais, estava se sentindo péssima por perder o mês da moda, o que lançava um brilho azedo no seu humor. Não sentia vontade de falar com ninguém. Não era pessoal. Também tinha ignorado a ligação de Bianca dez minutos antes.

A campainha tocou, e Lily gritou:

— Eu atendo!

Violet continuou prestando atenção na televisão enquanto ouvia o murmúrio de Lily falando com a pessoa à porta. Jogou um salgadinho na boca e se aconchegou mais no sofá.

— Hum, Vi?

Violet ergueu a cabeça e viu Lily na entrada da sala com uma expressão estranha no rosto.

— Oi? — perguntou Violet. — Por acaso é o vendedor de painéis solares...

As palavras ficaram presas em sua garganta assim que Xavier Wright apareceu atrás de Lily.

As engrenagens no cérebro de Violet pararam de súbito; então voltaram lentamente enquanto ela tentava entender por que Xavier tinha se materializado na sala de estar da sua irmã. Ela o encarou, sem piscar.

— O que você está fazendo aqui? — indagou, áspera.

Xavier franzia a testa.

— O que houve com seu pé? — perguntou, andando até o sofá. Calla deu uma olhada naquele estranho e lhe deu um grande espaço, indo se sentar na poltrona do outro lado do cômodo. Xavier franziu mais a testa quando se abaixou e examinou o gesso de Violet.

— É o tornozelo, não o pé — respondeu ela. — Eu caí.

Ele a olhou.

— Onde?

— Na cidade.

— Caramba — exclamou, tocando com cautela o gesso branco. — Há quanto tempo?

— Duas semanas. — Ela empurrou a mão dele. — Xavier, *o que* você está fazendo aqui? E por que está usando óculos?

Por algum motivo, aquele foi o detalhe mais chocante que Violet conseguiu computar. Xavier usava óculos de armação quadrada preta e grossa. Parecia um bibliotecário gato. Não, um *professor* gato.

— Minha visão não é mais a mesma — respondeu, ficando de pé. Ele cruzou os braços e fez uma careta. — Que história é essa de falar por aí que estamos casados?

Da entrada, onde ainda estava, Lily arfou. Violet e Xavier a olharam, e ela cobriu a boca com as duas mãos.

Violet voltou a atenção para Xavier, que a encarava com pura frustração. Ela sabia que a entrevista para a *Look Magazine* tinha sido distribuída em bancas naquela manhã. Alguns dias depois da entrevista, Jill recebera a confirmação de que Violet tinha entrado na lista final da "30 Under 30". A euforia de Violet fez com que esquecesse momentaneamente a dor literal e metafórica que sentia com a lesão. Até comprara uma garrafa de champanhe para comemorar. Tinha lido o perfil assim que fora publicado online, dois dias antes, ocasião em que confirmara que Olivia Hutch tinha de fato incluído o detalhezinho do casamento. Violet até se divertira um pouco com a forma como Olivia tinha feito o marido imaginário de Violet parecer um cara tão maravilhoso. Mas, acima de tudo, ficara satisfeita com o texto tão positivo. Sua agência tinha postado um link para a entrevista no site deles, o que ajudou com a visibilidade. Só que, fora comentar a entrevista com Jill e Alex, que acharam o ato de desespero do marido falso muito esperto e logo postaram sobre a matéria no Instagram dela, Violet não tinha falado da entrevista com mais ninguém. Nem com as irmãs. Não tinha como Xavier saber. A *Look Magazine* estava tão fora de seu radar. Ele tinha que estar falando de outra coisa.

— Sua entrevista na revista de moda — esclareceu ele.

Certo. Agora era hora de entrar em pânico.

— Como você ficou sabendo da entrevista? — perguntou ela, desviando o assunto.

— A sra. Franklin leu e contou pra todo mundo.

— A sra. Franklin... a secretária da escola? — respondeu ela, confusa. — Como *ela* ficou sabendo?

Xavier deu de ombros.

— Ela te segue nas redes ou algo assim. Acompanha tudo o que você faz.

Aquilo só era mais confuso.

— Mas a sra. Franklin me odiava!

— Ela não te odiava... mas essa não é a questão, Violet. Por que você falou aquilo?

— Hum. — Violet engoliu em seco. — Olha. Posso explicar.

— Espero que sim — rebateu, erguendo uma sobrancelha, esperando.

Naquele momento, Iris entrou na sala, limpando as mãos no avental preto. Ela ficou ao lado de Lily, e Calla foi para junto da mãe, ainda olhando Xavier com curiosidade.

— Xavier Wright — falou Iris, com calma, dando uma boa olhada nele —, por que está na minha casa?

— Me desculpe aparecer assim, sem avisar — pediu Xavier. — Mas a Violet me deve uma explicação muito séria por uma declaração que fez numa entrevista.

Iris inclinou a cabeça e olhou para Violet e Xavier. Violet preferiria não ter aquela conversa na frente das irmãs, porque só levaria a mais perguntas, mas fazer o quê.

— Era uma entrevista muito importante pra minha carreira — explicou, olhando para Xavier. — A pessoa que me entrevistou começou a falar do namoro do meu ex-noivo com minha antiga cliente, e eu surtei. Achei que se essa situação fosse publicada seria uma péssima publicidade, então, como distração, menti e disse que estava casada e feliz. Me desculpe. Na minha cabeça não havia a mínima chance, nem em um milhão de anos, de você ficar sabendo. Mas nem foi uma mentira total! A gente *realmente* se casou, tecnicamente.

Lily arfou de novo.

— Vocês o *quê*? — demandou Iris.

Violet olhou de cara feia para as irmãs, então virou de volta para Xavier.

— Não, *tecnicamente* a gente não se casou — rebateu Xavier. — A cerimônia não foi de verdade.

Dessa vez, quando Lily arfou, Iris arfou também.

Violet se virou para encarar as irmãs.

— Vocês não estão ajudando!

— Desculpe, desculpe — murmurou Lily, de olhos arregalados. — A gente vai... — Ela apontou com o queixo para o corredor e gesticulou para Iris e Calla saírem do cômodo com ela. Iris lançou um último olhar confuso por cima do ombro antes de se retirar de vez.

— Eu não mencionei seu nome — disse Violet para Xavier. — Você pode dizer que eu estava falando de outra pessoa.

Ele sacudiu a cabeça, exasperado.

— Acha que acreditariam em mim? Você não precisou dizer meu nome. *Eu* fui seu namorado na escola. *Eu* sou um professor de inglês que treina times de basquete. De quem mais você poderia estar falando? Todo mundo sabe que era de mim.

Todo mundo? Violet olhou para o celular. De repente, as múltiplas chamadas perdidas da mãe e de Bianca fizeram sentido.

A campainha tocou de novo. O estômago de Violet se revirou.

Ah, não.

Ela se movimentou para se sentar ereta, tirando as migalhas de Cheetos do colo. Teve apenas cinco segundos para se recompor antes de os pais entrarem na sala. Dahlia, pequena como as filhas, estava com o cabelo recém-escovado, e ela e Benjamin estavam vestidos com moletons iguais da Floricultura e Viveiro Greene. Lily, que devia ter atendido à porta, murmurou *desculpe* para Violet antes de mais uma vez sumir corredor adentro. A barriga de Violet se encheu de apreensão quando olhou para os pais.

— Bom, ao menos os dois estão aqui — disse Dahlia, com a voz sucinta. — Querem saber o que acabei de ficar sabendo na cabeleireira? — Ela apontou para Xavier. — Na verdade, quem me contou foi a mãe de uma aluna sua, uma jovem chamada Cherise Fisher. A sra. Fisher me disse que vocês dois estão *casados* e que Violet declarou a novidade para o mundo em uma entrevista antes de contar para a própria família. Eu, claro, não acreditei nela. Porque minha filha nunca deixaria de me contar algo tão importante. Mas então a sra. Fisher abriu o site da revista no celular e me mostrou a prova, e eu li a sua declaração com meus próprios olhos. Agora, o que vocês dois têm a dizer sobre isso?

Silêncio.

Violet e Xavier ficaram ali, parados feito espantalhos. De repente, Violet sentiu que eram adolescentes de novo, pegos no ato de sair ou entrar de fininho, levando mais um sermão dos pais dela. Ela se virou para Xavier, e ele inclinou a cabeça, erguendo uma sobrancelha. Aquela era a bagunça de Violet. Ela tinha que limpá-la.

Violet engoliu em seco.

— Então...

— E, Violet, você nem nos contou dessa matéria na revista — declarou Dahlia, sem lhe dar chance de explicar adequadamente. — Por que esconderia isso de nós? Você acha que a gente não ia querer saber que está sendo reconhecida por uma publicação importante?

Violet mordeu o lábio. De verdade, não achava que os pais se importariam. Para eles, seria apenas outra coisa frívola do trabalho frívolo dela.

— Mãe...

— Consegue imaginar o papel de boba que fiz para as moças no salão, já que não sabia que minha própria filha tinha se casado? — continuou Dahlia. — Sério, Violet. Primeiro você ficou noiva do Eddy, mesmo que seu pai e eu tivéssemos falado que não achávamos uma boa ideia. Então aconteceu aquela coisa confusa no ano passado com a tal festa anticasamento que você insistiu em dar. Como pôde deixar que descobríssemos de você e Xavier assim? Não sabe que as pessoas falam nesta cidade? Muita gente nos conhece, e conhecem o Xavier por causa do trabalho dele na escola, e as pessoas podem se sentir ofendidas por não terem sido convidadas para a cerimônia! Essas coisas podem não importar pra você, já que não mora mais aqui, mas suas ações têm grandes consequências sim! Seu pai e eu comandamos um negócio voltado para o público. Pense na sua família.

Os olhos de Dahlia começaram a se encher de lágrimas. Benjamin, um homem alto e solidário de poucas palavras, e o mais tranquilo dos dois, acariciou as costas da mulher em silêncio e lançou para Violet um olhar de reprovação. Foi quando ela percebeu que seus pais, além de estarem irritados, também estavam magoados. E, apesar das muitas diferenças e discordâncias, a última coisa que Violet queria era de alguma forma magoá-los.

— Desculpa — pediu, baixinho.

De fato ela não imaginara que qualquer pessoa em Willow Ridge, muito menos a sra. Franklin, leria sua entrevista e que isso chegaria aos seus pais. Apenas pensara que assim entraria na lista dos mais promissores em sua área e progrediria ainda mais, e que a mentira seria facilmente esquecida.

Seus pais só ficariam mais chateados quando ela revelasse a verdade confusa por trás da mentira. E então toda Willow Ridge saberia que ela tinha mentido e que tinha arrastado Xavier com ela. Afundaria mais os pais no buraco de fofocas da cidade, e *ela* seria a causa do constrangimento deles.

Naquele momento, sentiu-se pequena. Menos que isso. Não era mais a mulher que saíra da cidade do interior e criara um nome para si com pura determinação. Mais uma vez, ela era a filha indisciplinada que não conseguia ser boa como as irmãs. Era a atrapalhada, a errada da família Greene.

— Queríamos que fosse surpresa — disse Xavier do nada.

Violet piscou e se virou para ele. Dahlia e Benjamin olharam para Xavier também.

— Nos deem licença por um momento — pediu Xavier.

Então ele se curvou e gesticulou para Violet colocar os braços ao redor de seu pescoço para que pudesse levantá-la do sofá. Com os lábios em seu ouvido, ele disse:

— Vamos conversar em particular.

— Por quê? — cochichou ela de volta.

— Só entra na onda.

Atônita, ela se segurou nele, e Xavier a colocou de pé. Com a proximidade, o cheiro da colônia de menta a atingiu em cheio, e Violet fingiu não notar os músculos bronzeados de seus bíceps enquanto ele a ajudava a posicionar as muletas abaixo dos braços. Seus pais os observaram enquanto lentamente saíam da sala e caminhavam pelo corredor até o quarto de hóspedes.

Violet encostou as muletas na parede e se sentou na beira da cama. Xavier fechou a porta.

— Parecia que você precisava de um minuto — falou. — Lembro bem o quanto você ficava nervosa perto deles.

— Ah. — Ela baixou o olhar. — Valeu.

Quando o ergueu de novo, a expressão dele estava pensativa. Ele se moveu e se sentou ao lado dela, e o olhar de Violet vagou dos olhos castanhos atrás dos óculos, desceu pelo nariz e pelo cavanhaque grosso, e então parou nos lábios cheios.

Lentamente, Xavier falou:

— Dizer que estamos casados pode ser realmente uma bênção disfarçada.

A afirmação chamou a atenção de Violet.

— O quê? Como?

— Você mentiu pra salvar sua carreira — respondeu ele. — E eu estou percebendo que poderia usar essa mentira do mesmo modo.

Ela enrugou a testa.

— Como assim?

— Surgiu uma vaga de técnico-assistente no time de basquete masculino da Universidade Riley. Estou na luta para convencer o técnico a me contratar, mas ele empacou dizendo que não poderia me contratar por não confiar que eu ficaria e me comprometeria com o programa a longo prazo. Mas hoje, quando descobriu que me casei, isso mudou. Acho que, para ele, ser casado significa que sou estável, e não um solteiro inquieto.

— Que bobagem. A pessoa pode ser casada e inquieta.

— Eu sei — respondeu, dando de ombros. — Acho que ele é antiquado. Mas disse que deseja te conhecer e jantar com a gente. Essa é a mesma pessoa que não se deu o trabalho de retornar a minha ligação alguns dias atrás. Dizer que você é minha esposa pode me ajudar a conseguir esse emprego. E pense em como pode te beneficiar. Vai manter sua reputação intacta com seu povo da moda *e* com seus pais *e* o restante de Willow Ridge.

— Xavier, isso é loucura — comentou ela, rindo do completo absurdo. — Não podemos falar para as pessoas que estamos casados! A gente nem se conhece mais. A coisa toda seria uma doideira.

Mas o que ela não queria admitir era que o raciocínio dele fazia sentido, o que era preocupante. Se o passado fosse um indicador adequado, sempre que ela e Xavier maquinavam um plano, as coisas se tornavam um desastre.

— Sei disso — afirmou ele, olhando-a diretamente. — Posso não saber como você gosta de tomar o seu café ou o nome dos designers com quem trabalha. Mas, se aprendi alguma coisa dando aula, foi que estamos no nosso estado mais natural e cru quando adolescentes, e, com o tempo, a gente ou expande esses aspectos da personalidade ou luta para escondê-los. Precisamos nos atualizar, mas eu te conheço e você me conhece também.

O coração de Violet acelerou. Queria muito que aquelas palavras não a afetassem tanto. Xavier tinha, por vontade própria, aberto mão do direito de conhecê-la. Além disso, juntar os próprios pedaços depois que ele a abandonara tinha sido um processo muito doloroso. Não queria que ele a conhecesse.

Mas tinha que fazer *alguma coisa*. Pessoalmente, não se importava com as políticas tacanhas e as regras sociais de Willow Ridge. As pessoas podiam dizer o que quisessem sobre ela. Mas seus pais eram os únicos floristas e donos de viveiros de plantas da cidade. Ela imaginou as pessoas entrando na loja dos pais cochichando umas com as outras. O que achariam se soubessem que a filha de Dahlia e Benjamin tinha mentido que estava casada com Xavier; logo ele, que havia se tornado tão importante para a comunidade? Violet não queria causar mais vergonha à família ou criar mais drama para si mesma. E, por estar machucada e fora de cena, não precisava se preocupar em explicar o casamento para ninguém da indústria, como achou que aconteceria de início. E se fingir por um tempo que era a esposa de Xavier fosse a saída mais fácil?

— Não bebo café — declarou ela, por fim. Depois: — Essa mentira precisa ter uma data de validade.

Xavier abriu os lábios num sorriso. Ela resistiu ao frio na barriga.

— Quanto tempo você pretende ficar em Willow Ridge? — perguntou ele.

— Mais quatro semanas. Até meu tornozelo sarar.

— Tudo bem, acho que é tempo suficiente para convencer o treinador Vogel de que estou comprometido com a vaga.

— Mas como a gente explicaria nossa separação inevitável? Não causaria mais escândalo por aqui? — Ela mordeu o lábio. — Talvez seja melhor a gente manter a mentira por um tempinho a mais depois que eu for embora, pelo bem da credibilidade.

— Sim, talvez um mês ou um pouco mais — respondeu ele. — E não precisamos nos preocupar em tentar nos ver ou manter as aparências nesse período. Depois de um tempo, podemos dizer que o estilo de vida diferente e a agenda incompatível foram demais e que decidimos nos divorciar, continuando amigos. Acho que as pessoas entenderiam mais essa explicação do que a verdade.

Ela assentiu. Não conseguia acreditar que estava concordando com aquilo.

Então uma compreensão perturbadora a atingiu.

— Tem uma coisa... Se estamos casados, as pessoas, especialmente meus pais, vão se perguntar por que estou hospedada com Iris e não com você — afirmou ela.

— Droga, tem razão. — Ele passou a mão no rosto. — Tenho um sofá-cama na sala.

Ela franziu o cenho.

— É confortável?

— Não muito. Tem tipo dez anos. Você vai odiar.

— E meu tornozelo?

— Acho que podemos escorá-lo em cima de alguns livros quando você for dormir — respondeu, dando de ombros.

Violet inspirou fundo, pronta para dizer que era uma solução terrível, mas ele ergueu as mãos em forma de rendição, sorrindo.

— Estou brincando. Eu fico no sofá. Pode dormir na minha cama.

Violet imaginou Xavier deitado na cama, nu, como naquela manhã em Vegas. Suas bochechas coraram, e ela pigarreou.

— Também podemos alternar quem fica com qual cama e quando — falou ela, porque era simplesmente justo. Era a casa *dele*. E toda aquela confusão era culpa de Violet. Maldita Olivia Hutch e seu jornalismo investigativo.

— Vamos manter a história do casamento em Vegas? — perguntou ela. — Pelo menos, é parcialmente verdade.

— Parece bem razoável — respondeu Xavier. — Ainda tem as alianças?

Ela se retraiu, pensando nos anéis cafonas e brilhantes ainda afundados no fundo de sua bolsa.

— Sim, tenho, mas só vou usá-las quando for absolutamente necessário, porque parecem que vão lascar a qualquer momento. As pessoas vão achar que você é pão-duro.

Ele riu.

— Não tenho escolha fora ser pão-duro, então não estarão erradas.

O som de sua risada aveludada a fez sorrir, sem querer. Ela se forçou a voltar a focar na tarefa.

— E você? Guardou a aliança? — perguntou, e ele fez que sim.

Talvez, mais tarde, ela devesse destrinchar por que nenhum deles tinha jogado a aliança no lixo, mas, por ora, tinham que se preparar para enfrentar seus pais.

— Vamos cancelar isso num futuro próximo quando chegar a hora certa — afirmou ela. — Combinado?

— Combinado — disse ele, estendendo a mão para selarem o acordo.

Violet segurou a mão dele e sentiu os calos ásperos de sua palma. Xavier sempre fora muito gracioso com as mãos. Driblando a bola. Lançando a bola. Tocando nela.

Puxou a mão e não olhou para ele, só inspirou fundo e soltou o ar lentamente.

— Tá bom. Vamos voltar pra sala.

Dahlia e Benjamin estavam sentados no sofá quando Violet e Xavier retornaram. Violet não fazia ideia de onde as irmãs e a sobrinha tinham se escondido, mas sabiamente haviam escolhido se manter afastadas. Xavier passou o braço na cintura de Violet e ela se sobressaltou, surpresa. Então se apoiou nele, lembrando a si mesma que precisavam parecer naturais.

— Mãe, pai, me desculpem de verdade por descobrirem do casamento desse jeito — disse ela. — Tudo aconteceu muito rápido, não sabíamos direito como contar pra vocês. A verdade é que, faz um tempinho, Xavier e eu nos reencontramos. Então fizemos uma viagem para Las Vegas há algumas semanas e decidimos nos casar. A gente queria que fosse algo pequeno, só nós dois. Eu sabia que talvez vocês não fossem gostar, então fiquei com medo de contar. Queríamos surpreender vocês com a notícia no momento certo.

— Claro que não gostei! — exclamou Dahlia. — Depois de quase dez anos, você se reencontra com o Xavier e do nada decide se casar, sem falar com a gente primeiro? Xavier, de vez em quando te vemos pela cidade, mas você não está perto da família há anos. Nem nos pediu permissão para casar com a Violet.

— Mãe, sério? — falou Violet. — Não precisamos de *permissão* pra casar. Não estamos no século XVIII…

— Gosto muito da sua filha — afirmou Xavier, cutucando discretamente a cintura de Violet para que ela se calasse. — A senhora tem razão, eu devia ter passado mais tempo com sua família antes de tomarmos uma decisão tão significativa como essa. A opinião de vocês importa muito, e peço perdão.

Benjamin assentiu, olhando firme para Xavier. Dahlia bufou e cruzou os braços, mas não voltou ao assunto.

Incrível. Ao que parecia, Xavier ainda tinha a habilidade de acalmar as pessoas ao seu redor, incluindo os pais dela.

— Se estão casados, por que está hospedada na casa da Iris e não na do seu marido? — indagou Dahlia.

Violet e Xavier trocaram um olhar perspicaz e rápido.

— Eu estava fazendo uns reparos no meu apartamento — apressou-se Xavier. — Meu chuveiro estava... quebrado. Mas finalmente consertaram hoje de manhã.

— É por isso que ele está aqui, na verdade — explicou Violet. — Veio me buscar.

— Isso — confirmou Xavier. — Exatamente.

Dahlia e Benjamin se encararam.

— E seu apartamento na cidade? — questionou Dahlia. — Vai se mudar para Willow Ridge de vez?

— Não! — exclamou Violet. Então moderou o discurso: — Hum, quer dizer, não, ainda não. Ainda estamos decidindo onde queremos morar.

Violet e Xavier prenderam a respiração, esperando para ver se os pais dela engoliriam a história.

— Não aprovo a decisão que tomaram, isso de se casarem em Las Vegas sem nos contar — declarou Dahlia. — E com certeza não aprovo um casamento tão prematuro. Quanto a isso, agora, não existe mais nada a ser feito. Mas o mínimo que podem fazer é nos deixar oferecer um jantar pra vocês.

— Não precisa mesmo, mãe — respondeu Violet, notando Benjamin lhe lançar um olhar de alerta. — Quer dizer, sim, claro. Ficamos muito agradecidos.

— Ótimo — falou Dahlia. — E espero que vocês dois estejam planejando ter uma conversa parecida com a mãe do Xavier, se já não tiveram.

— Com certeza — concordou Xavier. Apenas Violet notou o esforço no sorriso dele.

Antes que Violet percebesse o que estava acontecendo, Dahlia aconchegou os dois num abraço apertado.

— Casamento não é brincadeira — instruiu. Ela se afastou, encarando-os com firmeza. — Requer paciência e boa vontade. Entenderam bem?

Eles assentiram. Violet engoliu em seco.

— Muito bem.

Então Dahlia andou até a cozinha, gritando por Iris para saber o que ela estava preparando.

— Se precisarem de nós para alguma coisa, estamos por perto. Não se esqueçam disso — avisou Benjamin, antes de seguir Dahlia.

Violet e Xavier ficaram sozinhos, se encarando.

— Bom — murmurou ela, constrangida. — Acho que vou fazer minha mala.

— Sim — respondeu ele, já se movendo para ajudá-la no corredor.

Sem dúvida, quando acordara naquela manhã, *não* era assim que Violet esperava que seu dia terminasse. Casada. De mentira. Com *Xavier*.

10

Xavier mal conseguiu ficar cinco minutos no quarto de hóspedes com Violet; logo as irmãs dela chegaram e o expulsaram, dizendo que a ajudariam a fazer as malas no lugar dele. Enquanto separavam as coisas, Violet as atualizou sobre o plano dela e de Xavier.

— Isso é ridículo, Vi — disse Iris enquanto fechava o zíper de uma das malas de Violet. — Tá, que seja, você vai seguir em frente com esse casamento falso, essa coisa absurda com a qual, fique sabendo, não concordo de jeito nenhum, mas não significa que você precisa ir embora.

— Não *quero* ir embora, mas você conhece algum casal feliz que mora em casas separadas por vontade própria? — indagou Violet.

Iris franziu a testa.

— Não neste momento, mas tenho certeza que encontraria alguns.

— Li em algum lugar que Victoria e David Beckham moram em partes diferentes da casa — forneceu Lily. — Eles parecem bem felizes.

— Eles são ricos — afirmou Violet, calçando a bota de neve Hunter. — Apesar do que as pessoas dizem, na maior parte do tempo, dinheiro compra, *sim,* felicidade. — Ela olhou para as irmãs. — Vou ficar bem. E tenho algumas coisas do trabalho pra me manter ocupada. Vou fazer uma prova virtual com Angel para o Grammy e aproveitar o tempo para atualizar meu portfólio. O Xavier disse que mora a mais ou menos dez minutos daqui. Se algo acontecer, volto na hora.

Iris suspirou, ainda insatisfeita com aquele novo arranjo, mas não continuou a discussão.

— Espero que sim — respondeu ela.

— Por algum motivo, estou com um bom pressentimento — afirmou Lily, segurando uma das muletas de Violet enquanto ela vestia o casaco peacoat.

Violet ergueu uma sobrancelha.

— Você tem um bom pressentimento com meu casamento falso?

Lily assentiu.

— Só mantenha a mente aberta.

Seja lá o que aquilo significava. Violet assentiu e foi encontrar Xavier no corredor. Ele pegou as malas, que estavam com Iris, e Violet abraçou as irmãs, gritando adeus para os pais e Calla, que estavam na cozinha.

— Tia, para onde você vai? — perguntou Calla, aparecendo de repente no corredor.

— Não pra muito longe. Vou ficar na casa do meu amigo... É pertinho, só alguns minutos de distância. — Violet segurou seus braços. — Vem, me dá um abraço.

Calla se aproximou com hesitação, mas seus olhos estavam em Xavier. Ele sorriu e acenou para a menina, que acenou de volta, tímida.

— Você vai embora com ele? — cochichou enquanto a tia a envolvia num abraço apertado.

Violet fez que sim.

— Quem é ele?

— Ele se chama Xavier — respondeu Violet. — A gente se conheceu na escola.

A expressão de Calla ficou um tanto pensativa. Ela deu outra olhada tímida para Xavier.

— Não tem problema ele desenhar no seu gesso, só fala pra ele que não pode ser em cima da minha flor, tá bom?

— Vou falar — respondeu Violet —, prometo.

Quando saíram, Xavier caminhou ao lado dela pela calçada com neve e a ajudou a se acomodar no banco do carona de seu Nissan Altima antes de colocar as muletas e as malas no banco de trás. O interior do carro tinha o mesmo cheiro de seu perfume. Ela não podia ignorar que ele a tratava com muito cuidado por causa da lesão.

— Obrigada.

— Pelo quê? — perguntou enquanto passavam pela pequena entrada que dava na casa de Iris indo em direção à rua.

Ela engoliu em seco e deu de ombros.

— Por carregar minhas coisas. E... hum, ajudar com meus pais. Foi muito legal o que você fez.

— Sem problema — respondeu Xavier. — Parecia que sua mãe estava prestes a nos colocar de castigo.

Violet riu e sacudiu a cabeça. Em silêncio, saíram do bairro de Iris e adentraram Willow Ridge, passando pelo mercado, pela biblioteca e pelo centro comunitário. Era possível conhecer toda Willow Ridge de carro em mais ou menos quinze minutos. Violet não sabia onde exatamente Xavier estava morando, mas sabia que era em algum lugar do outro lado da cidade. Ele virou à esquerda nos correios e entrou num estacionamento. Confusa, Violet o encarou.

— Paradinha estratégica para enviar alguma coisa? — perguntou.

— Nada disso — respondeu, sem olhá-la. — É aqui que eu moro.

Ela piscou, confusa.

— Nos correios?

Ele deu uma risadinha.

— Na casa *atrás* dos correios.

Ele assentiu, e Violet olhou para a casa dele, um anexo ligado diretamente aos fundos dos correios. Ela nunca tinha pensado de verdade naquele lugar quando era mais nova. Meio que sempre presumiu que era usado como um depósito extra. Com certeza jamais achou que alguém morava ali.

— Lembra do gerente dos correios, o sr. Young? Ele é o dono da casa e a alugou pra mim há alguns anos — explicou Xavier. Ele pigarreou. — O valor era bem baixo e era o que eu podia pagar na época, então aceitei.

— Faz sentido — respondeu ela. Ele ainda não a olhava. Era como se estivesse nervoso demais para encará-la. Por quê?

Depois de saírem do carro e fazerem uma caminhada breve mas levemente complicada, com Violet enfrentando alguma dificuldade para se locomover com as muletas pela neve e Xavier tentando não escorregar com as malas dela nas mãos, ele por fim destrancou a porta, revelando o interior da casa.

Assim que Violet pisou na soleira e deu uma olhada ao redor, seu primeiro pensamento foi que a casa de Xavier era a epítome do aconchego. Já ao lado da porta, havia uma pequena estante de livros, e, com um rápido olhar, ela viu que estava cheia de tratados de pedagogia e romances clássicos como *Jazz*, de Toni Morrison, e *Notas de um filho nativo*, de James Baldwin. Algumas mantas de tricô pendiam dos braços do sofá marrom em frente à televisão e um vaso com uma planta grande ocupava um canto da sala perto da janela. Passando a sala de estar havia uma cozinha pequena com uma mesa de madeira redonda e quatro cadeiras. As paredes eram de um tom de azul bem clarinho. Anos atrás, quando ainda estagiava, ela tinha ajudado a montar o visual para uma sessão de fotos de final de ano para uma matéria na *Elle*, e haviam projetado um cenário muito similar ao apartamento de Xavier. Não sabia o que estava esperando ver quando chegasse à casa dele. Talvez apenas um apartamento clichê de um homem solteiro, frio e sem alma. Precisava admitir que estava impressionada.

— Hum, esta é a minha casa — afirmou Xavier.

Violet percebeu que ainda estava na porta.

— Desculpe — pediu, movendo-se para o lado a fim de Xavier poder fechar a porta.

— Sei o que está pensando, aqui é quase melhor do que o Hotel Plaza. É o que todo mundo diz.

Violet riu baixinho.

— Gostei do seu apartamento.

Seus olhos se arregalaram.

— Gostou?

— Gostei, é bonito.

— Obrigado. — Ele coçou a nuca e olhou ao redor. — Posso fazer uma breve apresentação do lugar. Aqui estão a sala e a cozinha. No corredor ficam o banheiro e o quarto.

Enquanto ela o seguia pela sala e pelo pequeno corredor, a estranheza da situação começou a incomodá-la novamente. Ia dividir aquele lugar com ele por quatro semanas. E, por mais que o apartamento fosse aconchegante, também era pequeno. Eles praticamente morariam um em cima do outro.

Xavier apertou o interruptor do banheiro. Ela avistou suplementos de colágeno em cima da pia, e ele logo os pegou e guardou no armário de remédios. O pai dela tomava colágeno sempre que passava tempo demais ajoelhado no jardim. Ajudava com a dor nas articulações.

— Tá tudo bem com você? — perguntou, depois ficou achando que talvez fosse uma pergunta pessoal demais.

— Sim, é que minha panturrilha me incomoda às vezes.

— Ah. Por causa da lesão na faculdade?

Ele assentiu. Ela não conhecia os detalhes da saída dele do Kentucky, mas presumiu que seu tendão de aquiles tivesse algo a ver com isso. Mas não ia bisbilhotar. E, enfim, sua atenção foi atraída por algo novo quando Xavier a levou até o quarto.

Devia ser o maior cômodo da casa, grande o suficiente para conter uma cama king size, uma cômoda de um lado do quarto e um armário inteiro do outro. A cama estava coberta com um edredom azul-escuro. A cama de Violet era de tamanho normal, então aquela parecia enorme. Mais uma vez, sem querer, a imagem dos dois dormindo nus lado a lado em Vegas se materializou em sua mente. Ela sentiu uma agitação no peito, e uma dor se espalhou por seu corpo. Qual era o seu problema?

— Legal — murmurou.

— O quê? — respondeu Xavier, soltando um pesado suspiro quando colocou as malas ao lado da cama.

— Eu disse que seu quarto é legal.

— Bom, a essa altura, você já sabe com certeza que aqui não é o Plaza, mas valeu. — Ele deu de ombros e sorriu, um pouco autodepreciativo.

Aquela era a mesma pessoa que costumava se vangloriar, se achando "o cara" por ter um BlackBerry, mesmo que a tela estivesse rachada. Violet achou aquele novo comportamento um pouco acanhado tão amável que também sorriu. E eles ficaram ali, dois idiotas sorridentes, até Violet perceber que estavam tendo alguma espécie de momento e que precisava acabar com aquilo.

Ela desviou o olhar. Xavier pigarreou e foi até a cômoda, então começou a tirar as roupas da primeira gaveta.

— Você pode colocar um pouco das suas coisas nesta gaveta, se quiser — avisou. — E troquei os lençóis hoje de manhã, então está tudo limpo. — Ele pegou a pilha de roupas dele e a jogou num cesto dentro do armário. — Vou sair para você poder arrumar suas coisas.

— Tem certeza que não se importa de dormir no sofá? — perguntou quando ele passou por ela a caminho do corredor.

— Com certeza vou acordar com um baita torcicolo — respondeu, abrindo um sorriso. — Espero que não se importe de pagar a fisioterapia que vou precisar, já que isso é meio tudo culpa sua.

Ela arfou, cruzando os braços de forma defensiva.

— Sim, no início foi minha culpa, mas continuar a mentira foi ideia *sua*. Quer saber? Vou dormir no sofá, aí quem vai ficar com torcicolo serei eu, além do tornozelo ferrado... Daqui a quatro semanas estarei com tanta dor que nunca vou conseguir ir embora e você vai ficar preso comigo.

Xavier ergueu as sobrancelhas, ainda sorrindo, e ela se arrependeu na hora de ter brincado com a história de ficar com ele para sempre.

— Era só brincadeira — explicou ele, com os olhos nela enquanto se afastava para o corredor. — Já perdi as contas das vezes que dormi nesse sofá. Vou ficar bem. — Ele se virou para sair, então deu meia-volta. — Na verdade, vou tomar um banho agora, assim fico fora do seu caminho. — Ele pegou algumas peças de roupa da última gaveta da cômoda. — Me chame se precisar de alguma coisa.

— Tá bom — respondeu ela. Violet olhou para a camiseta e o short nas mãos dele. — Já vou ter terminado de desfazer as malas quando você sair do banho. Pode se vestir no seu quarto. Não quero te incomodar. — E então emendou: — Obrigada.

Ele deu de ombros como se aquilo não fosse um grande problema para ele e saiu do quarto. Ela só se sentou na cama quando ouviu a porta do banheiro fechar. Então suspirou e aproveitou para dar mais uma olhada no quarto. Ele tinha sugerido que, apesar do tempo e da distância, ainda conheciam um ao outro, mas ela não tinha tanta certeza. Pelo contrário, estar no apartamento dele deixava evidentemente óbvio o quanto ela não o conhecia. Aquela casa era um reflexo de quem ele se tornara depois que terminaram. Ele era um adulto completo: tinha plantas, livros e móveis de verdade, e ela não tinha feito parte de nada daquilo. Era um estranho. Violet sentiu de repente uma tristeza inacreditável e confusa.

Os sentimentos desordenados atrasaram a tarefa de desfazer as malas. Então, quando ouviu o rangido da porta do banheiro se abrindo, Violet só tinha colocado as roupas íntimas na gaveta. Tentou sair rápido para Xavier poder se vestir, o que era difícil de fazer com as muletas, e, a caminho da saída do quarto, esbarrou diretamente em Xavier e seu peito nu e úmido.

— Ah! — Ela se assustou.

— Desculpe. — Ele estendeu os braços para estabilizá-la. Violet baixou o olhar, e a toalha na cintura dele felizmente permaneceu no lugar. — Achei que já tivesse terminado de arrumar as suas coisas.

Ela olhou de volta para cima, e para seu peito. Um peito musculoso. E, nossa, ele estava com um cheiro incrível. Que sabonete era *aquele*? De forma absurda, ela conjurou a imagem de si mesma lambendo o peito dele. Qual era seu problema? Caramba, ela não transava desde... Calma, não, a última vez que tinha transado havia sido duas semanas antes, com Xavier... só que não conseguia se lembrar de nada! Não era de espantar que vê-lo daquele jeito a deixasse tão excitada.

Ele ergueu as mãos e tocou de leve os braços de Violet enquanto ela se afastava. Isso fez com que seus olhos fossem diretamente atraídos para a violeta tatuada no interior do bíceps direito. Ao que parecia, aquele era um ponto de referência para ela sempre que ele estava sem camisa na sua frente. Seus bíceps se flexionaram, e ela olhou para Xavier. Uma sombra de sorriso cruzava seus lábios. Ele tinha feito aquilo de propósito?

— Você está bem?

Não, ela não estava.

Aquilo era demais. Xavier sem camisa. A tatuagem. Morar na casa dele pelo próximo mês.

— Sim — saiu como um guincho. — Vou ali, hum, pra sala.

Podia jurar que o ouvira rir baixinho quando já estava no corredor.

Aquele plano de ser a esposa de mentirinha de Xavier ia acabar com ela. De jeito nenhum ia sobreviver a quatro semanas com ele.

11

Xavier girou a chave na fechadura e entrou na casa silenciosa. Colocou a chave na mesinha lateral e olhou para o corredor. A porta do quarto estava entreaberta, e ele ouviu o murmúrio da voz de Violet, que falava num ritmo rápido e firme. Devia estar numa chamada de vídeo. Fazia três dias que ela tinha se mudado temporariamente, e, apesar de terem combinado que trocariam de cama, Xavier pretendia deixá-la dormir no quarto todas as noites. Não a sujeitaria ao seu sofá-cama desconfortável. Nunca estivera mais ciente do espaço exíguo, das lascas da mesa da cozinha, do verde monótono da cortina do box desde que tentara ver tudo pelos olhos de Violet.

Não conseguia evitar imaginar o que ela tinha achado de sua casa. Apesar de ter falado que havia gostado, ele não tinha certeza de que ela não estava tentando apenas ser educada. Seu lar não era imaculado ou moderno como a casa dos pais dela ou de Iris. Embora não o conhecesse, Xavier sabia que sua casa não era grande coisa perto do apartamento de Violet na cidade. E tinha certeza de que era mais que desbotado em comparação à casa do ex dela, o ex que a levara para uma viagem nas Maldivas. Até onde Xavier sabia, o cara morava numa mansão. Em compensação, na casa *dele*, Violet não precisava subir nenhuma escada para chegar à porta de entrada.

Foi até a cozinha para esquentar uma refeição congelada antes de voltar à escola para o jogo daquela noite. Iam jogar contra o Colégio Yardley, um dos maiores rivais do Willow Ridge. Willow Ridge teria que lutar para continuar a temporada invicto, mas Xavier tinha fé que os garotos seguiriam com o período de vitórias, voariam pelas eliminatórias e chegariam ao campeonato daquele ano.

Ele tirou o arroz com frango do congelador e o enfiou no micro-ondas. Quando abriu a geladeira para pegar uma garrafa de Gatorade, avistou duas embalagens de comida tailandesa. Na noite anterior, tinham sido burritos da Chipotle. Ou Violet estava hesitando para usar seus potes e panelas, ou não era muito de cozinhar. Ele não podia julgar. Mal cozinhava também. Não porque lhe faltava habilidade, é que ele quase nunca tinha energia quando voltava do trabalho.

Desde que Violet chegara, os dois ainda não tinham feito uma refeição juntos. Até o momento, a rotina noturna deles consistia em Xavier chegar tarde do treino, devorar alguma comida trabalhando nos planos de aula ou corrigindo trabalhos antes de ir para a academia, enquanto Violet ficava grudada no laptop, no sofá da sala ou no quarto. Quando ele voltava dos exercícios, ela já estava na cama. Ela o ouvia ajeitando o sofá-cama, perguntava se ele tinha certeza de que não se importava em dormir na sala e Xavier respondia que não, que o sofá era perfeitamente confortável, enquanto xingava em silêncio as articulações que já sabia que estariam doloridas de manhã. Então ambos adormeciam na sua respectiva área do apartamento.

Xavier queria muito que ela se sentisse confortável. Queria que ela não odiasse estar ali. Desejava ter mais a oferecer. Mesmo que, para começo de conversa, fosse ela quem os tivesse colocado naquela confusão.

O micro-ondas apitou, atraindo a atenção de Xavier. Ele já estava sentado à mesa, soprando a comida quente, quando Violet entrou na cozinha de muletas. Ela usava um blusão de tricô preto e calça de ioga. Seu cabelo estava preso num rabo de cavalo ondulado e baixo. A pele, brilhante e macia, parecia a das mulheres dos comerciais de maquiagem. Aquela visão fez o coração de Xavier acelerar. Era provável que ela sempre tivesse esse efeito nele. Por instinto, ele se levantou para ajudar a tirar as cadeiras do seu caminho.

— Obrigada — disse ela — e desculpe. Eu não teria feito a reunião no seu quarto se soubesse que você ia chegar em casa mais cedo. Seu quarto tem a melhor luz natural.

— Sem problema. Temos jogo hoje à noite em vez de treino, por isso estou aqui. — Ele observou Violet pegar a comida dela e a esquentar no micro-ondas. — Falando nisso, ainda estou tentando agendar um jantar com o técnico da Universidade Riley. Ele disse que retornaria no fim desta semana.

— Legal. — Ela tirou a comida do micro-ondas e se sentou na frente dele, apoiando as muletas na cadeira ao lado.

Ele apontou com o queixo para o pad thai.

— Parece bom.

— É bom. — Ela o olhou. — Quer experimentar?

— Não, valeu. — Ele apontou o garfo para seu triste jantar congelado. — Estou aproveitando o meu quatro estrelas Michelin.

Ela deu uma risada baixa e olhou desconfiada para a refeição dele.

— Imagino.

Um silêncio se estendeu entre eles enquanto comiam. Xavier não sabia o que dizer ou se devia se preocupar em dizer algo. Era curioso pensar que no passado a conversa entre eles fluía mais fácil do que respirar.

Ele a olhou de canto e viu que ela sorria para ele.

— Que foi? — perguntou, sentindo-se sorrir de volta.

— Estamos agindo de um jeito tão estranho. Ninguém imaginaria que tiramos a virgindade um do outro.

Xavier arfou, pego de surpresa.

— Nossa. Que jeito de comentar sobre o climão.

Ela deu de ombros.

— Nunca fui sutil.

— Verdade. — Ele checou a hora no celular. Ainda tinha uns trinta minutos antes de voltar para a escola. Relaxou na cadeira. — Como foi seu dia?

— Foi bom. — Ela suspirou e soltou o garfo. — Na verdade, foi meio doloroso.

Ele se endireitou, alerta.

— Está falando do seu tornozelo?

— Não, não. Ele está bem. É que começou a Semana de Moda de Nova York e era para eu estar lá, de um lado para o outro assistindo aos melhores desfiles e vendo em primeira mão as tendências da temporada, mas não posso por causa do tornozelo. Minha assistente está indo aos desfiles no meu lugar. Eu acabei de sair de uma chamada de vídeo com ela, e tudo parece estar acontecendo sem problemas. Ela vai para Londres e Milão no meu lugar também, talvez Paris. Eu só queria estar lá pra cuidar disso eu mesma. É complicado ver as roupas virtualmente e não ao vivo.

— Por quê? — perguntou ele, com curiosidade sincera.

— Bom, se não estou lá pessoalmente, não é fácil ver o resultado de uma prova de roupa ou visualizar como um cliente pode ficar num tapete vermelho — explicou ela. — Minha assistente faz um bom trabalho tirando fotos de vários ângulos para eu ter mais com o que trabalhar. Não é o fim do mundo, claro. Mas no fundo da minha mente tem uma vozinha insistente dizendo que, se eu fizer alguma besteira enquanto estiver trabalhando remotamente, tudo vai desmoronar e vou perder meus clientes.

— Mas quem mais iam contratar? — indagou ele. — Acho que nunca conheci alguém que leva moda tão a sério quanto você. Quando éramos mais novos, não lembro de você repetir uma roupa. Você falou que queria ser stylist de celebridades e agora é exatamente o que está fazendo. Sei que deve ter ralado muito.

— Com certeza — respondeu. — Ralar muito era o único caminho. Depois da faculdade, consegui um emprego como assistente de uma equipe que trabalhava principalmente com rappers em gravações de clipes, e fiz isso por alguns anos enquanto por fora organizava o guarda-roupa das pessoas como renda extra. Então, numa gravação, conheci Gigi Harrison, que era modelo de clipe, e a gente ficou amiga. Quando ela conseguiu o primeiro papel naquela comédia com o Jerrod Carmichael, me pediu para vesti-la para a estreia. Foi o pontapé inicial, e eu tenho dado o máximo de mim para manter as coisas funcionando desde então.

— Gigi Harrison — falou ele, assentindo. — Sei quem é. Ela fez aquele filme da Mulher Maravilha uns meses atrás.

— Mulher Energética — corrigiu Violet, sorrindo.

— Isso, isso. Foi o que eu quis dizer. Isso é bem impressionante, Vi.

— Obrigada. — Ela pegou o garfo. — Enfim, como foi o *seu* dia?

— Não foi tão ruim. Minhas turmas terminaram de ler *Senhor das moscas* no começo da semana, então passei a maior parte do dia assistindo ao filme.

— A mesma versão em preto e branco que vimos na escola?

Ele sorriu, sacudindo a cabeça,

— Não, o filme dos anos 90. Tento ao máximo não entediar meus alunos. Vamos ler *The Things They Carried* em seguida.

— E você não quer entediá-los? — respondeu ela, rindo.

Ele se sentiu mais leve com o som da risada. Seu sorriso aumentou.

— Ah, é um bom livro.

— Não disse que não era bom. Mas é confuso. O que era real e o que era falso? Só sei que quase levei bomba na prova por causa desse livro.

— Viu, o tema verdade *versus* realidade é o que faz o livro ser tão atraente. Parece um trabalho de não ficção, mas na verdade é metaficção.

— Uau — exclamou ela, encarando-o. — Você é mesmo um professor de literatura. Estou curiosa pra saber como decidiu que queria ser professor.

Ele deu de ombros.

— Não sei se foi uma coisa que decidi ativamente. Não voltei pra Kentucky depois da cirurgia porque... perdi a confiança em mim, acho. Então fiz a transferência para a Riley e, depois da faculdade, tive dificuldade para achar trabalho. Sendo sincero, eu só estava muito perdido. Consegui o emprego de professor substituto e então abriu uma vaga temporária quando o sr. Rodney tirou licença para uma cirurgia. Gostei mesmo de trabalhar com os alunos, então vi que o material do curso precisava de uma atualização, aí comecei um comitê para reformular a lista de leitura para as turmas de inglês. Acho que a diretoria gostou da iniciativa porque, quando um dos professores se aposentou, disseram que me contratariam se eu conseguisse minha certificação. — Ele deu uma risadinha baixa. — É bem diferente dos sonhos com a NBA que eu dividia com você.

Ela inclinou a cabeça de leve, ainda sorrindo.

— Não tem a ver com a NBA. Não é o que eu esperava de você, mas estou impressionada, Xavier.

Se ele fosse um pavão, teria inflado o peito e aberto as penas.

— Obrigado.

E então um alarme soou no seu celular, quebrando o momento.

— Droga, tenho que ir — avisou. Ele se levantou lentamente, com relutância.

— Vão jogar contra quem hoje?

— Yardley. — Ele deu a volta na mesa e jogou a embalagem do jantar na lixeira de recicláveis. — Eles também estão bons este ano.

Violet juntou as mãos em concha na frente da boca e soltou o grito de guerra da equipe de dança.

— Somos o raio, somos o trovão, se mexerem com a gente vão pro chão. — Ela tossiu uma risada. — Não acredito que deixavam a gente dizer isso. Boa sorte. Espero que ganhem.

— Obrigado. — E então, como um idiota, ele soltou: — Você devia ir comigo. — Violet arregalou os olhos. Era tarde demais para voltar atrás. Ele seguiu em frente, emendando às pressas: — Poderia ser bom para, você sabe, nosso casamento.

— Ah. — Ela baixou o olhar. — Não sei se hoje estou no clima para ver pessoas. Melhor ficar em casa.

Ele assentiu, se punindo mentalmente pela sugestão. Tinha se deixado levar pela leveza da conversa à mesa.

— Sim, eu entendo. Bom, te vejo mais tarde então.

— Tchau — respondeu ela, baixinho.

Acompanhá-lo a jogos de basquete escolares não fazia parte do acordo. Xavier afastou os sentimentos bobos de decepção enquanto caminhava até o carro, porque não tinha razão para ficar decepcionado.

Apesar do passado, apesar de seu coração ainda acelerar na presença dela, não eram um casal de verdade. Essa era a realidade.

○ ○ ○

Quando o segundo quarto começou, Willow Ridge estava na frente, ganhando de Yardley por 27 a 12. Dante Jones, aluno do segundo ano e estrela crescente do time de Willow Ridge, driblou pela quadra e fez a bola voar de sua mão, marcando três pontos sem esforço. A multidão aplaudiu e Dante deu um sorriso de orelha a orelha, piscando para a arquibancada enquanto voltava correndo para o meio da quadra. Numa cidade como Willow Ridge, onde não havia muito o que fazer, ir a jogos de basquete escolares era uma fonte de entretenimento para toda a comunidade. Ainda mais naquele ano, com a sequência invicta do time.

Xavier estava na área do banco de reservas ao lado do sr. Rodney, que tinha sido seu treinador de basquete quando estudara em Willow Ridge. Mesmo que o sr. Rodney fosse o técnico principal, a maior parte do trabalho era feito por Xavier, porque, apesar do amor e do compromisso do sr. Rodney com a escola, ele estava um pouco cansado. Xavier não podia culpá-lo. O sr. Rodney dava aula e treinava times de basquete fazia décadas, e Xavier respeitava a decisão do professor de não querer se aposentar. Mas também era um dos motivos que o faziam pensar em sair de Willow Ridge. Não queria ser técnico-assistente para sempre.

Na quadra, Elijah Dawson passou a bola para Dante, que deveria fazer o passe para Elijah poder cortar pelo meio e fazer uma cesta de bandeja, só que, de última hora, Dante resolveu ficar com a bola e tentou marcar outra cesta de três pontos. A bola fez um arco pelo ar e parou no aro, mas girou na beira e caiu para fora. Alguém do time de Yardley surrupiou a bola e correu pela quadra, marcando para o time. Um grunhido coletivo de decepção surgiu da multidão. Elijah e o restante da equipe lançaram olhares irritados para Dante. Por sua vez, Dante deu a impressão de estar mesmo arrependido. Ele baixou a cabeça e soltou um suspiro profundo. Quando ergueu o rosto e olhou para Xavier, este lhe deu um olhar perspicaz.

Jogue pelo time, falou apenas mexendo os lábios.

Dante assentiu. Não era a primeira vez que Xavier dizia isso para ele.

De certo modo, Dante fazia Xavier se lembrar de si mesmo quando mais jovem. O garoto era talentoso, e de vez em quando era um gênio arrogante. Xavier não queria apagar o brilho de seus jogadores, mas queria que mantivessem o pé no chão. Assim não acabariam como ele. Xavier pisara no campus da Universidade do Kentucky se achando o cara. Universidades de todo o país o tinham sondado e, depois de semanas com técnicos levando sua mãe e ele para jantar, Xavier escolhera Kentucky. Foi difícil se adaptar às diferenças culturais do novo estado, e, quando os treinos começaram, Xavier percebeu o quanto seus colegas de time eram talentosos. De um peixe grande numa pocinha, ele passou a ser um peixinho num oceano cheio de baleias.

Seus colegas já estavam sendo escolhidos para a NBA e, em vez de usar aquilo como motivação para se tornar um jogador melhor, Xavier acabou caindo no jogo da comparação. Não era rápido o suficiente, sua técnica não era limpa o suficiente. A inveja afetou seu jogo. Não se entendia com o treinador, que não lhe dava tempo de jogo suficiente. Em vez de escutar os conselhos do técnico de como melhorar suas habilidades, Xavier viu a posição de reserva como uma desfeita pessoal. Poderia ter ido para qualquer programa de basquete, mas estava em Kentucky, perdendo tempo. Não sabiam quem ele era? Não conseguiam ver seu potencial? Mas ele também se perguntava se algum dia tivera mesmo potencial. Quando lesionou o tendão de aquiles após falhar na execução de uma manobra extravagante durante um treino, ele feriu seu corpo e seu orgulho. Voltou para casa em Willow Ridge com o rabo entre as pernas. E, em vez de ralar mais e voltar para a Universidade do Kentucky, desistiu de si mesmo e se matriculou na Riley. Agora colhia as consequências daquela decisão.

Os anos seguintes foram de pura insatisfação, como se tivesse decepcionado a si mesmo e a todas as outras pessoas. Era por isso que desejava tanto a vaga de treinador na Riley. A nba não era mais possível para ele, se é que um dia havia sido, mas podia ajudar o programa de basquete da Riley a se tornar um dos melhores do estado, talvez até do país. Xavier precisava se redimir. Precisava provar que não era um fracasso ou um zé-ninguém.

A sirene do intervalo tocou, e Xavier, sr. Rodney e o time foram para o vestiário. Na hora, os outros garotos foram para cima de Dante, repreendendo-o por sua jogada egoísta e boba. O sr. Rodney, em vão, tentou controlar a situação.

— Ei! — gritou Xavier, e eles enfim se calaram. — Sei que estão todos chateados, mas não vamos perder o foco, pode ser? Usem esta energia quando voltarem para a quadra. — Ele olhou para Dante, apoiado num armário, encarando fixamente o pé. — Você deve desculpas aos seus colegas, Dante.

— Desculpa — murmurou Dante. E então olhou para o rostos de todos. Sua expressão era franca e sincera. — Mesmo.

Os outros garotos assentiram, e Xavier os fez focar a atenção em jogadas para o segundo tempo. Quando retornaram para o ginásio, Xavier congelou assim que avistou Violet sentada na fileira de baixo da arquibancada da torcida da casa, ao lado de Bianca e Raheem. Ela estava com o filho de um ano deles, rj, no colo e virando a cabeça de um lado para o outro para olhar o ginásio. Seu olhar finalmente pousou em Xavier, e ela ergueu a mão e acenou de forma hesitante. Ele acenou de volta, imaginando o que a havia feito mudar de ideia.

Durante os jogos pela escola, sempre se sentira melhor ao saber que ela estava lá, torcendo por ele. Quando o jogo recomeçou, Xavier se concentrou em seus jogadores, consciente demais da presença de Violet. Toda vez que Willow Ridge marcava um ponto, ele se pegava dando uma rápida olhada para o outro lado da quadra, onde Violet estava sentada. Ela não podia pular e gritar como o restante do público, mas batia palmas e sorria. Xavier presumiu que os compromissos noturnos de Violet durante a semana normalmente eram mais interessantes, mas parecia que ela estava se divertindo de alguma forma.

A sirene final tocou, e Willow Ridge ganhou de Yardley de 53 a 36. O time continuava invicto.

Enquanto Xavier trocava cumprimentos com mães, pais e responsáveis pelos alunos, sentiu um tapinha leve em seu ombro. Virou, e Violet estava atrás dele.

— Oi — cumprimentou ela, com um sorriso hesitante. Ela apontou com o queixo para Dante quando ele saiu do vestiário com a mochila sobre o ombro. — Aquele menino me lembra você.

— O Dante? Sim, ele é mesmo bom. Mas precisa de um pouco de condução de vez em quando. — Ele parou. — O que te fez decidir vir?

— Sinceramente? Fiquei entediada. Liguei para a Bianca e perguntei se ela queria fazer alguma coisa e ela disse que vinha pra cá, então... — Ela parou, dando de ombros. — Ela e o Raheem tiveram que ir embora mais cedo porque RJ estava ficando irritado, mas eu quis esperar até o fim do jogo. Posso ir pra casa com você?

— Claro — respondeu ele. — Só vou pegar minhas coisas, e podemos ir.

— Não precisa correr. — Ela se remexeu nas muletas, e ele notou algo brilhar em sua mão esquerda. As alianças de Vegas. As bochechas de Violet coraram quando ela percebeu o que tinha atraído a atenção dele. Começou a brincar com as alianças, girando-as no dedo.

— Achei que devia usá-las — comentou. — Por causa das aparências e tal.

— Sim, fiz igual. — Ele ergueu a mão, mostrando que estava usando a aliança também. Focou na pele corada de suas maçãs do rosto. Quando eram mais novos, ele achava que a beleza de Violet o distraía. Ela estava até mais cativante agora.

— Violet Greene!

Xavier e Violet se assustaram, e ele virou e viu a sra. Franklin correndo até eles. Ela tirou Xavier do caminho com o quadril e envolveu Violet num abraço quase agressivo.

— Estou tão feliz em te ver, mocinha — disse, apertando-a em um abraço.

Violet piscou, e seus lábios se abriram com um pouco de surpresa. Ela não tinha sido exatamente a aluna favorita da sra. Franklin.

— Temos muito orgulho de você — declarou a secretária, afastando-se, mas mantendo um aperto firme nos ombros de Violet. — E que recém-casada linda você é! Sempre soube que vocês dois acabariam juntos. Eu não te falei isso, Xavier?

— Sim, falou — respondeu ele, observando enquanto Violet tentava se soltar do aperto da sra. Franklin. Suavemente, ele foi para trás de Violet e colocou o braço em seus ombros, fazendo com que a mulher enfim a soltasse.

— Obrigada — murmurou Violet bem baixinho, o bastante apenas para ele ouvir. Ela olhou para a sra. Franklin e sorriu da maneira falsamente doce que reservara para figuras de autoridade anos atrás. — É bom ver a senhora de novo.

— Vocês formam um casal *lindo.* — A sra. Franklin estava radiante. — Lindo!

— É muita gentileza da senhora. — Xavier começou a se afastar, com o braço firme ainda nos ombros de Violet. — Já estávamos indo pra casa, na verdade.

Mas então o restante de seus colegas apareceu, apresentando a si mesmos para Violet e dizendo o quanto era legal conhecer a mulher que havia conquistado o coração de Xavier. Os olhos de Violet disparavam de um rosto para o outro. Seus lábios estavam congelados num sorriso agradável.

— Vocês vão na festa beneficente da escola, né? No boliche, sábado à noite? — perguntou Nadia Morales.

Violet se virou para Xavier a fim de ter mais explicações.

— Ah — respondeu ele. — Você não...

— Você não contou pra ela? — arfou a sra. Franklin. Alguém pensaria que ele tinha cometido um crime. — Você que organizou! — E se virou para Violet: — Estamos arrecadando dinheiro para comprar novos uniformes para os atletas. Foi ideia do Xavier.

— Sério? — perguntou Violet. Ela o olhava do jeito que olhara na cozinha mais cedo. Intrigada e surpresa. Fez ele querer inflar o peito como um pavão de novo.

— Sim, mas não é nada muito importante — explicou. — Sei que está ocupada com o trabalho.

— É sua campanha de arrecadação, e eu sou sua esposa. — Ela lhe lançou um olhar significativo. Um que dizia: *Seria muito ruim se eu não estivesse lá.* — Claro que vou.

Ela tinha razão. Violet *tinha* que estar lá. E era bom para manter as aparências.

Então por que a ideia de expor as atividades mundanas da sua vida cotidiana o deixava tão nervoso?

12

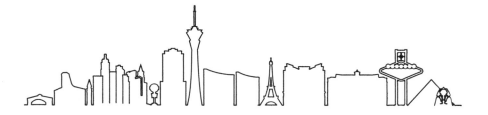

— Vocês já transaram sóbrios ou algo do tipo? — perguntou Karina.

Violet se apressou para baixar o volume do celular, e Karina soltou uma risada malandra.

— Mulher, *não* — cochichou Violet, dando uma rápida olhada por cima do ombro. Estava no quarto de Xavier, usando o espelho sobre a cômoda para fazer ondas no cabelo com a prancha enquanto ele lanchava na cozinha. — Já te falei que é um acordo temporário.

Naquela noite, ela e Xavier iriam à festa beneficente no boliche, e, por razões que Violet não conseguia explicar, ela estava nervosa. Talvez fosse porque não sabia o que esperar. Ou, sendo mais precisa, o que esperar de si mesma. Xavier tinha organizado a arrecadação, e, como sua "esposa", ela se perguntava qual seria seu grau de participação. Talvez precisasse apenas ficar ao lado dele e sorrir a noite toda. Podia fazer isso. Abominava a ideia de esbarrar com gente da escola e ouvir as perguntas que fariam especulando o reencontro surpreendente dos dois, mas aquele era o breve papel com o qual tinha concordado, então teria que aguentar, porque esbarrar com metade da população da cidade era inevitável. Festas beneficentes em Willow Ridge sempre tiveram uma alta audiência. Ela se lembrava de quanta gente aparecia para comprar cupcakes e biscoitos sempre que a equipe de dança vendia doces para o centro comunitário. No dia anterior, enquanto estava na manicure com Iris e Calla, ela tinha visto um panfleto da festa daquela noite grudado na parede, bem atrás dos esmaltes em gel.

— Onde ele está? — perguntou Karina. Ela estava sentada dentro de seu trailer no set de filmagens de *Up Next*, abrindo uma caixa de amendoins.

— Na cozinha.

Karina sorriu.

Violet estreitou os olhos.

— Para com isso.

— O quê? — Karina jogou um punhado de amendoins cobertos de chocolate na boca. Enquanto mastigava, falou: — Mas é meio vida de casal. Não acha? Você arrumando o cabelo no espelho do quarto enquanto ele está na cozinha. Você dormindo na cama dele toda noite. Não fique com raiva de mim. Estou apenas comentando.

— Você está se fazendo de boba e ignorando que ele dorme no sofá-cama da sala.

— Por enquanto — rebateu Karina, agitando as sobrancelhas. Violet lhe deu outra olhada irritada, e Karina suspirou, embora ainda sorrisse. — Tá, tá. Vou parar.

— Obrigada. — Violet focou em alisar as pontas. Ela olhou para o reflexo da cama king size no espelho. Tinha dormido como um bebê naquela cama todos os dias da semana. Tinha vontade de perguntar onde ele havia comprado o colchão, mas, ao fazer isso, ela chamaria atenção para a questão de que estava mesmo dormindo na cama dele toda noite. E, por mais que tenha brincado outro dia com o fato de um ter tirado a virgindade do outro, não desejava que uma conversa sobre colchão levasse a uma conversa sobre quando acordaram lado a lado em outra cama king size semanas antes.

A decisão de brincar de casinha foi tomada tão rápido que Violet ainda não sabia dizer como se sentia por estar ali. No fim do dia, enquanto ela publicava em seu Instagram as fotos de seus clientes circulando por vários eventos, ele corrigia trabalhos na sala. E ainda não tinha superado vê-lo de óculos. Xavier costumava passar nos exames oculares da escola com louvor. Para piorar tudo, os óculos o deixavam mais sexy. Era uma vergonha que ainda estivesse tão atraída por ele.

Vergonhoso também era o rápido lampejo de… algo que ardia dentro de si mais de uma vez quando ela tinha um vislumbre de Xavier enquanto ele ia de um cômodo para o outro, ou quando chegava do treino. Ela não conseguia nomear o sentimento. Um nó bem lá no fundo. Ansiedade? Apreensão? Um misto dos dois? Tinha passado anos se forçando a não pensar nele e agora sua presença era um confronto constante. Era difícil de lidar.

Ainda na chamada de vídeo, a porta do trailer de Karina abriu, e Brian e Melody apareceram na câmera atrás dela.

— Vi! — cumprimentou Melody, abrindo a boca num sorriso enorme. — Como está?

— Estou bem — respondeu. Seu peito doeu ao vê-los. — Estou com saudade de todos.

Brian ergueu uma sobrancelha.

— Saudade? Por quê? Não está morando com seu amorzinho do interior? Eu ficaria na cama o *dia todo* se fosse você.

Violet revirou os olhos, e ele riu.

— Também estamos com saudade — disse Karina. — Você vai estar com a gente em breve.

— Não breve o bastante — murmurou Violet, olhando para o gesso.

Melody e Brian precisavam ajeitar o cabelo e a maquiagem de Karina antes de ela voltar para o set. Com relutância, Violet se despediu dos amigos e suspirou.

Ela se olhou mais uma vez no espelho. Estava usando uma blusa de gola alta creme e larga e calça jeans wide leg escura. O gesso impedia que a calça tivesse um efeito completo, mas não havia o que fazer. Ela passou o batom vinho e fez um rápido delineado de gatinho. Não sabia se aquele visual transmitia o estilo Jovem Esposa de Professor Local, mas teria que servir.

Abriu a gaveta de cima da cômoda, onde guardava as roupas íntimas e meias, em busca de uma meia para usar naquela noite, mas a gaveta emperrou quando a puxou. Ela a movimentou até conseguir tirá-la das corrediças, então uma foto pequena flutuou até o chão. Violet se abaixou e examinou a imagem mais de perto. Era a foto que ela e Xavier tiraram na capela em Vegas, agarrando um ao outro, beijando-se como se a vida deles estivesse em perigo.

— Violet, está pronta?

Ela se empertigou quando Xavier a chamou da sala.

— Sim, estou indo — gritou de volta.

Devolveu a foto para o fundo e colocou a gaveta de volta nas corrediças, perguntando-se por que Xavier a tinha guardado. Não queria comparar o que ele tinha feito com o fato de ela ter guardado as alianças.

○ ○ ○

Quando chegaram ao boliche, alguns colegas de Xavier já estavam arrumando a mesa com o livro de presença, enquanto outros organizavam a mesa não muito distante da porta na qual venderiam alguns quitutes. Como Xavier, eles estavam usando o moletom da escola e calça jeans, e Violet imaginou se estava muito arrumada ou deslocada com sua blusa de gola alta de cashmere. Ela se virou para ele, prestes a pedir sua opinião, quando a sra. Franklin os interrompeu.

— Bom, até que enfim chegaram — disse ela, erguendo o celular. — Estou tirando fotos para a newsletter. Eu adoraria tirar algumas dos recém-casados.

— Ah, claro — respondeu Xavier, olhando para Violet. Ele envolveu o braço nela, e ela se apoiou nele com facilidade, sentindo seu calor. Sorriram e a sra. Franklin tirou várias fotos.

— Tá bom, agora façam outra coisa — pediu ela. — Dê um beijo na Violet ou algo assim, Xavier.

Eles congelaram. Violet piscou, e o braço de Xavier ficou frouxo nos ombros dela.

— Ah — exclamou ele. — Não...

— Ah, por favor, não sejam tímidos!

O volume da voz da sra. Franklin chamou a atenção dos colegas de Xavier, que também começaram a encorajar o beijo, torcendo. Alguém até assobiou.

Violet engoliu em secou e olhou para Xavier. Ele olhou de volta, com uma expressão abatida. Não ficaria bem se eles se recusassem, certo? Pessoas casadas se beijavam. Aquilo fazia parte do papel. Ela respirou fundo e inclinou o rosto para cima. Xavier arregalou os olhos e ergueu uma sobrancelha, como se estivesse perguntando se ela tinha certeza. O coração de Violet foi parar na boca quando ela assentiu de leve, um movimento quase imperceptível.

Violet segurou a respiração quando Xavier se abaixou. Ela manteve o olhar no rosto dele, no seu olhar firme e nos lábios cheios. Disse a si mesma que seria um selinho rápido e doce. Mas então Xavier segurou a lateral do seu rosto com carinho e gentilmente juntou os lábios aos dela, e ela sentiu o calor e a maciez de sua boca. O tempo desacelerou por um momento muito breve quando os lábios dele se moveram nos dela, e Violet se viu fechando os olhos. Ela se pressionou nele, o coração descompassado. E então ele se afastou cedo demais, e Violet piscou, abalada. Xavier a encarou com uma fascinação igual. Ao redor, os colegas aplaudiram.

— Lindo — declarou a sra. Franklin.

Xavier pigarreou. Em algum momento durante o beijo, eles deram as mãos.

— Tudo bem, Xavier, vou ali falar com o gerente e garantir que o desconto no aluguel dos sapatos ainda esteja de pé — comentou a sra. Franklin. — Violet, você pode cuidar dos números do sorteio?

Ela fez que sim rapidamente, ainda abalada.

— Hum, tudo bem, claro.

Xavier se afastou dela, soltando sua mão, e ela sentiu sua ausência na hora. A expressão dela era de relutância.

— Você vai ficar bem? — perguntou ele.

Violet fez que sim, e ele sorriu antes de se afastar.

— Ah, não faz essa cara — falou a sra. Franklin, cutucando Violet. — Ele só vai para o outro lado do boliche. Não vai ficar tão longe de você. — Ela sorriu e suspirou. — Me lembro bem de como era quando me casei. Eu também não queria que meu marido ficasse longe de mim nem por um segundo.

Violet se virou para encarar a sra. Franklin. *O quê?* Não, ela não estava, de jeito nenhum, acompanhando Xavier com o olhar porque não queria que ele saísse do seu lado. Era porque... bem... porque... Na verdade, não importava! O que importava era que ela precisava se sentar e descansar o tornozelo.

— Onde fica a estação dos números do sorteio? — perguntou, então deixou que a sra. Franklin a guiasse até o bar, onde arrumaram um pote com os bilhetes numerados.

O boliche logo ficou abarrotado. Parte de cada ingresso vendido era doado para a campanha. As pessoas deliravam com os quitutes, mas a grande atração eram os prêmios do sorteio: ingressos para os Brooklyn Nets, jantar para dois no restaurante italiano local, Il Forno, e uma air fryer.

Da banqueta em que estava sentada no bar, Violet tinha um ponto de observação aberto do boliche, o que, em contrapartida, significava que todo mundo podia vê-la também. Ela já tinha trocado algumas palavras com três ex-colegas de escola quando Shalia McNair, acompanhante de Xavier no baile de formatura, a abordou. Shalia e sua mãe eram donas de um bufê e tinham fornecido a comida.

— Então vocês simplesmente se casaram? — perguntou Shalia, erguendo uma sobrancelha. De início, Violet não a reconheceu. Na escola, Shalia era baixa com cabelo escuro e muito volumoso. Violet e Bianca costumavam brincar que o cabelo de Shalia era grande daquele jeito porque guardava os segredos de todo mundo. Ela fofocava muito. Agora seus cachos estavam lambidos e loiro-mel, como se ela tivesse feito tratamento com queratina. Também tinha crescido. Estava mais alta que Violet, em cima de um par de botas plataforma de aparência interessante.

— Ahã — respondeu Violet, dando outro gole em seu vinho. — Mas como *você* está? Seu cabelo está um arraso.

— Obrigada, mas quando vocês se reencontraram exatamente? — continuou Shalia, resoluta. Ao que parecia, ela ainda tinha uma inclinação para a fofoca. — Porque encontrei com o Xavier no Applebee's tipo há três semanas e ele não comentou nada de você.

Violet franziu a testa um pouquinho, certa de que Shalia desejava que suas palavras soassem como farpas. Shalia tinha uma queda por Xavier na escola, e, depois que ele a levara para o baile mas fora embora com Violet, tinha enfiado na cabeça que ela era sua inimiga pública número 1. Em toda oportunidade que tinha, espalhava boatos falsos sobre Violet, o que nunca deu em nada, porque Violet era muito adorada. Além do mais, não havia razão nenhuma para Shalia levar tanto as ações de Xavier e Violet para o lado pessoal. Naquela época eles não viam mais ninguém a não ser um ao outro.

Ela olhou para além do ombro de Shalia, procurando Xavier. Avistou-o em uma das pistas, rodeado por um grupo de alunos. Ele sorria calorosamente enquanto eles falavam um por cima do outro, lutando por sua atenção. Xavier ergueu o dedo indicador, avisando que voltaria logo, e o olhar de Violet o seguiu enquanto andava até um dos seus colegas na mesa de comidas. As pessoas o cumprimentavam quando entravam no boliche. No começo de tudo, Violet se sentira atraída por ele porque Xavier era alguém novo num lugar abarrotado de familiaridade entediante. Tinham criado um laço porque os dois queriam fugir. Mas Xavier decidira ficar, e agora era parte integrante daquela comunidade de um jeito que Violet jamais poderia prever. E, de forma temporária, era ela que estava com ele. Seus lábios formigaram, pensando no beijo.

— A gente resolveu não ficar alardeando — respondeu Violet, virando de volta para Shalia. — Na próxima vez que for no Applebee's, me avise. Tem uma eternidade que não vou. Quem sabe nós três vamos juntos.

Shalia a olhou de cara feia, e Violet deu um sorriso doce. Tinha sido um comentário mesquinho? Sim. Mas Violet presumiu que tinha permissão de jogar sal na ferida, já que Shalia basicamente tentara insinuar que Xavier a mantivera em segredo de propósito.

— Ah. Bom, parabéns, então — disse Shalia, monótona. Ela lançou um olhar melancólico para Xavier do outro lado do boliche.

Felizmente, naquele momento, Bianca e Raheem chegaram com RJ. Violet acenou, chamando a atenção de Bianca, que caminhou até ela empurrando RJ num carrinho enquanto Raheem conversava com Xavier na porta.

— Foi *tão* legal te ver, Shalia, mas tenho mesmo que focar na minha tarefa — falou Violet, colocando um ponto-final naquela interação. Ela ergueu o pote com os bilhetes numerados. — Esta campanha é muito importante para o meu marido. Você vai comprar um bilhete para apoiar as crianças? Custa dois dólares.

Shalia resmungou enquanto entregava o dinheiro e enfiava um bilhete na bolsa. Ela nem se incomodou em dizer tchau antes de se afastar.

— O Colégio Willow Ridge agradece sua doação! — gritou Violet para ela.

Bianca deslizou para o banco ao lado de Violet e desafivelou RJ do carrinho, colocando-o no colo.

— Uau, não vejo seu sorriso cruel há anos. O que a Shalia disse pra você?

— Ela me odeia por Xavier não estar mais disponível. — Violet podia falar livremente com Bianca; ela e Raheem sabiam da verdade por trás do casamento. Violet estendeu as mãos para RJ. — Vem com a titia, vem.

Bianca colocou o filho com gentileza nos braços de Violet, e ele sorriu para ela e começou a balbuciar sua fala séria de bebê. Violet assentiu como se entendesse tudo o que ele tentava dizer.

— Se ela não conseguiu seduzir o Xavier na última década, duvido que aconteça agora — comentou Bianca, acenando para o garçom e pedindo uma taça de vinho. — Pra começo de conversa, ele nunca esteve disponível de verdade para ela.

Violet deu de ombros. Para quem Xavier estava ou não disponível não era da sua conta, e não era algo em que queria pensar. Apenas focou em fazer biquinhos para RJ, que ria como se Violet fosse a pessoa mais engraçada do mundo. Bebês eram incríveis. Bom, os bebês dos outros, que podiam ser devolvidos aos pais quando começassem a chorar.

— Acha que você e o Raheem vão ter outro bebê? — perguntou.

— Eu quero, com certeza — respondeu Bianca, sorrindo para o filho. — Depois do casamento ano que vem.

RJ estendeu a mão e agarrou um dos brincos de argola de Violet. Ela retirou a mãozinha dele com delicadeza antes que ele rasgasse o lóbulo da sua orelha, e ele riu de novo. Era tão parecido com Bianca, os mesmos olhos redondos e grandes, a pele negra escura. Mas as sobrancelhas expressivas e a feição alegre eram todas de Raheem.

Violet olhou para Bianca, a única pessoa com quem ela fez questão de manter contato depois da formatura. Enquanto Violet fora embora para LA, Bianca tinha ficado para trás em Willow Ridge e se matriculado no curso de cosmetologia. Agora comandava o próprio salão de beleza anexo a sua casa e era uma belíssima mãe recente. A vida delas era muito diferente. Violet não cobiçava a vida de Bianca, mas invejava o fato de a amiga aparentar estar tão em paz. Não conseguia se lembrar da última vez que se sentira dessa forma. Provavelmente fazia anos.

— E você? — perguntou Bianca.

— O que tem eu? — rebateu Violet, apertando a barriga redonda de RJ.

— Casamento. Acha que vai tentar de novo? De verdade, quero dizer.

— Ah — disse Violet. — Não sei.

Bianca encarou Violet, dando outro gole no vinho.

— Por causa do que aconteceu com Eddy?

— Sim e não — respondeu Violet. — Pra ser sincera, sou casada com minha carreira, e não tenho vergonha de assumir isso. Se concentro todos os meus esforços na minha carreira, as probabilidades de tudo dar certo são grandes. Mas as coisas não funcionam assim com relacionamentos. Às vezes, a gente entrega tudo, ou tudo o que consegue no momento, e no fim não tem realmente importância se a outra pessoa não fizer o mesmo. Ou pelo menos fizer o mínimo do mínimo e manter o próprio pau na calça. — Violet silenciou quando viu a expressão desanimada de Bianca. — Que foi? Não me olhe assim. Não estou falando isso porque quero que sinta pena de mim. Amo meu trabalho, e no momento isso é mais que suficiente.

— Eu sei, Vi — respondeu Bianca, suspirando de leve. — E você arrasa nele, mas trabalho não é tudo. Você merece se apaixonar.

— *Blé.* — Violet enfiou o dedo na boca e fingiu que ia vomitar. O som fez RJ ter outro ataque de risos.

Bianca estava errada. Apaixonar-se nem sempre significava encontrar um final feliz. Mas aquela conversa de fato fez surgir outra coisa na sua mente.

— Como a ex-namorada do Xavier era? — indagou Violet. — A que terminou com ele e saiu do país.

— Michelle? Ela era doce. Gentil. — Bianca deu de ombros, tranquila.

— Eles eram felizes? — Violet não sabia por que se incomodava em perguntar, mas estava dominada pela curiosidade.

— Acho que o Xavier gostava bastante dela, mas não sei se estava apaixonado. A Michelle me contou que sentia que o Xavier estava sempre esperando a vida mudar, o que a fazia pensar que ela não era o suficiente para ele. Sendo justa, acho que a Michelle também não estava apaixonada por ele. Mas não importa. Ela sempre quis mochilar, então foi atrás do sonho dela.

— Entendi — comentou Violet, refletindo sobre aquilo.

Será que ela e Xavier teriam ficado juntos se Michelle não tivesse ido embora? Eles voltariam se ela retornasse? Por que esse pensamento fazia a pele de Violet formigar?

— Devíamos parar de falar disso — cochichou Bianca.

Violet franziu a testa.

— Por quê?

— Porque o Xavier está vindo pra cá.

Violet se virou e, realmente, Xavier estava chegando perto. Seus passos eram firmes e confiantes. Seu coração acelerou enquanto se recordava da sensação do toque da boca dele na sua.

Bianca pegou RJ do colo de Violet e se levantou.

— Espere, aonde você vai? — perguntou Violet, agarrando a mão de Bianca. — Não precisa sair.

De repente, ela não confiava em si mesma sozinha com Xavier.

Bianca sorriu, dando um aperto gentil na mão de Violet antes de soltá-la.

— Vou pegar um lanche, e prometi a Raheem que jogaria boliche com ele. — Ela entregou dois dólares pelo bilhete a Violet e se aproximou, baixando a voz. — Seria tão ruim se vocês dois pelo menos voltassem a ser amigos?

Violet não tinha certeza de que ser amiga de Xavier seria uma boa ideia, esse era o problema.

— E aí, B? — cumprimentou Xavier, abraçando Bianca e acariciando a cabeça de RJ.

Ele e Bianca conversaram por alguns minutos antes de ela empurrar RJ em direção à mesa de lanche, deixando os dois sozinhos. Xavier olhou para Violet, lhe dando outro de seus pequenos sorrisos. Ela conteve o frio na barriga.

— Pensei em vir saber se está tudo bem — explicou, pegando o assento vago de Bianca. — Como vai a venda dos bilhetes do sorteio?

— Bem, acho. — Ela colocou o pote em cima do balcão e o deslizou até ele. — John Carson, da Imobiliária Carson e Carson, comprou vinte bilhetes. Ele quer muito aquela air fryer.

— Ah. Elas estão muito na moda.

— Foi o que me disseram — respondeu ela. — Por que você não tem uma?

Ele deu de ombros.

— Acho que nunca senti que precisava de uma. Você tem?

— Não, mas é porque não cozinho.

Ele sorriu.

— Notei.

— Não te vejo cozinhando também — apontou ela.

— Sim, mas eu sei cozinhar.

Ela estreitou os olhos.

— Está insinuando que *eu* não sei cozinhar?

— Você que falou, não eu — respondeu ele, sorrindo.

— Bom, você estaria certo, mas é porque nunca dediquei um tempo pra aprender. Porém, aviso que preparo um queijo quente muito bom.

— Ah, é? — Ele assentiu, como se achasse aquilo impressionante. — Mas duvido que seja melhor do que o meu. Uso queijo gouda da mercearia.

Violet arregalou os olhos. Gouda? Sério? Outro detalhe que ela não teria como prever.

— E eu uso a marca em promoção do corredor de laticínios — rebateu. — O jeito clássico de fazer queijo quente.

Ele ergueu uma sobrancelha e se aproximou um pouco dela.

— Me parece que a gente precisa fazer uma competição para descobrir quem faz o melhor sanduíche.

— Acho que sim — respondeu. Ela se pegou aproximando-se também, mais uma vez controlada por uma corda invisível.

Ela imaginou os dois cozinhando lado a lado na cozinha dele, e então a voz de Karina surgiu na sua cabeça.

Mas é meio vida de casal. Não acha?

Violet se afastou. Precisavam mudar de assunto.

— A campanha parece um sucesso.

— Sim, estou bem contente com o resultado. — Xavier pegou o pote de bilhetes e o sacudiu. — O orçamento da escola diminui a cada ano. É uma merda termos que angariar fundos para os estudantes não lerem livros com lombadas rasgadas ou usarem o mesmo uniforme que usamos na escola.

Ele soltou um suspiro frustrado. Violet ficou tocada com seu desejo genuíno de ajudar.

— Seus alunos têm sorte de ter você — declarou ela.

— Não estou fazendo nada especial — respondeu, dando de ombros. — Professores se importarem é o mínimo.

Ela não conseguiu evitar um sorriso.

— Que foi? — perguntou Xavier, olhando-a.

— Nada, você está muito... humilde. Diferente.

— Eu me achava o máximo, né? — Ele riu e ajustou os óculos no nariz. Por que ela adorava tanto quando ele fazia isso? — Mas as pessoas mudam. Por exemplo, olhe pra você. Te vi conversando com a Shalia McNair.

— Ah, com certeza não somos amigas — comentou Violet. — Ela ainda não gosta de mim.

Xavier balançou a cabeça, sorrindo.

— Por que não?

Porque minha presença significa que ela não pode ter você.

— Presa em dramas da escola, acho — respondeu Violet.

Ele colocou o pote com os bilhetes numerados de volta no balcão e bocejou, espalmando as duas mãos na sua frente. Violet olhou para a aliança dele. Era simples e grossa, um dourado um pouquinho mais opaco que o das alianças dela. Ela ergueu a mão ao lado da dele e inclinou a cabeça, examinando os anéis com mais atenção. Quando seus dedos se esbarraram de leve, um formigamento disparou por suas veias.

— Elas combinam bem — comentou Violet, engolindo em seco. — Mesmo não sendo reais.

— Sim. — Sua voz pareceu mais baixa.

Violet podia sentir que ele a olhava, mas manteve os olhos nas próprias mãos enquanto fazia a pergunta que vinha matutando há semanas.

— Você lembra alguma coisa da noite em Vegas?

— Um pouco.

— Quis dizer de nós dois — esclareceu ela, por fim olhando para ele. Ela respirou fundo e seguiu adiante. — Quando ficamos. Porque não lembro de nada. — *E queria lembrar.*

As bochechas dele assumiram um tom levemente avermelhado.

— Às vezes tenho vislumbres rápidos de te abraçar. Mas, fora isso, é bem nebuloso pra mim também.

— Ah, tá bom. — Ela o imaginou envolvendo os braços ao seu redor num abraço apertado, e um calor subiu por seu pescoço. Violet baixou a mão. — A gente devia ter conversado sobre limites.

— Sim — respondeu ele, se ajeitando no banco para que ficasse totalmente de frente para ela. — Contato físico. Quando dar as mãos ou abraçar. Sei que o beijo foi uma surpresa.

— Já nos beijamos antes — declarou ela, mantendo o tom casual. — Mas me parece que teria sido mais prudente se a gente tivesse praticado.

Xavier sorriu.

— A gente pode praticar agora. Só pra garantir que ainda sabemos como fazer.

Violet piscou. Seu olhar caiu para os lábios dele. O formigamento quente continuou a subir por suas veias.

— Sério?

— Por que não? — Xavier estava com os olhos grudados em seu rosto. — Ninguém está prestando atenção, e, se estivessem, o que tem de estranho com um marido e uma mulher se beijando? Mas não precisamos, se você não estiver confortável.

A verdade frustrante era que ela queria beijá-lo de novo.

Violet chegou mais perto dele.

— Vem aqui.

Xavier obedeceu, aproximando o rosto. Com gentileza, ele colocou um cacho errante atrás da sua orelha, e Violet inspirou fundo quando seus olhos se encontraram. Seu coração martelou mais rápido em antecipação. Os lábios de Xavier se abriram um pouco, e, quando sua boca ficou a menos de um centímetro da dela, Violet sentiu seu hálito e percebeu o quanto estava empolgada. O quanto estava ansiosa para beijar Xavier mais uma vez. De repente, aquela ansiedade apertando seu estômago irrompeu. *Recue*, gritou uma voz interior. Violet perdeu a coragem e, no último segundo, desviou e beijou a bochecha dele, deixando uma marca de batom para trás.

Ele deu um riso baixo, observando-a se afastar.

— Isso foi legal.

Ela sorriu, como se um beijo na bochecha fosse o que pretendera o tempo todo. Como se não tivesse acabado de vivenciar um pequeno surto por causa do desejo de beijá-lo.

Xavier se levantou e pegou o pote com os bilhetes.

— Devem anunciar os ganhadores em breve. Acho que está na hora de levar isso para a sra. Franklin.

— Calma — pediu ela, pegando um guardanapo e limpando com gentileza o batom da bochecha dele. Xavier esperou com paciência enquanto ela descia do banco e apanhava as muletas.

Eles andaram pelo boliche, e Violet notou que as pessoas os observavam. Pelo menos estavam conseguindo o que se propuseram a fazer: convencer o povo de Willow Ridge de que estavam casados. Pena que seus pais não estivessem ali naquela noite para vê-los em ação.

Ela vinha ensaiando perguntar a Xavier se ele tinha falado com a mãe sobre aquilo. Tricia fora muito gentil com Violet quando era mais nova. Muitas vezes Violet desejara que a tranquila e descontraída Tricia fosse sua mãe de verdade. Um dos motivos para ela e Xavier concordarem com a farsa era o benefício para os pais de Violet. Porém, por alguma razão, Violet não gostava da ideia de fazer Tricia acreditar que ela e Xavier eram marido e mulher legítimos. Torcia para ela ficar na Flórida até depois da volta de Violet para a vida real.

Violet ficou ao lado de Xavier enquanto ele anunciava os ganhadores do sorteio. Os vinte bilhetes de John Carson valeram a pena: ele ganhou a air fryer; e um dos alunos de Xavier quase desmaiou quando ganhou os ingressos para a temporada dos Brooklyn Nets. Para a satisfação mesquinha de Violet, Shalia McNair não ganhou nada.

Depois que ajudou a sra. Franklin a contar o dinheiro, Violet observou Xavier se despedir dos alunos e de todas as pessoas que tinham apoiado a campanha. Ele era muito gentil e paciente com cada um. A julgar pelo modo que interagia com seus alunos, no futuro seria um ótimo pai. Talvez fosse um ótimo marido também. Para a mulher com quem realmente se casasse.

Mas essa mulher não ia ser Violet.

Ela havia sido sincera no que dissera a Bianca. Não tinha tempo para se apaixonar. Ainda mais por Xavier; na verdade, jamais conseguiria ser uma companheira tão presente do jeito que estava sendo naquela noite.

Só compareceu àquele evento numa noite de semana aleatória porque não estava trabalhando. Se não tinha conseguido fazer as coisas funcionarem com Eddy, que tinha uma agenda similar à dela, como poderia dar certo com alguém como Xavier?

E, mais importante, Xavier foi a primeira pessoa a partir seu coração. Se dessem uma chance de verdade um ao outro, no fundo da sua mente, Violet sempre se perguntaria se ele ia acordar um dia e mudar de ideia em relação a eles de novo.

Já tinha se queimado naquela fogueira. Apaixonar-se era idiotice.

13

Na semana seguinte, Xavier chegou em casa depois do trabalho e deu de cara com Violet ajoelhada numa cadeira diante dos armários da cozinha, com fileiras e fileiras de tempero alinhadas na frente dela. Uma música de Karamel Kitty tocava no alto-falante do seu celular, e a velha colcha de lã da sua mãe estava no braço do sofá. O programa de que ela gostava sobre esposas ricas negras que moravam em Washington ou algo assim passava na televisão. Ele não fazia ideia no que tinha entrado, mas a visão de Violet criando um leve caos no seu espaço fez uma sensação inesperada de calor se expandir por seu peito. Precisava lembrar a si mesmo que não devia se acostumar a chegar em casa e vê-la ali. Porque, em algumas poucas semanas, Violet iria embora, e os dois seguiriam com as vidas separadas.

— Ei, o que está fazendo? — perguntou ele, jogando a bolsa carteiro no sofá.

Violet se virou na direção do som de sua voz.

— Estou reorganizando seu armário de temperos por cor — gritou ela por sobre a música. — Quase como eu organizaria um guarda-roupa. Você sabia que tem três potes diferentes de pimenta-caiena? Devia jogar pelo menos um deles fora.

Ele se aproximou do balcão e avaliou o trabalho dela.

— Às vezes é preciso misturar as marcas. Mas minha dúvida é: Por que está organizando meu armário de temperos?

— Porque estou *entediada*. — Ela abaixou a música e jogou as mãos para o ar. — Dei uma enlouquecida. Você também tem duas marcas diferentes de páprica. O que é páprica afinal? Nunca ouvi ninguém dar uma mordida na comida e dizer: "Humm, dá pra sentir o gosto de páprica".

Xavier sorriu.

— São pimentões triturados. Mas você pode deixar isso pra depois? Tim Vogel ligou, ele quer jantar hoje à noite.

— Hoje? — Violet cortou a música totalmente. — Mas acabei de pedir comida tailandesa!

— De novo?

— Não julgue. Gosto mesmo do frango com gergelim que eles fazem. E pedi arroz frito extra pra você porque sei que comeu um pouco do meu outro dia.

Ele sorriu de forma acanhada. Também estava tocado por ela ter pensado nele.

— Desculpe, fiquei com fome no meio da madrugada. Achei que não fosse notar. — Ela olhou para ele de cara feia. — Já pedi desculpa! Amanhã eu compro mais pra você, tá bom? Pode cancelar o pedido? Te pago se cobrarem alguma taxa.

— Tudo bem. Fiz o pedido tipo um segundo antes de você chegar em casa. — Ela ficou de pé e pegou as muletas. — Mas onde vai ser o jantar? Qual o estilo? O que devo usar? Por que o técnico não te avisou antes?

Xavier tinha feito a si mesmo a mesma pergunta. Mesmo que tivesse entrado em contato com Tim Vogel várias vezes depois que ele telefonara para lhe dar parabéns, Xavier só tivera notícias dele vinte minutos atrás, no caminho para casa. Tim ligara e perguntara se Xavier e Violet por acaso estavam livres para jantar naquela noite.

— Ele é uma pessoa ocupada — respondeu Xavier, seguindo Violet enquanto andavam até o quarto. — Quer se encontrar no Bistro 21 em Montclair. Nunca ouvi falar.

— Eu já — comentou Violet. Ela parou na frente da pequena parte do guarda-roupa dele onde tinha pendurado suas roupas. — É bem classe alta. Caramba, o que vou usar? Minhas roupas boas de verdade estão no meu apartamento. E o gesso acaba com qualquer visual.

Ela pegou um vestido verde-escuro de gola alta e comprimento médio de um cabide e o colocou na cama. Observou o vestido com a testa franzida de decepção e suspirou.

— Vai ter que ser este — declarou. E então olhou para Xavier e parou. — Você vai assim?

— Sim? — Ele baixou o olhar para sua camisa polo branca e a calça cáqui. O visual de "guarda florestal". — Por quê? É ruim?

— Não, você está bem — respondeu ela, rápido demais.

— Não minta. — Ele andou até o espelho e avaliou seu reflexo. — Pareço um tiozão?

Ela mordeu o lábio.

— Ficaria bravo se eu dissesse que parece?

Xavier virou para encará-la, subitamente preocupado. Muita coisa dependia do jantar daquela noite. Ele a olhou com aflição.

— Por favor, me ajude.

Violet sorriu, voltou para o guarda-roupa e começou a vasculhar suas camisas.

— Depois te mando a conta.

Chegaram ao Bistro 21 uma hora depois, antes de Tim Vogel e a esposa. O restaurante *era* bem classe alta, como Violet dissera. As mesas estavam cobertas com toalhas brancas grossas que deviam custar mais que os lençóis de Xavier, e havia um quarteto de violinos tocando no canto mais distante do ambiente. A recepcionista acomodou Xavier e Violet numa mesa na frente do restaurante, perto das janelas, para que Violet pudesse apoiar as muletas na parede. Xavier encarou os flocos de neve que estavam começando a cair do lado de fora e tentou se lembrar das coisas que precisava dizer para Tim. Devido à comunicação duvidosa do técnico, Xavier temia que aquela noite fosse sua única chance de convencê-lo de que era o homem certo para a vaga.

Pelo menos, ele estava bonito. Violet tinha sugerido que ele vestisse uma camisa de botões preta justa, calça preta e o sapato preto social de camurça que só usava em casamentos. Ficou se sentindo um James Bond de óculos e sem terno, temendo que aquela roupa fosse um exagero, mas, agora que estavam ali, viu que era o visual certo.

— Ei — chamou Violet. Ela pôs a mão rapidamente no joelho dele, paralisando seu balançar persistente. — Tudo bem?

— Sim, eu... — Ele se virou para ela e esqueceu na hora o que estava prestes a dizer. Na luz ambiente do restaurante, a pele marrom e macia de Violet estava luminosa em contraste com o batom escuro. Seus cachos estavam puxados para trás com algumas fivelas de aparência sofisticada, e ela tinha feito um delineado verde-escuro nos olhos que combinava com a cor do vestido. Xavier engoliu em seco enquanto seu olhar vagava pelo rosto dela. — Você está linda. Desculpe. Devia ter dito isso pra você antes de sairmos.

— Obrigada. — Violet curvou os lábios num sorriso leve. Os lábios que não saíam de sua cabeça desde que se beijaram no boliche. Ela estendeu a mão e tirou um fiapo de seu ombro, e Xavier ficou imóvel enquanto ela ajeitava seu colarinho. Descobriu que gostava da sensação de ser cuidado por ela. — Você não está tão ruim. Quem te vestiu?

— Minha nova colega de quarto — respondeu ele. — Mas, tenho que avisar, ela cobra caro.

Violet riu, e ele quis engarrafar aquele som. Ela baixou as mãos, e ele segurou sua mão esquerda. Lentamente, entrelaçou os dedos nos dela, e suas alianças se tocaram. *O que estava fazendo?*

— Não terminamos a conversa sobre limites — afirmou ele. — Tudo bem dar as mãos?

Dar as mãos era inocente, até juvenil. Mas parecia uma pergunta óbvia de se fazer, e não sabia por que se sentira compelido a mencionar o assunto ou tocá-la. Ele estava sentado ao lado dela, mas desejava estar mais próximo. Não tinha direito de ficar mais perto, e querer mais proximidade apenas o levaria a mais problemas no futuro. Talvez estivesse atraído pela sua beleza, assim como havia acontecido no primeiro dia do segundo ano, quando a avistara do outro lado do ginásio.

Violet encarou as mãos dadas e assentiu.

— Está tudo bem.

Ganhar um tiquinho de sua confiança fez uma onda de alívio passar por ele.

— Desculpem nosso atraso. A neve está começando a cair com mais intensidade.

Xavier desviou com relutância os olhos de Violet e ergueu o rosto para Tim Vogel e sua esposa, Helen, que tinham se aproximado da mesa. Ele se levantou e ajudou Violet a ficar de pé enquanto trocavam saudações. Ficou grato mais uma vez pelo conhecimento de moda de Violet quando viu quão elegantes estavam Tim e Helen. Tim usava camisa social e blazer, enquanto Helen estava com uma espécie de conjunto de blusa e saia de veludo preto com saltos. Será que costumavam fazer reservas de última hora em restaurantes como aquele em dia de semana?

— Parabéns pelo casamento — desejou Tim, apertando a mão de Xavier, e então passando para Violet. — Minha tia me mandou a matéria falando de sua carreira no mundo da moda. Muito impressionante.

— Obrigada. — A voz de Violet estava tingida de surpresa. — Sua tia se interessa por moda?

— A tia dele é a sra. Franklin — explicou Xavier. Quis se bater por ter esquecido de contar essa conexão a Violet.

— Ah.

Violet olhou Tim com mais atenção, tentando encontrar similaridades físicas entre aquele homem e a secretária da escola. Não havia muitas. Enquanto Tim era alto e troncudo, a sra. Franklin era flexível e pequena, mal chegando a um metro e meio. As únicas coisas que tinham em comum eram a pele negra e os olhos cor de avelã.

— Se não fosse por minha tia, eu nem conheceria o Xavier — comentou Tim quando todos se sentaram.

Quando Xavier decidiu que não ia voltar para Kentucky, pulou o semestre seguinte e passou uma infinidade de dias sem sair de casa, perguntando-se que merda ia fazer da vida. No mínimo do mínimo, sabia que desejava terminar a faculdade, então mais tarde ele se matriculou na

Riley, que ficava a apenas quarenta minutos de carro de Willow Ridge. Quando a sra. Franklin descobriu que Xavier tinha feito a transferência, ligou para Tim, que havia acabado de ser contratado como técnico do time de basquete, e passou o histórico de Xavier no basquete da escola. Tim o convenceu a tentar entrar no time. Xavier não se sentia seguro. Tinha abandonado todos os sonhos improváveis de chegar à NBA, e Kentucky o tinha deixado com menos de um pingo de confiança. Mas os riscos de jogar na Riley eram relativamente baixos. O time era pequeno, com um histórico mais ou menos. E, para encerrar, juntar-se ao time dava a Xavier algo para fazer e um modo de ficar em forma. Seu calcanhar o incomodava se ele pegasse pesado demais, e em algumas ocasiões não havia escolha que não fosse ficar no banco. No geral, tinha sido uma experiência bastante despretensiosa.

— Me contem sua história — pediu Helen, olhando entre Xavier e Violet. — Tim me contou que se conheceram na escola.

Xavier fez que sim.

— No segundo ano. Eu era novo na cidade, e ela era a garota mais bonita da escola. Sentiu pena de mim e por isso aceitou meu convite para sair.

— Não é verdade — declarou Violet, rindo um pouco. — Fui porque eu quis.

Ela revirou os olhos e sorriu para ele. Xavier sorriu de volta e remexeu as sobrancelhas, o que a fez rir de novo. Ele percebeu que sentira falta de conseguir fazê-la rir com tanta facilidade.

— Que maravilhoso vocês terem se conhecido nessa época. — Helen pousou o queixo na palma da mão, encantada com o jovem casal. — É difícil sustentar um relacionamento por muitos anos quando começa nessa idade.

— Ah, terminamos na faculdade — comentou Violet, sem olhar para Xavier. Por um rápido instante, ele temeu que ela entrasse em mais detalhes de como o término acontecera, mas ela emendou: — Então nos reencontramos faz pouco tempo.

— Bom, o amor nem sempre é linear — afirmou Helen.

Violet assentiu, de forma sábia, como se aquela fosse a coisa mais inteligente que já tinha ouvido. Entretanto Xavier não teve certeza do que a frase queria dizer de fato, o que o fez se perguntar se não tinha a profundidade necessária para compreender.

— Com certeza seus pais já falaram isso pra vocês — disse Tim depois que o garçom se afastou com os pedidos de bebidas —, mas me deixem aconselhar também que casamento exige muito esforço. Não é só morar junto e adotar um cachorro. Dia após dia, você precisa se comprometer com a pessoa escolhida. É um empreendimento.

Os pais de Xavier, que discutiram quase todos os dias da sua adolescência, eram as últimas pessoas que poderiam lhe dizer como conduzir um casamento, mas ele assentiu como se já tivesse recebido aquele conselho.

— Tenho que admitir, fiquei bem chocado quando minha tia dividiu a novidade comigo — confessou Tim. — Você não parecia o tipo que se comprometeria. É jovem e, pra ser muito sincero, me passa a impressão de ser um tanto perdido. Não estou totalmente convencido de que se encaixaria bem na Riley. Não leve para o lado pessoal, muitos jovens da sua idade ainda não sabem o que estão fazendo da vida. Alguns de vocês estão abrindo negócios e salvando o planeta, e o resto está distraído com o Intergram, Tic Tac…

— *Insta*gram e TikTok — interveio Helen, dando tapinhas no braço de Tim.

— … e com o celular! Vocês olham para ele o dia inteiro! Me surpreende seus olhos não caírem da cabeça.

Tim e Helen riram. Xavier forçou uma risada, engolindo a irritação com a opinião que Tim fazia dele. Tim fora um técnico de basquete correto, mas Xavier nunca tinha sido um entusiasta da personalidade grosseira dele. Tinha torcido para que ele tivesse abrandado um pouco com o tempo, mas, ao que parecia, continuava o mesmo. Era verdade que Xavier não tinha feito nada impressionante como fundar uma startup, não era um especialista em mudança climática e tinha precisado de orientação no passado, mas o que nele gritava *perdido* agora?

— Xavier não está perdido — declarou Violet. Ela era a única que não tinha rido. Na verdade, encarava Tim, com o rosto completamente sério. — Ele é muito dedicado ao trabalho e aos alunos. E as redes sociais não são tão inúteis como você pensa. Estar ativa no Instagram de fato ajuda minha carreira, já que dá visibilidade para meu trabalho. E, na questão do planeta, muitos cientistas usam seus perfis nas redes para espalhar conhecimento sobre como podemos ajudar a reverter o aquecimento global, o que cria um espaço para a geração mais nova, os próximos agentes de mudanças. As redes sociais possibilitam que o conhecimento seja mais acessível.

Tim encarou Violet de olhos arregalados, como se estivesse surpreso, desacostumado a ter alguém discordando dele. Antes que pudesse responder, o garçom voltou à mesa com as bebidas e o pão, pronto para anotar os pedidos. Violet e Helen escolheram o especial do dia, robalo com brócolis, e Xavier e Tim foram tradicionais e pediram bife.

Depois que o garçom se afastou, Violet tocou a mão de Xavier sob a mesa. Ela mordeu o lábio de leve e lhe enviou um olhar questionador. Parecia preocupada, como se o modo como falara com Tim pudesse afetar de forma negativa a posição de Xavier. Ele sacudiu a cabeça e deu um aperto tranquilizador na sua mão. Ficou contente por ela tê-lo defendido num momento em que ele sentira que estava numa posição muito estranha para dizer algo ele mesmo.

— Tim — Xavier disse —, eu estava assistindo a alguns trechos do jogo do seu time contra o TCNJ...

— Não temos por que falar de basquete esta noite — respondeu Tim, fazendo um gesto de desdém com a mão. Ele sorriu para Helen. — Ela odeia quando falo de trabalho à mesa.

Xavier murchou:

— Ah, claro.

Qual era, então, o objetivo daquele jantar se não fosse para se apresentar como o melhor candidato para o cargo de técnico-assistente?

— Mas eu adoraria ouvir mais sobre o *seu* trabalho — comentou Helen, olhando para Violet. — Sua atividade deve ser bem empolgante, ficar perto de celebridades com tanta frequência.

— Pode ser, às vezes — respondeu Violet.

Ela ainda segurava a mão de Xavier sob a mesa. Ele não se perguntou por que ela estava fazendo aquilo, pois era um conforto.

— Qual a sua celebridade favorita que já conheceu? — perguntou Helen. — Ah, calma, tem uma cantora nova que nossa filha de dezesseis anos ama demais. Ela usa roupas muito bonitinhas! Tocam a música dela no rádio toda hora. Algo como estar solteira para o verão.

Helen cantarolou uma melodia que Xavier não reconheceu. Ao seu lado, Violet congelou.

— Meela Baybee — afirmou. — Eu conheço sim.

— Isso, essa! Como ela é? — indagou Helen. — Já trabalhou com ela?

— Já. — Violet sorriu e não continuou o assunto. Xavier passou o polegar gentilmente na palma da mão dela, e seus ombros enrijecidos relaxaram um pouco.

— Não é essa que só usa uns paninhos aqui e ali? — questionou Tim. — Os artistas hoje em dia estão sempre praticamente pelados. Não deixam quase nada para a imaginação. — Ele olhou para Violet. — Seu trabalho é ajudá-los a saírem por aí desse jeito?

— Sim — respondeu ela, tensa. — É o que eu faço. Acho empoderador.

Tim bufou.

— *Empoderador?* Me dá um tempo.

— As clientes da Violet se vestem muito bem — declarou Xavier.

Tinha perdido a paciência com Tim. Não conseguiria reconhecer Meela Babi-qualquer-coisa numa fila, mas teria que viver numa caverna para não saber quem era Karamel Kitty. Nunca tinha de fato prestado atenção no que Karamel Kitty vestia, mas, se o trabalho de Violet era importante para ela, então era importante para Xavier.

— Tenho orgulho da minha esposa.

Ele sentiu um impulso no peito que o fez chamá-la de esposa, mesmo que não fosse totalmente verdade.

— Obrigada, amor.

Violet lançou um olhar rápido e irritado para Tim, o qual ele não viu porque estava ocupado demais passando manteiga em um pãozinho.

Então ela se aproximou e plantou um beijo breve e suave na bochecha de Xavier. A sensação de seus lábios na pele dele fez todos os seus sentidos se alertarem, focando naquele único ponto de contato.

Amor. Ela tinha falado carinhosamente com ele para manter a encenação, mas fez seu pulso acelerar mesmo assim.

Quando a comida chegou, Xavier e Violet estavam prontos para encerrar a noite. Tim e Helen passaram uma quantidade exorbitante de tempo falando do Natal que passaram de férias em Bora Bora, e Xavier murmurou "Hum" e "Ah" sempre que era apropriado, enquanto Violet manteve um sorriso agradável grudado no rosto enquanto comia.

— Gostou da comida? — perguntou a ela quando houve uma pausa na conversa.

— Gostei. — Ela virou o prato para ele. — Quer provar um pouco?

— Não, estou bem. Quer um pouco de bife?

Ela fez que não.

— Parei de comer carne vermelha já faz um tempinho.

— Sério? — Ele se lembrou que ela costumava implorar para que ele a levasse ao Burger King para comer um tardio Whopper antes de deixá-la em casa depois de uma festa. — Por quê?

— Irrita meu estômago.

— Uau — comentou Tim. — Não conhece as restrições alimentares da sua esposa? É melhor cuidar disso, meu amigo.

Ele e Helen riram.

— Ele sabe tudo que é preciso saber. Não se preocupe — respondeu Violet.

Ela abriu seu sorriso mais açucarado, o qual, por experiência, Xavier sabia que significava que Violet tinha chegado ao estágio em que já considerava cometer um assassinato.

Xavier chamou o garçom e pediu a conta. Era melhor pedir para embrulhar a comida e ir para casa.

o o o

Voltaram para casa em silêncio, ouvindo apenas o som do para-brisa chicoteando para lá e para cá, tirando a neve do vidro para que Xavier pudesse ver a estrada. Ele não parava de repassar o jantar em sua mente. Não tinha saído do jeito que esperara. Tim Vogel era um babaca. O antigo técnico-assistente devia ter pedido demissão porque se cansara de aguentar toda aquela baboseira. Mas Xavier queria demais aquele trabalho. Não tinha escolha a não ser sorrir e suportar. Enquanto caminhavam até seus carros, Tim disse a Xavier que ligaria para ele ainda naquela semana. Se não ligasse até sábado, Xavier entraria em contato. De novo.

— Posso fazer uma pergunta? — A voz de Violet interrompeu sua sombria linha de pensamento.

— Claro.

— Por que quer trabalhar com ele?

— Tim? — Ele a olhou.

— Sim. O cara é bem babaca. E faz pouco de você. Ele faz pouco de todo mundo.

Xavier suspirou e ligou a seta quando a saída deles surgiu.

— Ele não vai ficar na Riley eternamente. Não quero trabalhar para ele, e sim para a universidade.

— Mas e seu emprego atual? — indagou ela. — Dar aula e treinar o time da escola?

— É temporário.

— Mas achei que gostasse. — Ela se remexeu no assento, virando para encará-lo.

— E eu gosto. Sou bom no que faço, mas não sei. Acho que fui feito para mais.

Ela ficou calada, e ele se perguntou o que Violet estava pensando. Eles pararam em frente à casa, e Xavier andou bem atrás dela para garantir que Violet não escorregasse de muletas na neve. Quando enfim entraram e tiraram os casacos pesados, Violet falou de novo.

— Você é bom demais pra trabalhar sob o comando de alguém como ele. Estaria comprometendo sua integridade — afirmou. — Não pode achar um emprego de técnico em outra faculdade?

Aquilo o deixou mais frustrado.

— Com que experiência? Me formei na Riley e joguei para o Tim. Ele é minha entrada. Que outra universidade vai me contratar? Não tenho experiência universitária. A Riley é meu pontapé inicial.

— Muita gente é contratada para atuar em funções sem ter experiência. Mas esse nem é seu caso. Você *é* técnico de basquete. Por que está se vendendo por tão pouco?

Ele tirou os sapatos na porta e foi até a cozinha para guardar na geladeira as embalagens com a comida que tinha sobrado.

— Você não entenderia — respondeu.

— Posso tentar se me explicar.

Ela se sentou no braço do sofá e o observou, esperando por uma resposta. Ele inspirou de forma incisiva e agitada.

— Você foi embora, Violet. Você tinha seu sonho e ele deu certo pra você. O meu não deu, e ainda estou tentando descobrir qual é meu novo sonho. Você odeia estar aqui, nesta cidade. Por que não consegue entender que talvez eu não queira estar aqui também?

— Mas você estar aqui realmente tem importância para as pessoas — rebateu ela. — Só não sei se ser técnico na Riley seria tão significativo.

— E como você saberia? Eu poderia ir pra Riley e fazer a diferença lá também. Você está aqui comigo há, o que, menos de duas semanas? O que sabe de verdade do meu potencial? Não me envolvo na sua vida perfeita e em seja lá o que você anda fazendo. Então, por favor, me faça a mesma gentileza, pode ser?

Violet o encarou. Ele viu seu peito subir e descer enquanto ela inspirava e soltava o ar, várias vezes.

— Apesar do que você pode achar, Xavier, minha vida não é perfeita. Então também não faça suposições sobre mim — declarou ela, furiosa.

— Não quis te ofender. Não foi minha intenção, e tenho certeza que você tem toda capacidade para fazer a diferença em outros lugares. Só sei o que você significa para as pessoas aqui. E você *tem* razão. Eu não devia me meter nos seus assuntos.

Ela se ergueu do sofá e se apoiou nas muletas, sacudindo a cabeça.

— Pensando bem, não sei por que me incomodei! Não sou sua esposa de verdade! Isso não é real!

— Exatamente, não é!

Agora ele estava ofegante também. Era irritante como ela ainda tinha a habilidade de tirá-lo do prumo com tanta facilidade.

— Que seja! — murmurou ela.

Sem dizer mais nada, caminhou pelo corredor até o quarto e fechou a porta.

Xavier passou a mão no rosto. *Porra*. Não devia ter ficado tão irritado, mas incomodava que ela não visse por que ele precisava estar na Riley.

Ele se jogou no sofá e deixou a cabeça cair para trás.

Talvez devessem cancelar aquela coisa de casamento. Tinham ido jantar com Tim em vão e podiam descobrir um jeito de lidar com os pais e a possível fofoca depois. Seu peito se apertou quando imaginou o vazio que sentiria quando chegasse em casa e não a encontrasse no sofá ou na mesa da cozinha.

Xavier daria alguns minutos para os dois esfriarem a cabeça. E então se desculparia e perguntaria se ela queria continuar com a farsa.

Mas acabou pegando no sono bem ali no sofá, totalmente vestido. Até ouvir um baque alto no meio da noite.

14

Xavier acordou sobressaltado. A luz do banheiro inundava o corredor. Assustado, se sentou e esfregou os olhos. Ele olhou para o relógio do micro-ondas: 2h34 da manhã.

— Violet? — chamou.

Sem resposta.

Ouviu outro baque, como se as muletas tivessem caído no chão, se levantou e correu pelo corredor. A porta do banheiro estava entreaberta, e as muletas de Violet estavam apoiadas no batente. Ele empurrou a porta de leve e a encontrou no chão do banheiro com a cabeça no vaso, vomitando.

Ele deu meia-volta enquanto ela terminava. Por sorte, não era do tipo que tinha o estômago fraco. Quando Violet enfim deu descarga, Xavier entrou no banheiro com cautela. Ela estava apoiada na parede, vestindo apenas uma camiseta bem larga cor-de-rosa e calcinha. A touca de cetim entortou um pouco quando sua cabeça pendeu para o lado. Ela congelou quando notou tardiamente a presença de Xavier.

— Ah, não — murmurou, erguendo quase sem força a mão na frente do rosto. — Olha pra lá. Estou horrível.

— Não, não está. — Ele se abaixou na sua frente e manteve a voz calma, embora vê-la daquele jeito fizesse seu pulso acelerar em alarme.

A camiseta dela estava úmida de suor. Ele colocou a mão em sua testa e sentiu a pele ardente.

— Merda — sussurrou. Levantou e pegou o termômetro no armário em cima da pia. Depois se apressou para buscar um copo de água na cozinha. Abaixou-se na frente dela de novo e segurou com gentileza seu queixo para que ela o olhasse. — Tenho que medir sua temperatura. Consegue enxaguar a boca?

— Você não é médico — afirmou ela.

Mas permitiu que ele colocasse a borda do copo de água em seus lábios e enxaguou a boca. Depois deixou que Xavier colocasse o termômetro debaixo de sua língua. Ele sentiu que ela o encarava, mas manteve o olhar no termômetro enquanto marcava números cada vez mais altos. Quando enfim apitou, Xavier o retirou da sua boca. A temperatura era de trinta e nove graus.

— Você está com febre — declarou.

Xavier se encheu de preocupação. Então colocou a mão na testa dela de novo, e Violet fechou os olhos.

— Droga de brócolis — murmurou ela. — Achei mesmo que estava com o gosto esquisito.

— Acha que está com intoxicação alimentar?

Ela assentiu, devagar.

— Já tive antes. Frutos do mar em Miami. Trabalhando na gravação de um clipe. Vomitei no mar.

Ele nunca tinha tido intoxicação alimentar. Não sabia que droga fazer, mas não podia deixá-la daquele jeito.

— Preciso te levar para o hospital.

Violet balançou a cabeça.

— Não. Consulta online.

— O quê?

— Consulta. Online. — Ela apontou vagamente na direção do quarto. — Meu celular. Pega pra mim?

Xavier correu para o quarto e pegou o celular na mesinha de cabeceira. Com a névoa febril, Violet levou alguns minutos para direcioná-lo ao aplicativo de telemedicina, mas finalmente conseguiram se conectar com uma médica de plantão. Era uma mulher negra de óculos de armação transparente e tranças. Apresentou-se como dra. Williams.

— Oi, dra. Williams — falou Violet, rouca. — Estou vomitando. — Ela apontou para Xavier. — Este é o Xavier.

Ele pegou o celular da sua mão enfraquecida.

— O nome dela é Violet Greene — informou. — Mas você já deve ter essa informação pela ficha dela, certo?

A dra. Williams assentiu.

— Qual é o problema?

Xavier explicou os sintomas de Violet e a suposição de que poderia estar com intoxicação alimentar. Com base no que lhe falaram, a dra. Williams concordou com a avaliação deles.

— O que posso fazer para ajudá-la? — perguntou Xavier quando a cabeça de Violet caiu em seu ombro.

— O corpo dela sozinho vai eliminar a infecção aos poucos. Mantenha-a hidratada. Água vai ajudar, mas eu também sugiro líquidos com eletrólitos, como Gatorade e Pedialyte.

Xavier assentiu.

— Certo, tenho Gatorade aqui.

— Que bom. Se ela não melhorar em quarenta e oito horas, marque uma consulta presencial com o médico dela.

O olhar da dra. Williams se moveu de repente, e ela piscou, pigarreando. Xavier olhou para Violet e viu que ela tentava, com dificuldade, tirar a camiseta.

— Ei, ei, espere — pediu ele, gentilmente segurando seu braço. — Fique com isso.

Ela lhe deu um olhar sofrido.

— Estou com *calor*. Não tem problema. Você já viu meus peitos.

Xavier sentiu o rosto corar quando virou a atenção de volta para a médica.

— Acho que já sabemos o que fazer. Obrigado.

Ele encerrou a ligação e convenceu Violet a ficar com a camiseta. Então molhou uma toalha de rosto na água fria e passou na testa, no pescoço e na clavícula de Violet; depois nos braços também. Ela ficou imóvel enquanto recebia aqueles cuidados delicados.

— Obrigada — murmurou. Violet fechou os olhos de novo e suspirou profundamente. Soou mais como um chiado.

— Me perdoe, Violet — pediu ele, baixinho.

— Pelo quê? Você não fez os brócolis. — Ela se esforçou para abrir um olho. — Fez?

Isso tirou um pequeno sorriso dele.

— Não. Só me perdoe porque não teríamos ido àquele restaurante hoje se eu não estivesse tentando agradar Tim Vogel.

Ela ergueu a mão com fraqueza e a colocou na bochecha dele. Xavier não ousou se mexer.

— Não é sua culpa — sussurrou ela.

E então seu rosto assumiu uma expressão curiosa, e ela se jogou no vaso, vomitando de novo.

Depois, reclamou enquanto Xavier a instruía a enxaguar a boca e limpava seu nariz. Ele a pegou no colo e a levou para o quarto, colocando-a na cama com delicadeza. Vasculhou suas gavetas e pegou uma camiseta velha e fina dos Knicks. Imaginou que Violet sentiria menos calor com aquele tecido.

— Aqui — disse, entregando a peça a ela. — Pode usar isso.

— Os Knicks jogam no Madison Square Garden — balbuciou ela ao pegar a camiseta.

Xavier não sabia se ela estava de fato tentando engatar uma conversa ao informar aquele fato bastante conhecido ou se era apenas a febre falando.

De qualquer forma, respondeu:

— Sim, jogam.

Enquanto ela se trocava, ele foi até a geladeira e pegou uma garrafa de Gatorade. Quando voltou ao quarto, Violet estava deitada de barriga para cima. Tinha colocado a camiseta de trás para frente. Seu rosto estava enrugado de desconforto, o braço jogado na altura do estômago. Ele pegou um travesseiro e o usou para erguer o tornozelo machucado.

Sentou-se ao seu lado e a persuadiu a fazer o mesmo.

— Consegue beber um pouco disso?

Violet olhou feio para a garrafa.

— Gatorade é horrível.

— Você precisa dele pra não ficar desidratada. Pode tentar? Por favor?

Ela fez que sim de um jeito débil, mas suas mãos tremeram quando seguraram a garrafa. Xavier a tirou dela.

— Vou te ajudar.

Ele ergueu a garrafa até seus lábios, usando a outra mão para segurar sua nuca enquanto ela inclinava a cabeça para trás. Violet deu golezinhos hesitantes e limpou a boca quando Xavier pôs a garrafa na mesinha de cabeceira.

— Obrigada — disse ela, baixinho. Então se moveu lentamente até voltar a ficar deitada. — Que humilhação — sussurrou. — Desculpe.

— Não precisa se desculpar. — Ele usou o polegar para fazer círculos tranquilizadores no pulso dela. Violet fechou os olhos, respirando profundamente.

— Xavier? — chamou depois de um instante.

— Oi?

— Eu amo a sua cama.

Ele se pegou sorrindo.

— Ama?

— Uhum. É enorme. — Ela espalhou os braços de cada lado do corpo. — Uma cama de baleia.

Ele riu. Ela estava delirando.

— Baleia?

— *Ooommmmmm*.

Ele riu.

— O que foi isso?

— Som de baleia. — Ela virou o rosto para o travesseiro e soltou um suspiro pesado. — Cheira a você.

— Sério? — perguntou ele, erguendo uma sobrancelha. — E como é meu cheiro?

Ela emitiu um murmúrio baixo e fechou os olhos. Sua aparência estava mais tranquila e seria bom se conseguisse pegar no sono. Ele não queria deixá-la sozinha no quarto caso ela tivesse que ir ao banheiro de novo, mas precisava se trocar. Ainda estava com as roupas que usara para ir ao restaurante. Moveu-se para se levantar, e o braço de Violet do nada se ergueu, agarrando-o com uma força inesperada.

— Não vai embora — pediu ela, com o olhar implorador.

— Não vou embora. — Ele pôs as mãos sobre as dela. — Juro. Só vou trocar de roupa.

— Tá bom. — Ela afrouxou o aperto e o olhou com desconfiança.

Xavier foi até o closet e trocou a roupa por uma camiseta e short esportivo. Tirou os óculos e se aproximou da cama de novo. Violet se apressou para abrir espaço, o que era desnecessário porque, como ela tinha observado, a cama era bastante grande. Ele deitou ao seu lado, deixando pelo menos uns trinta centímetros entre eles. Ela virou de lado para encará-lo, e ele tocou sua testa, aferindo a temperatura. Tinha baixado um pouco, mas não muito. Ele ainda estava preocupado, mas precisava confiar na avaliação médica e que Violet se curaria sozinha.

— Estou me sentindo nojenta — murmurou ela. — Estou nojenta?

Ele sacudiu a cabeça, observando a palidez dela e os lábios rachados.

— Não. Está linda.

Ela suspirou, abrindo um sorriso leve.

— Nossa, que mentiroso, mas tudo bem.

— Eu não mentiria pra você — respondeu ele, baixo.

Eles ficaram em silêncio enquanto o olhar de Violet viajava pelo rosto de Xavier.

— Me desculpe por ter ficado bravo. Você não merecia. Não quero que a gente brigue.

— Nem eu — murmurou ela.

Sua mão se moveu devagar para tocar o rosto dele. Xavier permaneceu imóvel enquanto ela, com muita delicadeza, deslizava os dedos por seu nariz, pelo bigode, pairando sobre os lábios e pousando no maxilar. Ele prendeu a respiração, o coração batendo ruidosamente.

— Você ainda tem um rosto bonito — declarou ela.

Ele riu.

— Obrigado.

— É sério. — Ela franziu a testa de leve. — Fiquei bem irritada com isso quando nos reencontramos.

O jeito como ela estava franzindo a testa só fez o sorriso dele aumentar.

— Você ficou irritada por causa do meu rostinho bonito?

— Fiquei. — Ela não deu mais explicações, como se aquela resposta simples fizesse perfeito sentido. No seu estado, devia fazer. — Você ainda tem aqueles cordões de ouro? Do último ano?

Ele riu de novo, surpreso com a pergunta.

— Tenho. Mas não uso mais.

— Por que não?

— Muito ostentoso.

Ele estendeu a mão até a dela, e Violet na hora entrelaçou os dedos nos dele. Não tinha problema dar as mãos. Xavier lentamente passou o polegar pelos nós dos dedos de Violet.

— Gosto das suas mãos — afirmou ela, já com as pálpebras se fechando.

Ele sorriu.

— Gosto das suas também.

— Gosto das suas mãos mais do que qualquer mão. — Ela soltou um suspiro. — Gosto de *você*. Nunca gostei de ninguém como de você. — Abriu os olhos de repente. — Senti sua falta.

Xavier apertou a mão dela com mais intensidade. Parecia que seu coração queria sair do peito.

— Senti sua falta também. Muita, Violet.

Ela o encarou, as sobrancelhas unidas numa expressão confusa.

— Você disse que se arrependeu de terminar comigo — sussurrou ela. — Mas por que terminou?

Ele podia ver que era doloroso para ela perguntar. Era mais doloroso para ele responder.

— Porque eu queria que você fosse feliz.

Ela piscou, sacudindo a cabeça.

— Mas você me deixou muito triste.

Xavier encostou a testa na dela.

— Lamento muito.

Ela não respondeu. O quarto ficou quieto; havia apenas o som da respiração deles.

— Estou muito cansada — murmurou ela por fim. — Fica aqui comigo?

— Fico.

Violet se aproximou, e Xavier envolveu os braços ao redor de suas costas, puxando-a para seu peito.

Não podia desfazer o mal que já tinha feito. Mas podia lhe dar aquilo, seu abraço. Seu cuidado e sua atenção total enquanto ela estivesse ali.

15

Os sonhos de Violet foram doidos e desconexos. Em um deles, ela estava na Semana de Moda de Nova York e o acessório indispensável da temporada era uma botinha de gesso. O próprio Tom Ford foi até a plateia para encontrar Violet e lhe pedir uma consultoria. Em outro, estava caminhando livremente por Nova York com o tornozelo já recuperado. Ela foi atravessar a rua, mas paralisou quando um motorista tocou a buzina. Virou e viu o mesmo táxi se aproximando. Mas, momentos antes de ser atingida, um pombo pousou em seu pé.

— Quer mais Gatorade? — perguntou o pombo, que estranhamente tinha a voz muito parecida com a de Xavier.

— Quero? — Ela estava prestes a ser atropelada, mas admitiu que estava com muita sede.

O pombo ofereceu o Gatorade, só que, por algum motivo, ela estava muito fraca para segurar a garrafa. O pombo colocou as asas em cima das mãos dela e a ajudou a inclinar a garrafa na boca. Violet conseguiu dar alguns goles.

— Muito bem — falou o pombo que tinha roubado a voz de Xavier.

Violet se envaideceu com o elogio.

Em outro sonho, ela estava ensaiando com a equipe de dança na quadra da escola, mas já adulta. Bianca também estava lá com RJ. Atrás delas, o restante da equipe estava formando a pirâmide que sempre faziam no intervalo do jogo.

— Você tem que subir no topo — disse Bianca para Violet. — É lá que você vai se apaixonar e ser feliz.

— Mas não quero subir a pirâmide — disse Violet. — Já tentei antes e caí.

— Tem que tentar de novo. — A voz de Bianca estava grave. — É o único jeito.

— É o único jeito — repetiu RJ.

Violet ficou chocada. Quando RJ tinha aprendido a falar frases inteiras?

Contrariando o bom senso, Violet começou a subir nas costas das colegas. A subida era oscilante e cheia de incertezas. Violet não sabia se queria ficar no topo da pirâmide. E se não encontrasse o que estava procurando quando chegasse lá? Ela enfim chegou ao topo e se ergueu, olhando para a arquibancada vazia. Bianca e RJ a encaravam.

— Cadê o amor e a felicidade? — gritou para Bianca.

A amiga enrugou a testa.

— Não consegue ver? Estão bem ali.

Violet olhou ao redor.

— Não estou vendo!

Bianca sacudiu a cabeça.

— Você está fazendo muito esforço para ver, ainda assim esse esforço não é suficiente.

— Como assim?!

A fundação abaixo de Violet começou a tremer. Suas colegas estavam caindo da posição. Ela não ia achar amor e felicidade. As duas coisas continuariam sendo uma ilusão para ela. Tinha subido até lá à toa. Era tudo uma mentira. De repente, ela escorregou para trás e caiu, caiu, caiu. Então pousou num par de braços sólidos. Ergueu o olhar e viu que quem a segurava era Xavier. Ele usava o moletom do time de basquete de Willow Ridge e um apito no pescoço.

— Obrigada, treinador — falou Violet, virando o rosto para seu peito com gratidão.

Ele deu um sorriso confuso e colocou os dedos frios em sua testa.

— Sua aparência está melhorando.

— Mas você falou que eu estava linda. — Ela baixou a cabeça, triste.

— Você está — respondeu, dando uma risadinha.

Ela piscou, arregalando os olhos. Não estavam na quadra da escola. Estavam na casa de Xavier, e ele a estava carregando no colo, levando-a do banheiro para o quarto. De novo. Sua garganta estava seca e dolorida. O corpo doía. Estava exausta. Xavier a colocou com gentileza na cama, e Violet estremeceu quando ele arrumou a coberta sobre ela.

— Achou o pombo? — murmurou.

Ele parou e a olhou.

— Que pombo?

— O que roubou sua voz.

Ele ficou quieto por um momento.

— Não — respondeu, afastando os cachos espalhados por seu rosto. — Mas vou achar em breve.

— Tá bom.

Ela assentiu e pegou no sono mais uma vez.

Não tinha certeza de quanto tempo passara quando acordou de novo. Estava grogue, mas o enjoo tinha passado. A luz do sol se enfiava pelas cortinas e lançava um brilho suave no quarto. Ela estava com a perna por cima de Xavier, na altura do quadril, a mão dele apoiada em sua cintura. O rosto de Violet estava na curva pescoço dele, e seus lábios próximos da base da garganta. Dava para sentir as batidas de seu coração. Eles tinham dormido assim muitas vezes quando eram adolescentes, grudados um no outro na estreita cama de solteiro de Violet. Ela se afastou e olhou para o rosto de Xavier. Ele estava num sono profundo, com os lábios levemente abertos. Parecia em paz. A febre dela tinha passado, felizmente, mas um tipo diferente de calor inundou seu corpo, por estar agarrada a ele daquela forma.

Ela se lembrou que Xavier a carregara entre o banheiro e o quarto, limpando seus membros suados. Ele devia estar muito cansado. Quanto tempo fazia que estava cuidando dela?

Como se sentisse seus movimentos, ele acordou aos poucos. Piscou algumas vezes, e seu olhar pousou em Violet. Encararam um ao outro em silêncio, ainda emaranhados. Xavier ergueu o canto da boca num sorriso brando.

— Oi — falou. — Como está se sentindo?

— Melhor. — Ela umedeceu os lábios e tentou ajeitar o cabelo. Os cachos estavam secos e com frizz. Devia estar parecendo uma criatura desgrenhada. Mas Xavier não parecia se importar. Deslizou a mão por seu braço, e ela relaxou com o movimento, descansando a cabeça no próprio travesseiro. — Quanto tempo fiquei fora do ar?

— Hum. — Ele se virou e pegou o celular, checando a hora. — São onze e pouco da manhã, então quase um dia e meio.

— O quê? — Ela se sentou de forma abrupta, então sentiu uma tontura violenta. — Você faltou no trabalho?

Xavier fez que sim, e Violet ofegou.

— Não tem problema — disse ele. — Só ontem e hoje.

— Mas são dois dos seus dias de licença. Por que não me deixou sozinha?

— Eu não ia fazer isso — rebateu ele, franzindo a testa. — Pensei em telefonar para a sua mãe e pedir que ela viesse pra cá, só que, quando fiz a sugestão, você me agarrou com todas as forças e me implorou pra não fazer isso.

Violet sacudiu a cabeça, irritada por ser tão dramática. Era verdade que o método de cuidados de Dahlia era uma variedade de sermões. Ao esfregar as costas de Violet enquanto ela vomitava, a mãe provavelmente a repreenderia por comer brócolis. *É um legume híbrido, Violet. Onde estava com a cabeça?* Ficar com Dahlia teria sido mais estressante, e Violet com certeza preferia a companhia de Xavier, mas sabia que os professores não tinham muitas chances de tirar licença e não gostou da ideia de ele gastar dois dias por causa dela.

— Obrigada, Xavier — falou. Ele começou a gesticular como se não fosse de muita importância, mas ela o fez parar. — Estou falando sério. Não sei como vou poder te retribuir por cuidar de mim.

— Não foi nada mesmo — respondeu. E sorriu. — Na saúde e na doença, não é?

Ela o encarou e sentiu o peito se apertar. A sensação foi tão forte que precisou desviar o olhar e se recompor.

— Acha que consegue comer alguma coisa? — perguntou Xavier. — Nas últimas horas você mal tocou em uns biscoitos.

Ela não tinha lembrança nenhuma de comer biscoito, mas olhou para a mesinha de cabeceira e avistou um pacote aberto. Seu estômago roncou. Ela estava pronta para algo um pouco mais substancial.

— Acho que consigo comer.

Ele saiu rolando da cama e se alongou, esfregando o rosto. Ela olhou para a tatuagem de violeta, e a bainha da camiseta de Xavier se ergueu, exibindo o abdômen. Violet encarou descaradamente, e o calor repentino que tinha vivenciado quando estavam abraçados retornou. Queria que ele voltasse para a cama para poder tocá-lo novamente. Xavier, sem saber que ela olhava, coçou a cabeça e bocejou.

— Nossa, dormir na cama foi tão melhor do que dormir no sofá — comentou ao sair para a cozinha.

Quando ficou sozinha, Violet pegou o celular e abriu a câmera frontal. Senhor. Parecia que ela tinha saído direto de um filme de terror. A touca de cetim tinha sumido em algum momento, e seus cachos estavam como um ninho de pássaros. A pele em geral macia estava oleosa e coberta de brotoejas por suar demais. Ela correu para arrumar o cabelo no que lembrasse um coque arrumado. Não havia o que fazer com a aparência de zumbi ou com o ressurgimento da acne adulta.

— Tim Vogel ligou e disse que a esposa também passou mal — declarou Xavier, ao reaparecer na porta. Ele andou até ela, segurando duas torradas num prato de papel. Violet deve ter feito uma expressão desapontada, porque ele falou: — Você precisa continuar na dieta. Banana, arroz, purê de maçã e torrada.

— Ah, tá bom. — Como ele sabia algo desse tipo? Tinha pesquisado? — Obrigada.

Ela colocou o prato no colo e deu mordidinhas minúsculas. Seu estômago vazio felizmente aceitou o novo mantimento. Xavier ficou de pé na sua frente, com as mãos na cintura. Parecia satisfeito de vê-la comendo.

— Vou até o mercado comprar banana e algumas coisas para o jantar — avisou ele. — Acha que vai ficar bem?

Ela fez que sim.

— Qual o número da sua conta? Podemos dividir.

— Não se preocupa com isso, Vi. — Ele vestiu uma calça de moletom por cima do short e pegou um casaco no guarda-roupa. — Só descanse um pouco. Volto logo.

Ele então se abaixou, beijou sua testa infestada de brotoejas e saiu do quarto antes que Violet tivesse chance de reagir.

Ela se ajoelhou na cama e olhou pela janela enquanto Xavier ligava o carro e saía para a rua. O chão estava coberto com uma camada fina de neve. Então voltou a se deitar e tocou de leve o lugar na sua testa onde os lábios dele tinham estado. Contra sua vontade, Violet sorriu.

○ ○ ○

Violet dormiu e acordou o dia todo. Quando despertou à noite, ouviu o som de risada vindo da cozinha. Ficou imóvel e escutou com mais atenção, ouvindo a vibração leve da voz de Calla misturada ao tom calmo e nivelado de Iris. Violet relaxou. Checou a hora no celular. Eram quase sete da noite.

Saiu da cama, tirou os lençóis e os colocou na máquina de lavar. Então pôs a capa de proteção no gesso e tomou um banho quente delicioso, aproveitando para lavar o cabelo, usando um creme de hidratação profunda de três minutos e esfregando a sujeira suada da pele. Quando entrou na cozinha usando um suéter de cashmere creme e calça de moletom, sentia-se uma nova mulher.

Iris estava ao fogão, remexendo algo de aroma perfumado e apimentado. Xavier e Calla estavam sentados à mesa da cozinha com um dos cadernos da menina diante deles. Ele ergueu o rosto, ajustando os óculos, e sorriu para Violet. O estômago dela se revirou quando relembrou como ficaram aninhados naquela manhã.

— Tia! — gritou Calla, correndo para ela e envolvendo os bracinhos no corpo de Violet. — Você acordou. Eu estava preocupada.

Violet sorriu para a sobrinha, que exibia uma expressão aflita. Ela passou a mão gentilmente no cabelo de Calla.

— Obrigada por vir.

— Está se sentindo melhor? — perguntou Xavier, com o olhar objetivo. Ela engoliu em seco e assentiu.

— Sim. Muito melhor.

— Bem-vinda de volta ao mundo dos vivos — falou Iris por cima do ombro. Ela usava uma camisa branca lisa de botões e calça preta, sua roupa usual de trabalho. — Você não atendia o telefone, então passamos aqui pra saber o que estava acontecendo, e Xavier contou que você comeu brócolis intoxicado.

— Você tinha que ver como ela irrompeu pela casa, querendo saber onde você estava — comentou Xavier com um sorriso. — Ela agiu como se eu tivesse te matado.

— Muito pelo contrário — respondeu Violet enquanto abraçava Iris por trás, pousando o queixo em seu ombro. — O Xavier me salvou. O que está preparando?

— O gumbo de frango da mamãe — respondeu Iris.

— A Iris me contou que sua mãe costumava fazer esse prato para vocês sempre que ficavam doentes — declarou Xavier. — Achei que você poderia preferir isso a sanduíche de queijo gouda e sopa de tomate.

— Gumbo é muito bom mesmo — falou Violet, sentando-se à mesa de frente para ele. — Mas ainda quero experimentar esse seu queijo quente.

Ele sorriu para ela, e Violet sentiu uma onda de calafrios percorrer sua barriga.

— Xavier, onde você guarda as tigelas? — perguntou Iris, interrompendo o momento.

— Última gaveta da esquerda — respondeu ele, com os olhos ainda presos em Violet. Xavier enfim desviou quando Calla puxou a manga de seu moletom e redirecionou sua atenção para o caderno.

— Dever de casa? — indagou Violet, só para ter um motivo para continuar falando com ele.

Xavier retornou o olhar para ela e assentiu.

— Não gosto de matemática — declarou Calla. — O Xavier disse que ele também não.

— Não sou professor de inglês à toa — comentou ele, ironicamente.

— Bom, garotinha, tudo bem não gostar de matemática agora — afirmou Iris, colocando as tigelas de gumbo na frente de cada um. Ela fez um sinal de indiferença com as mãos quando Violet e Xavier a agradeceram pela comida. — Só fiquei boa em matemática depois de mais velha.

— Verdade, e sua mãe era a melhor em todas as matérias — falou Violet, cutucando Iris enquanto ela se sentava ao seu lado. — Eu fui uma aluna razoável e tirava notas boas, mas não me esforcei o tanto que poderia. Na época eu não dava muita importância para as coisas. Ainda mais na escola.

— Ah, você até que se importava com algumas coisas — comentou Xavier, erguendo uma sobrancelha.

— Sim — concordou. — Algumas.

Eles compartilharam um sorriso.

O que estava acontecendo?

— Sabe o que lembrei outro dia? — perguntou Iris, observando-os com uma expressão curiosa. — Depois do primeiro ano de faculdade, voltei pra casa para passar as férias de verão. Certa noite, fui me encontrar com alguns antigos colegas da equipe de debate e ficamos juntos até tarde. A reunião acabou quase duas da manhã, e um amigo me deu uma carona para voltar. Quando chegamos, vi alguém escalando a árvore na lateral da nossa casa. Achei que podia ser um assalto, então meu amigo e eu estávamos prestes a ligar pra polícia. Mas aí a Violet abriu a janela do quarto dela e deixou o escalador de árvores entrar, e percebi que se tratava de Xavier. — Iris riu. — Pensei comigo mesma que vocês dois eram malucos. Totalmente malucos de paixão.

Violet e Xavier compartilharam outro sorriso. Ela pensou nas muitas vezes que o deixara entrar de fininho em seu quarto no meio da madrugada e no quanto era emocionante vê-lo chegar até ela. Achava que estavam sendo muito furtivos.

— Por que nunca me contou que sabia? — perguntou Violet.

— Porque achei que era do segredo que você gostava — respondeu Iris. — Eu teria avisado se achasse que a mamãe e o papai estavam desconfiados. E, falando em pais, a mamãe comentou que vai dar um jantar pra vocês dois no mês que vem, já que não deram uma festa de casamento. Está sabendo disso?

Violet grunhiu. Tinha torcido para que Dahlia ficasse muito ocupada preparando as encomendas de Dia dos Namorados na loja e se esquecesse de que tinha pensado em organizar um jantar para eles.

— Ela meio que comentou que faria isso — declarou Violet, suspirando.

— Será que ela pensa em contratar os serviços de bufê da Shalia McNair? Elas cuidaram da comida da celebração do Juneteenth no ano passado — falou Iris. — Xavier, você foi também, não foi? Lembra daqueles bolinhos de macarrão com queijo que serviram? Estavam tão gostosos.

Xavier assentiu com avidez.

— E a salada de batata.

Ouvir Xavier elogiar a comida de Shalia fez Violet fechar a cara. Depois se encolheu, ao perceber que sua irritação era de um ciúme sem sentido. Por que deveria sentir ciúme?

Enquanto jantavam, Xavier e Iris relembraram o festival, e Violet observou Xavier enquanto falava. Encarou seus lábios e mãos grandes. As mãos que a tinham segurado e checado sua temperatura inúmeras vezes nos dois dias em que ela ficara doente. Notou as linhas de expressão que apareciam ao redor da boca dele quando ria. Observou quando ele baixou o olhar e sorriu para Calla, ajudando-a atentamente em outro exercício da lição de matemática.

Ele ergueu o olhar para Violet e viu que ela o observava. Então piscou.

Ela percebeu que a ansiedade que apertava seu estômago quando estava perto dele tinha sumido. O que mudara? Ele tinha cuidado dela, e com isso Violet se sentia mais tranquila na sua presença. Os calafrios ridículos voltaram a percorrer sua barriga.

Ah, não. Era ruim. Ruim, ruim, ruim.

Depois do jantar, Xavier deu um abraço de despedida em Iris e Calla e ficou na cozinha enquanto Violet as levava até a porta.

— Então, como vai sua vida falsa de casada? — perguntou Iris, baixinho, enquanto Calla calçava a bota de neve. — Feliz?

Violet deu de ombros de forma estranha.

— É... Não sei. Boa? Em algumas semanas meu tornozelo vai estar bom. Então irei embora, e, depois de um tempo, vamos contar pra todo mundo que estamos nos divorciando.

Iris sorriu de um jeito que fez Violet achar que a irmã sabia de algo que ela não sabia.

— Sobrou bastante gumbo para o jantar de amanhã — avisou ela. — Calla, dê um abraço na tia.

Violet abraçou a sobrinha e ficou observando as duas caminharem pela neve até o carro de Iris. Ela esperou até que tivessem saído para fechar a porta. Xavier estava empilhando as tigelas na pia.

— Posso lavar a louça — afirmou Violet.

Ele a olhou.

— Tem certeza?

— Tenho, mas não agora. — Ela se jogou no sofá, pousando as muletas ao seu lado. — Você quer, hum, ver TV?

Ele se aproximou e se apoiou na entrada da cozinha.

— Tá pensando em ver aquele programa que você gosta, com as donas de casa?

— *The Real Housewives of Potomac*? — Ela se animou. — Pode ser, mas também podemos achar algo para nós dois.

Ele sorriu.

— Vou dar uma chance para as donas de casa. Um segundo.

Xavier abriu o armário e tirou um pacote de batatas com sal e vinagre. O sabor favorito dela. Violet abriu um sorriso.

— Vi que tinha no mercado — comentou ele, indo se sentar ao lado dela. O sofá afundou sob seu peso. Ela pegou as batatas e abriu o pacote com avidez, grata pelo cheiro picante não a deixar enjoada.

— Obrigada.

Ela ficou tão agradecida que poderia beijá-lo.

Jesus, *olha ela*. Por causa de um pacote de batatas!

— Sem problemas. Alguém precisa manter os fabricantes de batatas com sal e vinagre no mercado.

— Ah, que seja. — Ela riu enquanto abria o aplicativo de streaming. — Só pra você saber, não estou vendo a nova temporada, então esses episódios são mais antigos.

— Nossa, que vergonha — brincou ele, como se a atualização dela nas temporadas fizesse diferença para ele. Xavier relaxou e espalhou os braços em cima do sofá. Ela teve vontade de se aproximar e eliminar a distância entre eles. Mas *não* faria isso porque não era uma insaciável idiota sedenta pelo ex-namorado que virou marido de mentirinha.

Ela sacudiu os pensamentos intrusivos e colocou o episódio para começar. Só que, de verdade, não conseguia focar no programa e passou a maior parte do tempo dando olhadas para Xavier. Ele olhava para a tela de olhos estreitados, piscando de surpresa quando discussões surgiam do nada durante o jantar ou sorrindo durante as confissões sinceras.

— Não entendo — disse ele, por fim. — Metade dessas mulheres nem mora em Potomac. Por que estão no programa?

— Ótima pergunta — respondeu Violet, rindo.

Quando o episódio seguinte começou, ela explicou a história de fundo de cada mulher, e Xavier até se arrumou no sofá, se inclinando para mais perto da tela, cada vez mais interessado no drama. Na metade, Violet lembrou que tinha de colocar os lençóis na secadora, então aproveitou para lavar a louça antes de ficar sonolenta demais.

Quando voltou para a sala de estar, Xavier estava arrumando o sofá-cama. Ela se lembrou do comentário que ele fizera pela manhã, enaltecendo o quanto tinha se sentido mais confortável dormindo na própria cama na noite passada. Depois de tudo que tinha feito por ela, Violet não podia deixá-lo dormir no sofá de novo.

— Pode dormir na sua cama — avisou ela. — Não ligo.

Ele a olhou.

— Você quer dizer... com você nela?

— Ah. — Seu rosto começou a corar. Talvez ele quisesse trocar de lugar e enfim ter a cama para si mesmo. — Posso dormir aqui. Tudo bem. — Ela riu, tentando esconder o constrangimento.

Xavier observou o jeito inquieto dela com uma inclinação sutil da cabeça.

— Podemos dormir na minha cama juntos — falou ele, devagar. — Se você estiver confortável com isso.

Ela fez que sim e tentou mentalmente aquietar o frio na barriga insistente.

— Estou.

— Tá bom.

Ele desligou a televisão. O coração de Violet golpeou a mil por hora enquanto ele a seguia até o quarto. Ela colocou as muletas ao lado da cama e engoliu em seco quando ele tirou o moletom, ficando só com uma camiseta canelada. Enquanto ele estava de costas, ela despiu o suéter e a calça de moletom e vestiu uma camiseta e short de pijama limpos. Xavier apagou a luz e puxou as cobertas. Subiram na cama ao mesmo tempo.

Mesmo a cama sendo enorme, os dois se moveram para o meio dela, como se tivessem um acordo velado de ocupar as mesmas posições da manhã. Xavier a ajudou a descansar o tornozelo num travesseiro, e uma quietude se acomodou sobre eles enquanto se encaravam. Violet se sentiu mais corajosa no escuro. Corajosa o suficiente para fazer a pergunta que não saíra do fundo de sua mente o dia todo.

— Na outra noite — começou —, você disse que terminou comigo porque queria que eu fosse feliz. O que quis dizer com isso?

Xavier permaneceu em silêncio por um momento. Depois deu um suspiro carregado.

— Depois do período em Kentucky e da lesão, minha confiança ficou abalada. Eu me sentia um merda e não tinha mais ideia de quem era ou do que ia fazer da minha vida, porque tinha percebido que o plano original não ia dar certo. Mas você estava em LA, fazendo as coisas que sempre quis fazer. Estava decolando. Achei que, se ficasse comigo, eu te arrastaria pra baixo, e eu não queria isso.

Violet revirou suas palavras na mente. Depois de tantos anos, enfim tinha uma explicação para o que ele fizera. Ele não a deixou porque tinha parado de amá-la ou porque a considerava uma namorada desatenta. Saber da verdade lhe trouxe alívio, mas ainda estava triste por ele não ter comunicado seus sentimentos para ela tantos anos atrás.

— Queria que tivesse dito isso pra mim — falou ela, baixo. — Eu teria entendido e o convenceria de que estava errado.

— Eu também queria — respondeu. — Já pensei no dia que terminamos muitas vezes, desejando poder voltar no tempo e mudá-lo. Odeio ter te machucado. Lamento demais. Tudo que posso dizer é que eu era idiota e jovem. Mas me faz feliz saber que você se tornou quem sempre quis ser. Tenho muito orgulho de você, Violet.

Ela deu um sorriso fraco, mesmo que a ironia de suas palavras a afetasse. Na teoria, sim, ela tinha chegado ao que desejara nos tempos de escola. Era bem-sucedida. Amava seu trabalho. Mas sentia um vazio dentro de si.

— Você sonhou com a equipe de dança quando estava doente? — perguntou Xavier, segurando sua mão. — Você ficou murmurando enquanto dormia, falando de uma pirâmide.

Aqueles sonhos eram uma névoa confusa, mas havia um momento-chave que se destacava claramente para ela. Ela pressionou a palma contra a de Xavier, e o contato com sua pele quente a fez estremecer.

— Eu caí de uma pirâmide e você me pegou.

Ele puxou a mão dela até os lábios e beijou os nós dos dedos.

— Fico feliz por estar lá.

Pegaram no sono assim, um de frente para o outro, de mãos dadas.

No meio da noite, Violet acordou com vontade de fazer xixi. Mas paralisou quando percebeu que estava presa no abraço de Xavier. As costas dela pressionavam seu peito, os braços dele envolvidos nela. Violet sentia a respiração dele, o peito subindo e descendo. Eles se encaixavam como peças de Tetris.

Violet fechou os olhos e voltou a dormir. Não queria pensar o que significava não desejar se mover.

16

Na manhã do Dia dos Namorados, Xavier saiu de fininho da cama enquanto Violet se aconchegava profundamente sob as cobertas. Sua aparência estava tão tranquila que ele desejou poder voltar para a cama e ficar com ela. Estavam dormindo juntos toda noite havia mais de uma semana. Não faziam nada além de se abraçar. Nada de beijo, nada de sexo, o que significava que ele acordava toda manhã com o saco dolorido, mas não se importava. Acordar com ela curvada contra seu peito era seu momento favorito do dia, seguido de perto pelo momento em que deslizavam para a cama à noite e automaticamente davam as mãos.

Mas o clima familiar e pacífico acabaria em breve. Violet ia tirar o gesso na próxima semana e então sairia de sua vida de novo. Tentou não pensar no quanto se sentiria destruído quando tudo acabasse. Aquele sempre foi o plano. Só tinha que se preparar para o fim.

Ele vestiu a jaqueta puffer e foi até o carro, onde um buquê de violetas o esperava. Tinha encomendado o arranjo na loja dos pais dela, claro, e, quando foi buscá-lo na noite anterior, Dahlia o encurralara para saber a opinião dele sobre uma série de questões para o jantar de casamento, porque, ao que tudo indicava, Violet estava sendo bem seletiva quando se tratava de atender ou não as ligações da mãe. Dahlia perguntara se a mãe de Xavier estaria de volta à cidade para o jantar, e ele deu de ombros, evasivo.

De algum jeito, mesmo na Flórida, Tricia tinha ficado sabendo do "casamento" de Xavier e Violet. Por chamada de vídeo, ele falou para Tricia que seria melhor explicar tudo pessoalmente quando ela voltasse em março, o que ele esperava que fosse depois do fim daquela situação.

Quando finalmente conseguira se libertar das indagações de Dahlia, Benjamin lhe tinha dado um aceno de cabeça cheio de aprovação enquanto Xavier saía da loja.

— Violet vai gostar — dissera, apontando para o buquê de violetas claras e escuras.

Xavier podia usar a desculpa de que comprar flores para sua "esposa" na floricultura dos pais dela era de bom-tom e os ajudava a parecerem mais críveis como casal. Mas, na verdade, era Dia dos Namorados, e ele não ia deixar a data passar sem dar *alguma coisa* a Violet. Podia estar enferrujado com namoros, e ele e Violet não estavam casados de verdade, mas ainda conhecia algumas jogadas.

Entrou em casa e colocou o buquê, com direito a um vaso de cristal, na mesa da cozinha. Depois tomou banho e se vestiu para o trabalho. Violet continuou dormindo, mesmo com toda aquela movimentação. Ela não estava mais doente e, ainda assim, dormia *demais*. Ele achava que ela estava precisando do descanso, considerando que sua vida em geral parecia agitada. Mas ainda havia momentos em que ele podia notar que ela se sentia inquieta. Como quando ele chegava em casa e a encontrava reorganizando aleatoriamente o guarda-roupa dele ou quando tinha passado a tarde toda sentada na agência dos correios com o sr. Young, ajudando-o a separar a coleção de selos porque precisava de um projeto para se manter ocupada. Ela até tinha convencido o sr. Young a levá-la ao shopping para ajudá-lo a comprar roupas novas e renovar o guarda-roupa, o que Xavier achou hilário.

Estava servindo café na sua xícara de sempre quando Violet o surpreendeu e entrou na cozinha, apoiada nas muletas, de pijama e com o cabelo enrolado num lenço de seda.

— Bom di... Ah, meu Deus. São pra mim? — perguntou ela, apontando para as flores.

O rosto dela se iluminou, e o coração dele se apertou.

— São — respondeu, andando até a mesa. — Feliz Dia dos Namorados.

Ele ficou na frente dela. Eles podiam se abraçar com facilidade de noite, mas quais eram as regras à luz do dia? No fim, ele a abraçou e inspirou fundo quando ela passou os braços em volta dele. Seu cabelo estava com cheiro do xampu cítrico que ela usava.

Ela se afastou e se curvou para cheirar as flores.

— São lindas, Xavier. Obrigada. — Ela sorriu para ele. — São da loja dos meus pais?

— Claro.

— Dá pra ver — declarou. E então tirou um cartão de trás dela e o entregou para ele. — Comprei algo pra você também. É bobo.

— Ah, uau. — Surpreso, pegou o cartão da mão dela e abriu o envelope. Na frente do cartão, havia uma ilustração de uma bola de basquete em formato de coração. Dentro, estava escrito: *Você é vitória certa.* Ela tinha assinado: *Da sua esposa de mentirinha, Vi.*

A força do sorriso que ele deu poderia fornecer energia para uma cidade inteira.

— Não sabia se íamos trocar presentes — falou ela, rápido, mordendo o lábio. — Ou se isso era algo que marido e mulher falsos deveriam fazer, mas vi o cartão na farmácia com a Iris outro dia e achei que seria perfeito pra você, então comprei.

— É perfeito — respondeu ele, e Violet relaxou visivelmente. — Obrigado.

— De nada. — Ela pegou o vaso e levantou as flores até o rosto para outra fungada.

Ele sentiu uma vontade repentina de chamá-la para jantar, mas então seu celular vibrou no bolso, interrompendo seus pensamentos. Era uma mensagem de Raheem.

> Foi mal, primo, não vou conseguir ir pra escola hoje. RJ está resfriado e vou ficar em casa com ele pra Bianca não ter que cancelar com as clientes. Vou compensar com seus alunos e ir outro dia!

— Droga — exclamou Xavier, baixinho.

Violet o olhou.

— Que foi?

— Uma vez por ano, recebo um convidado para conversar com as minhas turmas do segundo ano em um tipo de dia da profissão extraoficial. O Raheem ia falar com eles hoje, mas teve que cancelar porque o RJ está doente. Está muito em cima da hora pra encontrar um substituto.

Ele começou a pensar em alternativas. Talvez pudessem assistir a vídeos no YouTube sobre mecânica?

— Eu vou — afirmou Violet.

Ele piscou, surpreso.

— Vai aonde? Para o dia da profissão?

— Sim, por favor! Me dê algo pra fazer. Um motivo para me sentir útil. — Ela continuou segurando o vaso de flores no peito, balançando os ombros. — Bom, não sou mecânica, mas acho que alguns dos alunos podem achar meu trabalho interessante, não é?

— Claro que sim — declarou ele, encarando-a. — Mas você tem certeza? Você teria que falar com três turmas minhas. Quarto, quinto e sétimo período.

— Sim, tenho certeza. Muita certeza. Não tenho mais nada pra fazer. — Ela sorriu e apontou para a casa. — O que eu mais tenho é tempo. E quero te ajudar.

— Tá bom — disse ele por fim. Não queria incomodá-la, mas seu desejo de ajudar o alegrava de verdade. Além do mais, seus alunos iam amar conhecê-la.

— Vou preparar uma apresentação. — Ela bateu as mãos e esfregou as palmas. — Ai, que demais!

Ela murmurou para si mesma o que usaria, e Xavier riu enquanto a via sair da cozinha.

○ ○ ○

Quando chegou o quarto período, Xavier explicou aos alunos que os planos tinham mudado em relação à palestra sobre profissões. Em vez de falarem com seu primo, o mecânico, a conversa seria com sua esposa. Xavier olhou para a porta, imaginando se Violet tinha tido algum problema para chegar à escola. Ele tinha se oferecido para ir buscá-la, mas ela dissera que seu pai daria carona.

— Ah, meu Deus — exclamou Jerrica Brown, sorrindo. — Finalmente vamos conhecê-la! Vocês dois estavam tão fofos na festa beneficente no boliche. A gente ficou, tipo, uau, olha o sr. Wright e a esposa. Eles são tão fofos!

Na frente de Jerrica, Cherise Fisher assentiu.

— Sim, superfofos.

Xavier sorriu, então se deu conta de que devia estar com a maior cara de bobo.

— O bate-papo é sobre a carreira dela como stylist, tudo bem? — declarou ele. — Por favor, não façam perguntas pessoais.

Por exemplo, sobre nosso casamento.

— Minha mãe disse que vocês se casaram às pressas porque ela está grávida — comentou Jeffrey Colson. — É verdade?

— O quê? Não. — Xavier franziu a testa. — E isso é um exemplo de pergunta pessoal. Não podem fazer perguntas desse tipo.

Violet então apareceu na porta e acenou para Xavier, com um sorriso radiante. O coração dele acelerou só de vê-la.

— Bom, pessoal, ela chegou — avisou. — Por favor se comportem.

— Oi — cumprimentou Violet quando ele abriu a porta.

Ela passou por ele de muletas. Usava uma blusa preta de gola alta sob o casaco peacoat e calça preta wide leg, parcialmente cobrindo o gesso. Seus cachos estavam arrumados num coque perfeito no topo da cabeça, e Violet tinha passado aquele batom escuro de novo.

— Olá, turma — disse ela, acenando para os alunos.

Intrigados e curiosos, os estudantes a encararam e acenaram de volta.

Xavier pegou o casaco de Violet e a ajudou a conectar o laptop no quadro branco para que sua apresentação fosse exibida para toda a turma.

Então esperou enquanto ela se acomodava no banquinho que ele tinha arrumado na frente da sala.

— Turma. Esta é minha esposa, a sra. Greene. Ela... — Ele foi interrompido por Dante Jones, que ergueu a mão. — Sim, Dante?

— Por que ela não tem o mesmo sobrenome que o senhor? — indagou Dante, ignorando a regra de *não fazer* perguntas pessoais.

— Ela não tem que usar o sobrenome dele se não quiser — interveio Jerrica, revirando os olhos. Ela olhava radiante para Violet. — Acho legal você ficar com seu próprio sobrenome.

— Obrigada — respondeu Violet, sorrindo para a menina.

— Por favor, deem à sra. Greene a atenção total de vocês *e* o máximo respeito — continuou Xavier. Para Violet, sussurrou: — Pronta?

Ela assentiu.

— Pode apagar a luz, por favor?

— A luz?

— Sim, agora mesmo. Quero que sobre tempo no fim para perguntas.

Exibindo um sorriso divertido, Xavier apagou a luz e, ao voltar para a mesa, compartilhou a apresentação de Violet no quadro branco atrás dela. O primeiro slide era uma montagem com várias fotos de Violet ao lado de seus inúmeros clientes. O título, com letras grandes e cheias, dizia: *Violet Greene, Stylist das Estrelas*. Os alunos se endireitaram nos assentos.

Violet tirou uma caixinha de som da bolsa e colocou para tocar "Diamonds", de Rihanna.

— Pessoal, por favor, fechem os olhos — instruiu.

Xavier sorriu, observando a turma obedecer.

— Vou criar um cenário pra vocês — declarou Violet. — O ano é 2012. A música "Diamonds", da Rihanna, está subindo nas paradas. Beyoncé deu à luz a sua primeira filha, Blue Ivy. *A saga Crepúsculo: Amanhecer parte 2* está dominando as bilheterias, e eu, Violet Greene, uma aluna do segundo ano do ensino médio igualzinha a vocês, estou sonhando com uma coisa e somente uma: moda. Podem abrir os olhos agora. — Ela parou a música. Para Xavier, pediu: — Próximo slide, por favor.

Xavier passou para o slide seguinte, que exibia uma foto de Violet aos quinze anos, usando uma camisa de botões preta com bolinhas brancas, short de cintura alta vermelho e loafers pretos.

— O retrô estava no auge — falou ela. — Meu armário estava cheio de camisas e shorts assim, de várias cores. Sempre prestei atenção no que estava acontecendo no mundo da moda. Eu me sentava nos fundos da classe com um exemplar da *Vogue* no colo, enquanto os professores achavam que eu estava anotando a aula.

Alguns alunos deram risadinhas, e Violet lançou um olhar de desculpa para Xavier. Ele soltou um som de desaprovação, fingindo repreendê-la.

— Minha prioridade era estar sempre atualizada com as tendências em alta de cada temporada — explicou ela. — Próximo slide, por favor.

O slide seguinte tinha mais fotos de Violet na época da escola. No canto inferior direito havia uma foto dela e de Xavier que tinha sido tirada no último ano, na sala de estar de Raheem. Violet usava um top cropped preto, uma saia lápis até os joelhos e botas Doc Martens. Xavier usava uma camisa polo azul-marinho, calça jeans e tênis Jordan preto e branco. Exalavam juventude e despreocupação.

— Esse aí é o sr. Wright? — perguntou uma das alunas, Gina Miller.

— É — confirmou Violet. — Xavier, quer dizer, o sr. Wright, também era bastante estiloso na época da escola. Era viciado em tênis. Uma das primeiras coisas que notei nele foi o quanto se vestia bem.

— Caramba, sr. Wright, o que aconteceu? — perguntou Dante. — Agora o senhor só usa dockside.

A turma riu, e Xavier não conseguiu evitar rir também. Ser professor do ensino médio significava estar sujeito a uma zombaria ocasional. Violet sorriu e instruiu Xavier a mudar para o slide seguinte, que mostrava fotos dela como universitária na FIDM e estagiária em revistas de moda, depois fotos que tinha tirado no estúdio enquanto auxiliava stylists em gravações de videoclipes. Havia várias fotos de Gigi Harrison e Destiny Diaz. Em seguida, chegaram a um slide de Karamel Kitty no VMA usando um collant com as palavras *Come minha periquita ou cai fora* escritas na área da virilha.

Xavier olhou para a porta, rezando para o diretor não estar passando pelo corredor ou chegando para uma visita.

— Estou na equipe da Karamel Kitty há dois anos, e ela é a melhor pessoa para se trabalhar — comentou Violet, radiante. — Esse collant na verdade foi ideia minha. Eu o vi no desfile de primavera da Moschino de 2020 e achei que Karina ficaria incrível nele. Um pouquinho antes do VMA, havia um falatório geral na impressa que basicamente acusava Karina de não ser um bom exemplo para jovens mulheres, o que, pra começo de conversa, não é verdade, porque ela colocou pelo menos vinte garotas na faculdade, mas, enfim, queríamos de alguma forma calar a boca das pessoas. E aí tivemos a ideia de colocar a mensagem diretamente nas roupas dela. Pra mim, este foi um ponto alto da minha carreira.

A apresentação continuou com mais fotos de seus clientes, comentários sobre o estilo específico de cada um e como ela fazia a curadoria de estilo. Violet encerrou a apresentação com uma foto do cantor de R&B Angel no tapete vermelho, usando um conjunto preto de calça e colete de couro, sem camisa por baixo, e calçando botas do tipo que caras de motoclubes usam.

Quando Violet terminou a apresentação, os estudantes de Xavier a encararam, maravilhados. Ela fez um joinha para Xavier, e ele foi acender a luz todo sorridente.

— E aí, pessoal, vocês querem fazer alguma pergunta? — indagou Violet.

Todos os alunos ergueram a mão.

A maioria queria saber como era trabalhar com Karamel Kitty, e Violet respondeu a tudo com um sorriso paciente. Parecia se sentir muito feliz por falar de sua profissão. Ficou claro para Xavier que ela amava de verdade aquele trabalho.

— Certo, temos tempo pra mais uma pergunta — avisou Xavier, olhando para o relógio.

Jeffrey Colson ergueu a mão e Violet apontou para ele.

— O que aconteceu com seu pé?

— Atravessei uma rua correndo em Nova York e caí na frente de um táxi. Acabei fraturando o tornozelo.

Jeffrey assentiu, como se estivesse impressionado.

— Irado.

— Sra. Greene — chamou Cherise Fisher. — Você é a adulta mais legal que já conheci.

A sala se encheu dos comentários do restante da classe, todos concordando.

— Obrigada! — O sorriso de Violet tomou conta de todo o seu rosto. Xavier sorria com orgulho.

O sinal tocou, e os alunos começaram a reunir suas coisas rapidamente e a se despedir de Violet.

— Calma! Antes de saírem, peguem uma lembrancinha — avisou ela, tirando uma pilha de folhetos da bolsa. — Dicas de estilo e truques de uma especialista em moda. Um presentinho para vocês. — Ela estava radiante enquanto entregava o panfleto para cada aluno na porta.

— Quando você teve tempo pra fazer isso? — perguntou Xavier assim que ficaram sozinhos, revirando um folheto entre as mãos. Tinha sido impresso num papel-cartão grosso, com uma foto de Violet de mão na cintura, posando no que devia ser seu estúdio, na capa.

— Ah, não demorou nada — respondeu ela. — Talvez dez minutos? Meu pai me levou para imprimi-los na papelaria.

O sorriso de Xavier aumentou.

— A apresentação foi incrível. Obrigado pela ajuda.

— Claro. Teria sido muito legal se alguém da indústria da moda tivesse feito uma palestra pra gente no nosso tempo de escola.

Ele ia perguntar se ela estava se sentindo bem para se apresentar para as turmas do quinto e sétimo período, só que, ao observar seu rosto bonito, tão eletrizado e vivo por falar de seu trabalho, ele se ouviu perguntando algo totalmente diferente.

— Quer sair comigo hoje? — convidou. — Para comemorar o Dia dos Namorados?

Violet piscou; ele prendeu a respiração, esperando pela resposta. E então ela sorriu, um pouco tímida.

— Sim. Eu quero.

17

Enquanto Violet estava sentada na arquibancada, esperando Xavier terminar o treino de basquete, ela pensou no quanto seu Dia dos Namorados no ano anterior tinha sido diferente. Havia acordado na cama de Eddy com o som fraco de um violino tocando em algum lugar no andar de baixo do loft onde ele morava. A cama estava coberta com rosas brancas, e uma trilha de pétalas levava ao corredor e descia as escadas. Na sala de estar, dezenas de arranjos de flores arrumados aqui e ali. E um violinista de verdade, tocando uma versão de "All of Me", do John Legend. Eddy estava no centro da sala, segurando uma única rosa, com a mão estendida para Violet. Ele a tinha pedido em casamento uma semana antes, em Veneza, e o anel ainda era uma sensação estranha e pesada em seu dedo.

— Eddy — disse, andando até ele, observando o cenário. — Que lindo. Meu Deus.

Violet tocou a mão na dele, e Eddy a puxou para um abraço.

— Feliz Dia dos Namorados — sussurrou em seu ouvido. — Não vejo a hora de me casar com você.

Na ocasião, Violet tinha ficado encantada, maravilhada até. Mas, depois que um ano se passara e com a devida distância, conseguia ver as falhas daquele momento. Por exemplo, Eddy não tomara café da manhã com ela, porque preferiu ir correr antes de participar de uma reunião no centro da cidade. E Violet, depois de um dia de muito trabalho envolvida em inúmeras provas de roupa, chegara pontualmente no horário da reserva que haviam feito para jantar no Nobu, mas Eddy, além de chegar quase uma hora atrasado, passara a noite toda com os olhos grudados no celular. Pensando bem, agora até as rosas brancas da decoração pareciam sinistras, um alerta do que estava por vir.

Xavier assoprou o apito, chamando a atenção de Violet. Os meninos pararam os exercícios de treinamento e foram trotando até ele, rodeando-o. Depois de passar a tarde na sala de aula dele, Violet pôde ver por que os alunos seguiam sua liderança com facilidade. Quando ela terminou a palestra para a turma do sétimo período, ainda havia tempo suficiente para continuarem o debate do livro *The Things They Carried*. Xavier dava aula de uma forma que tornava o material fonte acessível e tinha paciência com cada pergunta. Os alunos brincavam perto dele, mas, no fim, o respeitavam.

Quando ela se oferecera para ser substituta no dia da profissão, além de querer ajudar, estava em busca de um motivo para sair de casa. Só que ficara surpresa com o quanto tinha gostado de estar numa sala de aula com Xavier. Naquele momento, o restante do mundo da moda só pensava na Semana de Moda de Paris, e Alex e Karina acompanhariam os desfiles da Off-White e da Chloé. Violet desejava poder estar lá também, mas curiosamente... descobriu que não se sentia mais tão frustrada com sua situação. Estava gostando de ter oito horas inteiras de sono e do luxo dos cochilos de tarde. Não sentia aquele cansaço que ia até os ossos havia semanas. Era essa a sensação de descanso completo? Torcia para conseguir permanecer naquela paz quando voltasse a trabalhar.

Na noite anterior, Jill tinha enviado um e-mail contando que a Black Velvet, uma dupla popular de irmãs do R&B, estava interessada em trabalhar com Violet depois que a equipe delas vira a matéria na *Look Magazine*. Violet tinha uma reunião agendada com elas em Los Angeles dali a duas semanas, e estaria lá sem o gesso, porque finalmente ia retirá-lo na semana seguinte. De início, tirar uma pausa de seis semanas do trabalho parecera uma sentença de morte, mas o tempo estava passando muito rápido. Uma parte dela desejava que ele desacelerasse só um pouquinho.

O que seria dela e de Xavier quando ela fosse embora? Eles continuariam em contato ou se despediriam como amigos? A ideia de perder o contato com ele pela segunda vez revirava seu estômago.

Xavier assoprou o apito de novo, encerrando o treino. Violet ficou olhando enquanto ele conversava com o sr. Rodney e o time entrava no vestiário. Então ele se virou, sussurrou para ela que voltaria em breve e entrou no vestiário também. Ela sorriu, e uma agitação se espalhou por seu peito quando lembrou do buquê atencioso que ele tinha lhe dado naquela manhã. Nenhum dos dois comentava sobre os abraços tarde da noite, como se falar quebrasse o encanto. Talvez fosse a memória muscular que os unisse toda noite. Ou talvez fosse outra coisa, algo que ela temia pensar.

Não demorou muito e Xavier ressurgiu, colocando a bolsa carteiro no ombro. Ele sorriu quando se aproximou dela.

— Vamos?

Para o jantar deles.

Ela sorriu também.

— Vamos.

○ ○ ○

Como a decisão de sair para jantar no Dia dos Namorados tinha sido de última hora, apesar de todos os esforços, Xavier não conseguira reservar um restaurante em Willow Ridge. O tempo de espera era de uma hora, às vezes duas. Violet ligou o rádio enquanto perambulavam de carro. Estava fazendo quatro graus, um pouco quente para fevereiro em New Jersey, mas ainda bastante frio para ela precisar do casaco peacoat e de uma touca.

Xavier parou no estacionamento do Il Forno, um restaurante italiano popular da cidade. Violet ficou no carro e ele entrou, retornando alguns minutos depois com a notícia de que a espera era de três horas. Ela avaliou sua expressão contrariada enquanto voltava para o carro e saía do estacionamento. Sorriu para si mesma por achar doce aquele esforço todo para tornar o Dia dos Namorados especial, mesmo sendo um casal de mentira. Pararam num sinal vermelho, e Xavier a olhou.

— Me desculpe. Eu devia ter planejado melhor — declarou, chateado. — Juro que ainda levo jeito.

— Ainda? — Ela debochou. — Algum dia levou?

— Não brinque. Eu tinha você na palma da mão. — Ele sorriu, e Violet revirou os olhos. Mas era verdade.

— Presunçoso — retrucou.

— *Confiante.* — O sinal ficou verde, e ele pisou no acelerador. — Posso ir mais longe. Vamos ter mais opções.

Violet fez que não. Por mais que sentisse saudade de Nova York, não estava a fim de fazer uma viagem até lá naquela noite.

Continuaram rodando por ali, passando por restaurantes abarrotados e lugares familiares. Então passaram por um campo de minigolfe.

— Calma — disse ela, apontando. — Minigolfe.

Ele franziu o cenho.

— Está frio para ficar ao ar livre.

— Não tão frio. Mas deve ser por causa do clima que ninguém está lá. Mal tem carros no estacionamento.

Xavier ligou a seta e virou no complexo de minigolfe.

— E o seu tornozelo?

— Acho que consigo dar um jeito.

Ele parou no estacionamento quase vazio e desligou o motor.

— Tem certeza que é isso que você quer fazer? — perguntou.

O campo de minigolfe abrira em Willow Ridge anos após Violet e Xavier terem se formado. Por mais triste que soasse, ou surpreendente, dado as experiências de vida que ela já havia acumulado, Violet nunca tinha jogado minigolfe. Queria fazer algo simples. Algo divertido.

Abriu a porta.

— Tenho certeza. Vem.

A atendente da bilheteria nem se alterou ao **ver** duas pessoas querendo jogar golfe ao ar livre no fim do inverno. Ela **mal** olhou para Violet e Xavier enquanto entregava as pulseiras. Xavier pegou os tacos de golfe e duas canecas de chocolate quente e eles foram para a pista com tema de selva e safári. O chão era de um verde bem brilhante, e as árvores, claramente inspiradas pela arte do *Rei Leão,* circundavam a área. Violet e Xavier pararam na primeira seção, que tinha sido projetada para parecer um charco com laguinho rodeado de pequenos elefantes de plástico. Mais à frente, um casal mais velho jogava no campo, embrulhados em casacos de inverno. Dividiam um chocolate quente, e Violet sorriu, observando-os.

— Muito bem, como quer fazer isso? — perguntou Xavier, apontado para as muletas.

Violet avaliou a trajetória da pista.

— Você joga primeiro. Vou pensar enquanto te observo.

— Quer deixar na mão do profissional. Entendi.

Ela bufou, e ele bateu na bola de golfe, mandando-a com facilidade direto para o buraco. Xavier ergueu o punho, e Violet revirou os olhos. Ter talento natural para qualquer esporte devia ser muito legal.

— Sua vez — disse ele.

Violet apoiou o peso nas muletas e segurou o taco. Ela deu um balanço hesitante, só para se testar, e oscilou. O taco quase escorregou de sua mão. Então sentiu as mãos de Xavier em sua cintura, dando estabilidade.

— Tente agora — pediu ele. Seu hálito estava no ouvido dela, e Violet engoliu em seco, lutando para focar na bola de golfe enquanto a golpeava de leve com o taco. A bola rolou pelo caminho, mas parou a alguns centímetros do buraco.

— Tá de brincadeira? — Ela inspirou fundo.

Xavier riu, com os lábios ainda em seu ouvido.

— Boa sorte da próxima vez.

Ela estremeceu com o timbre baixo de sua voz. Então estendeu a mão para trás e o beliscou, fazendo Xavier gritar.

— Pare de se vangloriar — disse ela.

Continuaram pela pista. Xavier de alguma forma conseguia acertar o buraco quase sempre. Violet com certeza não era tão bem-sucedida, mas não ia desistir de jogar, pois, quando oscilava, Xavier colocava as mãos na sua cintura para mantê-la equilibrada; e ela se pegou ansiando por seu toque cada vez mais, antecipando o momento em que ele se abaixaria e faria uma leve provocação bem antes de ela fazer sua jogada.

Chegaram à marca da metade da pista, que tinha sido elaborada para parecer com a toca de um bando de leões, com leões de plástico de cada lado. Um jovem casal tinha entrado na pista um pouco depois deles, e a garota ficava roubando beijos, distraindo o garoto toda vez que ele tentava tacar. Pareciam estudantes do ensino médio.

— Lembra quando éramos assim? — perguntou Violet, apontando com o queixo na direção dos adolescentes.

Xavier tacou a bola mais adiante e então olhou para o jovem casal.

— Viciados em demonstração pública de afeto?

— Não. — Violet riu. — Viciados um no outro.

Ele sorriu, e seu olhar permaneceu nela por um momento prolongado.

— Lembro.

Xavier foi para trás dela e colocou as mãos em sua cintura. Violet fez a jogada sem se importar com o percurso da bola. Estava focava demais na proximidade de Xavier. Quando ele se afastou e carregou os tacos para a próxima seção, Violet ficou olhando seus passos firmes e movimentos graciosos. Ele atraía sua atenção de um jeito que ninguém jamais conseguira. Com acidez, ela se perguntou se ele já tinha jogado minigolfe com a ex, Michelle. Lembrou que Bianca lhe contara que Michelle sentia que não era o bastante para Xavier.

— Sua ex-namorada — soltou ela. — Você a amava?

Xavier ficou quieto, com a cabeça inclinada, enquanto em uma tacada acertava a bola na boca do leão.

— Michelle? Sim, amava.

Aquela confissão caiu de forma desagradável no íntimo de Violet.

— Mas não estávamos apaixonados.

Ela não podia negar o alívio.

— Ah.

— Acho que ficamos juntos porque era conveniente — declarou ele. — A gente se via todo dia na escola e se dava bem, mas acho que nenhum de nós estava satisfeito no relacionamento. Funcionamos melhor como amigos.

Violet ponderou suas palavras. Depois que terminou com Eddy, percebeu que também não tinha sido apaixonada por ele. Por que as pessoas continuavam juntas se não estavam apaixonadas? Talvez, às vezes, fosse necessário, quando se tratava de segurança e saúde. Mas Violet nunca precisou de Eddy para nenhuma dessas coisas. Só queria se livrar da indefinição nessa área da vida. Tinha vergonha de admitir que, na época, a conveniência do relacionamento tinha mais importância do que a felicidade verdadeira.

— Se o Eddy não tivesse sido infiel, você estaria casada agora — comentou Xavier, indo ficar atrás dela de novo. Daquela vez, seu aperto na cintura dela foi menos firme, quase questionador.

Violet assentiu.

— É — respondeu, baixinho. — Acho que sim.

— É o que deseja que tivesse acontecido?

— Não — afirmou de imediato. — Claro que eu queria que ele não tivesse me traído, porque foi doloroso e constrangedor. Mas acho que a traição foi o jeito do universo me acordar e me mandar para um caminho diferente. Eu estava teimosamente ignorando a verdade pura e simples. O Eddy não era a pessoa certa pra mim.

Ela deu um toque na bola, que pousou bem longe da boca do leão. Suspirou e jurou retornar um dia e dominar aquela pista de golfe.

— Quem acha que é essa pessoa? — perguntou Xavier. Sua voz profunda envolveu o ouvido dela. — A pessoa certa?

Ela inclinou a cabeça um pouco para vê-lo melhor. Seus lábios estavam a centímetros dos dela. Seu hálito quente se espalhou pela boca de Violet, o ar entre eles mudou, tornando-se mais espesso.

— Não sei — sussurrou.

Você, o cérebro estúpido e traidor dela gritou. *Você é a pessoa certa.*

Era oficial, tinha perdido a cabeça.

Suas maçãs do rosto ficaram quentes quando os dedos de Xavier se espalharam na parte inferior de seu abdômen, fazendo o corpo todo de Violet formigar. Ela pensou nos abraços noturnos, na pele quente dele pressionada na sua. Lambeu os lábios, e os olhos de Xavier se arregalaram.

— Licença, acabaram aqui?

Violet e Xavier congelaram. O casalzinho adolescente os alcançara e os olhava com expressões irritadas.

— Hum, sim, desculpe — balbuciou Violet, com o coração martelando enquanto se afastava de Xavier.

Terminaram o jogo, mas a tensão entre eles continuou pelo restante da noite e quando pararam no Burger King a caminho de casa. Violet mal conseguia pensar direito. Seus nervos estavam pegando fogo. Os pensamentos eram uma rede emaranhada de imagens da boca de Xavier pairando sobre a dela. Apertou as coxas, rezando para que a dor em seu corpo sumisse como mágica, ao mesmo tempo em que desejava que continuasse.

Xavier estacionou na sua casa. Deixou o motor ligado, e um silêncio pesado floresceu entre eles enquanto ainda estavam imóveis dentro do carro. Violet respirou fundo e se virou para encará-lo, apenas para descobrir que ele já a olhava. O olhar dele estava em sua boca.

— Violet — disse ele, com a voz baixa. Só seu nome. Uma possibilidade. Um convite.

Por fim ela se permitiu parar de lutar contra o que desejava. Desafivelou o cinto e se aproximou de Xavier, erguendo-se sobre o console e raspando os lábios nos dele. A familiaridade da boca de Xavier enviou tremores por todo o seu corpo. Ela o beijou de novo, e ele ergueu as mãos, segurando seu rosto. Uma mão desceu para sua nuca, aproximando-a mais. Ele inclinou o rosto e aprofundou o beijo. Violet soltou um gemido baixo quando Xavier deslizou a língua na dela, o aperto da mão na sua nuca se intensificando enquanto ele a segurava no lugar, a língua em sua boca tão lânguida que ela se sentiu mole e excitada demais para funcionar direito. A respiração de Xavier ficou áspera e rápida quando suas mãos desceram até a cintura dela, esbarrando nos seios. Ele agarrou suas coxas, e Violet sentiu a mão dele deslizar entre suas pernas. Mordeu o lábio inferior de Xavier quando ele apalpou seu calor, e ele intensificou o aperto. Violet perdeu a noção de tempo e lugar, lutando para se aproximar mais dele com o gesso pesado enquanto as bocas continuavam grudadas. As mãos trêmulas de Violet vagavam por ele, puxando o fecho do casaco, querendo sentir mais de Xavier. Ela levou a boca para seu pescoço, lambendo e chupando a pele quente. Ele grunhiu e a apertou mais.

Isso, gritou seu cérebro sedento. *Finalmente!*

Um barulho alto de batida os fez saltarem. Assustada, Violet ergueu o olhar e avistou Dahlia de pé na janela do carro de Xavier.

Ah, meu Deus do céu.

— *Caramba, mãe* — sibilou Violet, afastando-se de Xavier. Ela alisou o cabelo, e ele se apressou a fechar o casaco, tentando recuperar o fôlego. Seu rosto estava corado.

— Sra. Greene — cumprimentou Xavier, abrindo a janela do carro. — Oi. Será que a senhora quer entrar? Na minha casa, quero dizer... Não no carro.

— Não, tudo bem. — Dahlia fez uma careta, como se eles fossem colegiais atrevidos. — Não conseguia falar com a Violet, então pensei em passar aqui e falar com ela pessoalmente.

— Entendi — respondeu ele. — Tudo bem.

Xavier olhou para Violet, com a expressão tão cheia de desejo que a fez pensar em muitas coisas indecentes, as quais preferia não considerar enquanto a mãe estivesse a centímetros de distância.

Eles saíram do carro, e Xavier levou a comida deles para dentro da casa, deixando Violet do lado de fora na calçada com Dahlia. Violet manteve os olhos em Xavier até ele fechar a porta. E então olhou para a mãe.

— Cadê o seu decoro, Vi? — perguntou Dahlia, cruzando os braços. — Beijando em público assim pra todo mundo ver?

Violet suspirou. Era crime beijar seu marido de mentirinha na frente da casa dele? Ela achava que não! Não queria salientar que não havia mais ninguém do lado de fora para vê-los. Bom, ninguém exceto sua mãe.

— Oi para a senhora também, mãe. Algum problema?

— Vim falar sobre o jantar — respondeu ela. — Quinze de março é uma data boa pra você?

Violet conteve um grunhido. De novo aquela história de jantar.

— Tenho que olhar minha agenda. É bem depois da festa de estreia de *The Kat House*.

— Do quê?

Violet sacudiu a cabeça. Ela com certeza tinha contado para a mãe sobre seu trabalho no álbum visual de Karina, mas não estava com energia para explicar de novo.

— É coisa de trabalho.

— Bom, você pode ver sua agenda, por favor, e me retornar? — Dahlia assoprou as mãos. — Falar com você é mais difícil do que falar com o presidente. Só quero planejar um jantar legal para minha filha e meu genro comemorarem o casamento.

— Quem você vai convidar? — perguntou Violet, cética. — Achei que seria uma coisa pequena em casa.

Dahlia bufou.

— Não acha que seus parentes ficariam chateados se não fossem convidados? E as pessoas da comunidade?

— Mãe, por favor. — Violet lutou contra a vontade de revirar os olhos, porque então Dahlia gritaria com ela pela falta de educação. Só que, se aquele jantar de casamento ia acontecer, Violet tinha algumas imposições, já que o acordo entre ela e Xavier acabaria em breve. No fim de março era provável que estivessem contando a todos que tinham decidido se separar, e não dando uma festa para celebrar a união. Quanto menos gente envolvida, melhor. — Só família próxima.

Dahlia resmungou.

— Tá.

— Certo então — respondeu Violet. — Quinze de março. Vou dar um jeito.

Satisfeita, Dahlia foi embora, e Violet entrou na casa de Xavier. Apoiou as muletas na parede. Xavier estava na entrada da cozinha, como se a esperasse.

— O que sua mãe queria? — perguntou.

Falar do jantar de casamento com Dahlia tinha jogado um balde de água fria em Violet. O que ela e Xavier estavam pensando quando resolveram se beijar no carro daquele jeito? Chutou que *esse* fosse o problema. *Não* estavam pensando. O acordo era apenas isto: um acordo. Não importava se gostava de Xavier. Porque realmente gostava. Demais. Sabia como ficava quando se tratava dele. Perdia toda a noção de si mesma, e era provável que um deles acabasse machucado. Com a sorte que tinha, ela seria a felizarda. Não conseguiria lidar com mais um coração partido. Acabaria de vez com ela.

— Ela queria marcar a data do jantar de casamento — respondeu Violet, baixinho. — Quinze de março.

— Ah. — Ele andou até ela e a ajudou a tirar o casaco. Abaixou-se e pressionou um beijo delicado em seu pescoço, claramente pronto para retomar de onde tinham parado. Violet usou todas as suas forças para pôr as mãos nos ombros dele e o afastar de leve.

— A gente não deveria fazer isso — declarou, focando em sua clavícula, porque era incapaz de olhar para seu rosto. — Complica as coisas.

Quando por fim ergueu o olhar, viu que Xavier a encarava com a testa franzida. Depois de um silêncio pesado, ele murmurou:

— Sim... tá bom. Tudo bem.

Uma rachadura se formou no peito de Violet quando ele se afastou dela e foi até a cozinha. Ela tinha perdido a vontade de comer o frango empanado e as fritas. Tensa e confusa, foi para o quarto e vestiu o pijama.

Naquela noite, dormiram juntos na cama, próximos, mas sem se tocarem.

Quando ela acordou de manhã, Xavier já tinha saído para o trabalho. Um vazio imenso a invadiu enquanto olhava para o lado dele na cama.

Só que, em breve, ela teria que se acostumar com aquilo. Uma vida sem Xavier era sua realidade.

Tentou dizer a si mesma que era uma realidade que conseguiria aceitar.

18

Era domingo à tarde e Xavier estava na casa de Raheem e Bianca, assistindo a um jogo dos Nets, quando seu celular vibrou com uma mensagem de Tim Vogel.

> Foi ótimo conversar com você no outro dia. Minha assistente vai te mandar um e-mail na segunda-feira para agendar uma entrevista oficial.

Xavier soltou um suspiro de alívio. Tim havia mais uma vez entrado em contato com ele do nada, sem dizer um simples olá, e foi lançando pergunta atrás de pergunta sobre seus princípios como treinador. Xavier logo percebeu que estava participando de uma espécie de entrevista informal. Mesmo pego de surpresa, ao que parecia, tinha mandado bem.

Falando nisso, dizia a mensagem seguinte de Tim, Helen e eu adoraríamos jantar de novo com você e Violet. Que espoleta você arrumou, hein!

Valeu, Tim, respondeu Xavier. Ansioso pela entrevista.

Deixou de lado o comentário sobre o jantar com Violet porque não era uma possibilidade. No dia seguinte ela tiraria o gesso, e era isso. O fim de Violet e Xavier 2.0, versão de mentira. Embora o primeiro jantar com Tim e Helen Vogel tenha sido um leve desastre, havia lançado uma luz favorável sobre Xavier. O jovem marido devotado. O plano deles havia funcionado a favor de Xavier no fim das contas.

Ele e Violet tinham retornado para suas áreas separadas da casa desde o beijo no carro no Dia dos Namorados. Não se abraçavam mais na cama, embora ela estivesse deitada a centímetros dele. A tensão pairava no ar, e ele desejava que as coisas voltassem a ser como antes, quando ele e Violet tinham chegado a um nível tranquilo de conforto. Mas não podia dizer que se arrependia de tê-la beijado. A sensação que tivera era de que havia finalmente voltado à vida depois de ter passado nove anos inerte.

Ficar sozinho com Violet era perigoso. Na sua presença, ele sentia que estava quase sempre à beira de dizer algo de que depois se arrependeria. Por exemplo, que desejava ver o que poderia acontecer se dessem uma chance real um ao outro. Que tê-la em sua vida tinha colocado tudo de volta no lugar, e que se arrependia de ter se deixado dominar por suas inseguranças de garoto de dezenove anos e se afastado quando o que deveria ter feito era ter se agarrado a ela com toda força. Queria dizer a ela que não cometeria o mesmo erro idiota outra vez. Mas não podia falar essas coisas porque não era o que Violet desejava ouvir. Ela queria voltar para a vida dela, e não havia nada que Xavier pudesse fazer além de aceitar sua escolha.

— O Brooklyn está levando uma surra — comentou Raheem, ao entrar na sala. Tinha acabado de colocar RJ para dormir; Bianca tinha ido para a Filadélfia participar de um congresso de cosmetologia.

Raheem se sentou no sofá ao lado de Xavier. Os Hornets estavam ganhando dos Nets por 57 a 50. Xavier não estava realmente prestando atenção no jogo, ocupado demais com os pensamentos em Violet.

— Ei, quero sua opinião numa coisa — disse Raheem, vasculhando o bolso. Ele pegou uma caixinha, colocou-a na mesa de centro e a abriu, revelando um anel com uma pedra reluzente. — Vou dar um novo anel de noivado para a B mês que vem, agora que posso finalmente bancar algo maior.

Xavier pegou a caixa de veludo e examinou o anel com atenção. O diamante brilhava no aro de prata cravejado de pequenos diamantes.

— Caramba, primo, que irado. A B vai amar.

Raheem sorria com orgulho.

— Ela é a tampa da minha panela, não vejo a hora de me casar com ela.

— Isso é a letra de uma música?

Raheem estreitou um olho.

— Talvez?

— Você está nervoso?

— Pra me casar? Não, não realmente. — Ele deu um tapa no ombro de Xavier. — Você entende disso.

Xavier ficou confuso.

— Eu? Como eu entendo?

— Você e a Vi — respondeu Raheem, dando de ombros. — Vocês dois fazem a vida de casados parecer simples.

— Mas não somos... — Xavier sacudiu a cabeça. — Você sabe que nossa situação não é real.

— O que tem de falso nela? Vocês moram juntos, gostam um do outro e, pelo que vejo, vocês se apoiam. É isso que a B e eu temos. O que tem de diferente em você e a Violet?

— Ela vai embora amanhã — declarou Xavier.

— Então é isso? Vai acabar rápido assim?

— Vai. — Xavier desviou o olhar de volta para a televisão.

Raheem fez bico.

— Vocês dois são megachatos.

Xavier deu de ombros, desamparado.

— Foi o que combinamos. A gente fingiria e depois ela iria embora. Por que tá me enchendo o saco com isso?

— Porque *eu* que estava por perto na época que a sua bunda deprimida não queria levantar do sofá depois que vocês terminaram. Eu te amo e tal, mas não quero lidar com isso de novo. Você gosta dela, não gosta?

— Claro.

— Então tem que parar de ser idiota e falar pra ela o que sente.

Xavier suspirou. Quem dera fosse assim tão fácil.

— Não tenho nada pra oferecer a ela — declarou ele, baixinho, mais para si mesmo do que para Raheem, encarando a aliança.

O que podia dar a ela que Violet não tinha? Que ela não pudesse achar uma versão melhor em outro lugar? Alguém com uma casa de verdade que poderia levá-la para viagens extravagantes e literalmente lhe dar o mundo.

— Você tem muito a oferecer, primo — respondeu Raheem. — Nem vem com isso. Não vou dar trela pra essa negatividade. Sem essa de se rebaixar.

Mas Xavier sabia que não estava se rebaixando. Estava apenas sendo realista.

Muito tempo atrás, tinha aprendido que se encher de esperança era um risco e tinha receio de cometer o mesmo erro mais uma vez.

Rápido demais, a manhã seguinte chegou. Xavier estava de folga do trabalho por causa da comemoração do Dia dos Presidentes e levou Violet para a cidade até o consultório do ortopedista. Suas malas estavam empilhadas no banco de trás. A viagem de carro foi silenciosa, pura agonia silenciosa. Violet ficou olhando pela janela enquanto passavam pela Ponte George Washington, e um sorriso fraco desenhava seus lábios. O sorriso aumentou quando estacionaram numa rua em Midtown Manhattan.

Ela baixou a janela e fechou os olhos, inspirando profundamente.

— Sente o cheiro?

Xavier farejou o ar e apanhou o odor do carrinho de cachorro-quente a alguns metros de distância, misturado ao cheiro podre da lixeira abarrotada ao lado deles.

— É um cheiro horrível.

— Eu sei — respondeu ela, sorrindo. — É bom estar em casa.

No consultório, Xavier e Violet observaram com atenção enquanto o médico, um homem baixo de rosto simpático chamado dr. Pinto, serrava o gesso ao meio.

— Estou vendo meu pé de novo! — cantarolou Violet enquanto ele abria o gesso.

Ela ergueu a perna e lentamente fez um círculo com o pé. A pele ao redor do tornozelo estava seca, fazendo com que a tatuagem de flor parecesse murcha. O tornozelo parecia menor, mas estava claro que Violet não se importava.

— Meu lindo pé! Olha, Xavier! Olha pra ele!

Ela estava radiante, e ele riu. O médico também riu e examinou com rapidez seu tornozelo, que tinha se curado bem. Ele alertou que ela poderia vivenciar um breve inchaço ou rigidez e que deveria dar aos músculos alguns dias para se ajustarem, sendo melhor evitar atividades que pudessem estressar o osso ou o tecido, como esportes de contato. Com isso, Violet gargalhou.

— Não vai ser nenhum problema — respondeu ela. — A não ser que considere usar salto alto um fator estressante.

— Considero — declarou o médico, muito sério. Ele continuou a falar da fisioterapia que ela precisaria fazer para continuar a recuperação.

Depois disso, enquanto estavam no elevador descendo para o saguão, Violet não conseguia parar de encarar o pé. Tinha calçado um par de tênis Nike preto bem confortável que, segundo ela, tinha espuma de memória. O ar fresco sibilou por eles quando saíram do prédio, e Xavier engoliu em seco, virando-se para Violet. Odiava as palavras que estavam para sair de sua boca.

— Devo te levar para seu apartamento agora?

— Estamos do ladinho do Central Park — respondeu ela, apontando para a esquerda. Ele avistou um cavalo e uma carruagem trotando pela Fifth Avenue. — Podemos dar uma voltinha? Sei que está meio frio, mas só quero conversar mesmo. — Ela parou. — Se você não tiver algum compromisso, claro. É seu dia de folga, então entendo se preferir voltar pra casa.

— Não, não tenho nada planejado — afirmou ele, aliviado. — Vamos caminhar um pouco.

Passearam num ritmo descontraído pelo Central Park, parando para comprar amendoim torrado com mel e admirar os cachorros das pessoas. O vento chicoteava ao redor, mas Xavier não se importava. E nem se importava por ele e Violet não conversarem muito. Apenas queria aproveitar aqueles últimos instantes com ela antes de a vida deles se separar em direções diferentes.

Quando o tornozelo dela começou a enrijecer, concluíram que já tinham caminhado demais e retornaram na direção do carro de Xavier. O coração dele estava saindo pela boca enquanto dirigia até o apartamento dela na Union Square. Mais uma vez, ele teve sorte de encontrar uma vaga e desligou o motor.

— Precisa de ajuda com as malas?

Xavier se preparou para o pior, para ela dizer não, fazer o sinal de paz e amor e dar o fora do carro dele.

— Preciso, seria ótimo — respondeu ela com suavidade. — Obrigada.

Eles entraram no saguão do prédio arranha-céu dela, e Xavier observou a área aberta, impressionado com a mobília impecável e com o recepcionista que os cumprimentou.

— Oi, Lucas — falou Violet, sorrindo para o porteiro.

Para Xavier, ela cochichou:

— Não fique tão impressionado com o que vê no saguão. Uma vez o administrador levou um mês inteiro para mandar alguém consertar minha lava e seca. Agora consertaram os elevadores depois de ficarem fora de serviço por quase dois meses, e chamam isso de residência luxuosa.
— Ela deu de ombros. — Mas amo a localização.

Eles subiram de elevador e, quando as portas se abriram no décimo quarto andar, Xavier ficou surpreso ao dar de cara com Lily ao lado de um cara alto de pele negra escura.

— Lily! — guinchou Violet. Ela saltou para a frente, abraçou a irmã, depois ergueu o pé. — Meu tornozelo sarou! — Então se virou para o cara ao lado de Lily. — Olha, Nick! Meu tornozelo!

Lily e Nick riram.

— Espero que fique longe dos saltos por um tempo — comentou Lily. Ela olhou para Xavier. — Oi, Xavier. É bom te ver.

— Ah, desculpe — pediu Violet. — Xavier, este é o Nick, namorado da Lily. Ele mora no meu corredor. Nick, este é meu... este é o Xavier.

— E aí? — respondeu Xavier, cumprimentando Nick e notando a hesitação de Violet em classificar seu papel na vida dela.

— Que bom finalmente te conhecer — disse Nick. — Ouvi falar muito de você. — Lily cutucou-o discretamente, o que fez Xavier pensar que ela tinha contado tudo sobre o falso casamento deles.

— Bom te conhecer também — respondeu Xavier.

— O que estão fazendo? — perguntou Lily, olhando para ele e Violet. Seus olhos brilhavam de curiosidade.

— O Xavier está me ajudando com as malas — explicou Violet. — E vocês? Para onde estão indo? Tenho um palpite: livraria?

— Acertou — declarou Lily. Ela e Nick sorriram um para o outro.

— Aff, vocês são fofos demais! — afirmou Violet, revirando os olhos, mas sorridente. — Aproveitem o passeio, então. Mando mensagem mais tarde.

As irmãs se abraçaram, e Xavier e Nick apertaram as mãos de novo antes de ele e Lily irem para o elevador.

— O Nick é escritor — explicou Violet enquanto andavam pelo corredor. — Ele escreve sobre, hum, dragões, algo assim. Eu ainda não li o livro dele, mas não conta pra ele.

Ela girou a chave e abriu a porta do apartamento. Xavier levou as malas para dentro, e seus olhos foram atraídos pelos quadros de capas de revistas ampliadas de várias mulheres rappers na parede. Ele reconheceu Karamel Kitty de cara, e talvez Megan Thee Stallion.

— Eu fiz o styling dessas fotos — esclareceu Violet. — Trabalho freelance. Tirando o com a Karina.

Então ele notou a mesinha de centro de madeira, esculpida na silhueta de uma mulher nua. Se não tivesse juízo, diria que a mesa tinha sido inspirada no corpo de Violet.

— Essa sou eu — declarou ela, com orgulho, seguindo sua linha de visão. — Encomendei no Marrocos.

— É bem legal. — Ele entrou mais no apartamento, olhando ao redor. O sofá vermelho-escuro era uma peça de destaque no cômodo essencialmente branco. As janelas ocupavam paredes inteiras, e as paredes de alvenaria eram de um branco imaculado. Ele estava certo quando presumira que o apartamento de Violet era muito melhor que sua casa.

— Quer beber alguma coisa? — perguntou ela, e Xavier se virou para encará-la.

Violet abriu a geladeira e franziu a testa quando descobriu que estava praticamente vazia.

— Parece que você precisa fazer umas compras — comentou ele, apoiando-se na ilha da cozinha.

— Sim, outro dia. Vou pedir alguma coisa esta noite... — Ela fechou a geladeira e olhou para ele por cima do ombro. — Quer ficar para o jantar?

— Quero. — Ele respondeu tão rápido que foi quase constrangedor.

Ela sorriu.

— Tailandês?

— Por que não me surpreendo? — respondeu ele, sorrindo também. — Tailandês está bom.

Ela foi até as janelas enormes enquanto fazia o pedido usando um aplicativo no celular. E depois apenas encarou a rua abaixo. Um desejo profundo perfurou o coração dele ao observá-la. Ela estava muito perto, e mesmo assim muito longe.

— Está feliz por estar de volta? — perguntou ele, indo ficar ao seu lado. Xavier seguiu seu olhar, observando os carros na rua e as pessoas andando para lá e para cá. Com certeza era mais movimentado que Willow Ridge.

— Estou feliz — respondeu ela. — Senti saudade daqui. Mas é engraçado, porque, antes de partir, eu sentia um tipo de pavor toda manhã, como se fosse imediatamente sobrecarregada pela cidade e por tudo que precisava fazer no trabalho. Não estava cuidando de mim como deveria. Precisava mesmo de uma pausa. — Ela se virou para ele e emendou, baixo: — Obrigada por me deixar ficar com você.

— Claro. — Então, porque não conseguiu se controlar: — Minha casa vai estar sempre de portas abertas pra você quando precisar de uma pausa.

— Agradeço — respondeu. — Já sei que vou sentir falta da sua cama confortável. — O rosto dela corou, e Violet desviou o olhar.

Xavier encarou seu perfil. Depois de anos pensando nela e imaginando como poderia ter sido, ela estava bem ali na sua frente. Ele ia mesmo perder o jogo pela segunda vez? Ouviu a voz de Raheem na sua cabeça. *Pare de ser idiota e conte pra ela o que sente.* Parecia simples, mas, na realidade, era assustador pra cacete.

— Violet — murmurou ele, respirando fundo. — Tem uma coisa que gostaria de falar pra você.

Ela foi se virando devagar até encará-lo, absorvendo a seriedade no seu tom de voz.

— Tá bom.

— Quando a gente ainda estava na escola, eu nunca imaginaria que nossa vida iria para direções tão diferentes ou que ficaríamos quase uma década sem nos falar. De verdade, não ter mais você na minha vida me consumiu por dentro, e eu só aprendi a lidar com isso porque fui eu quem terminou com você e eu achava que não merecia mais um lugar ao seu lado. Não sei por que nos esbarramos em Vegas. Pode ter sido uma coincidência estranha ou talvez um golpe do destino. Tudo que sei é que de algum jeito nossos caminhos se cruzaram.

Xavier fez uma pausa, e ela o encarava firmemente. O peito de Violet subia e descia com movimentos rápidos.

— Nosso casamento pode ser falso e temporário — continuou ele —, mas espero que a gente possa dar uma chance de verdade pra essa coisa entre nós, porque...

Xavier fez mais uma pausa, o medo fazendo-o hesitar. Violet piscou, esperando que ele terminasse a frase. Se queria uma chance com ela, teria que colocar tudo em jogo abertamente.

— Porque — falou, reunindo coragem — não consigo suportar a ideia de te perder de novo.

19

O coração de Violet martelava violentamente no peito enquanto ela absorvia as palavras de Xavier. O olhar dele estava grudado no rosto dela. Emoção pura ardia com intensidade nos olhos dele.

— Eu... — começou ela, então parou. Lutava para falar. Seus pensamentos eram uma colmeia abarrotada e frenética.

— Nunca fui pra Los Angeles — declarou ele. — Não sou rico e talvez não consiga viajar sempre com você por causa das aulas, mas torço para que você consiga ver além disso...

— Xavier, eu não ligo pra isso — afirmou, cortando-o. — Você é um professor maravilhoso, e admiro a carreira que construiu. E claro que não me importo por você não ser rico. Isso não faz diferença pra mim. — Seu coração continuava a martelar, como se quisesse subir às garras até sua boca. Nervosa, ela esfregou pequenos círculos no peito. — Não é por isso que estou hesitando em ficar com você.

— Então o que é? — Ele se aproximou e tocou seu cotovelo com delicadeza, fazendo-a parar com o massagear febril no peito.

Ela o encarou, arrebatada e totalmente despreparada para conversar sobre aquilo, sobre eles. Quando falou, sua voz mal era um sussurro.

— A verdade é que você me assusta.

Xavier congelou, soltando a mão dela.

— Eu te assusto?

Violet sacudiu a cabeça ao ver que ele não tinha compreendido o que ela queria dizer.

— O que quero dizer é que... tenho medo de quem vou me tornar se deixar você entrar de novo.

Xavier enrugou a testa, confuso, e caiu em silêncio.

— Penso em como eu era na escola e no primeiro ano de faculdade e em como eu não conseguia ver nada além de você — continuou ela. — Graças a Deus eu amava moda do jeito que amava, porque ela me manteve motivada. Do contrário, eu teria me perdido depois que terminamos. Não me arrependo de te amar do jeito que amei, porque poucas pessoas conseguem viver esse tipo de amor. Mas não sei se consigo passar por isso de novo porque tenho medo de você me machucar como antes. — Mais baixo, emendou: — E, dessa vez, eu não sobreviveria.

Xavier absorveu suas palavras, imóvel a não ser pelos saltos rápidos de seu coração na base da garganta.

— Violet — falou ele, pegando sua mão com carinho. O calor da palma dele a alarmou. — Nunca vou me perdoar por ter te machucado desse jeito quando éramos mais novos. Eu tinha dezenove anos e era um idiota. Eu te contei que terminar com você é um dos meus maiores arrependimentos, mas não foi toda a verdade. É meu maior arrependimento, ponto-final. Até mais do que deixar Kentucky.

Ela piscou enquanto as mãos dele se curvavam ao redor das suas. Xavier estava dizendo exatamente o que ela quis ouvir por anos. Era demais.

Seu tornozelo ficou rígido de novo.

— Preciso me sentar — avisou ela, fraca, se movendo para o sofá e se sentando no meio.

Xavier ficou na janela, observando-a. A expressão dele era sincera e vulnerável.

— Na época — falou ela, olhando para ele —, você terminou comigo porque disse que éramos muito diferentes. Mesmo que essa não fosse a razão verdadeira, hoje isso é uma realidade. E se você acordar um dia e concluir que nossas diferenças são demais pra você?

Xavier se aproximou e se ajoelhou na frente de Violet, segurando suas duas mãos transpirantes. Sua cabeça estava curvada quando ele passou os polegares nos nós dos dedos dela num ritmo reconfortante.

— Teoricamente, não temos muito em comum — afirmou ele. — É verdade. Mas tenho vinte e nove anos. Não sou mais um criança. Sei a importância do que temos e do que podemos ser. Talvez a gente seja diferente olhando de fora. — Ele ergueu a mão e a pressionou de leve no coração dela. — Mas, aqui, somos iguais. Passei nove anos tentando preencher o vazio que você deixou, mas não posso te substituir e nem quero. Não cometeria o mesmo erro e arriscaria perder você.

Enquanto Violet o encarava nos olhos, percebeu que acreditava nele. Aquilo a assustava mais ainda. Porque, se colocasse sua fé nele e ele a traísse, nunca mais conseguiria confiar no próprio julgamento.

— Acho que talvez seja melhor eu ir embora e te dar tempo pra pensar — declarou Xavier, ficando de pé lentamente. — Sei que é muita coisa, e eu devia ter esperado para falar disso num momento melhor. — Ele esfregou a nuca e desviou o olhar, com o rosto golpeado de angústia. — Assim que você me ligar, eu venho correndo. Ou se preferir só falar pelo telefone, tudo bem também. O que você quiser.

Ele começou a se afastar, e Violet agarrou sua mão, impedindo que ele saísse.

Tinha provado nos últimos nove anos que conseguia viver sem Xavier. Embora com frequência tivesse sentido que lhe faltava uma parte e se visse querendo agarrar algo que não existia mais, como um membro fantasma, Violet seguira em frente e criara novas lembranças. Havia encontrado realização genuína no trabalho. Tinha o amor das irmãs e dos amigos. A presença de Xavier na sua vida não era necessária para sua sobrevivência. Ela *podia* viver sem ele.

Mas percebeu então que, se tivesse escolha, preferia que ele fizesse parte da sua vida.

— Não — falou, encarando seu rosto. — Não vá.

Ele se abaixou no sofá ao seu lado. Suas mãos continuaram entrelaçadas.

— Não sei se vou ser boa nisso — murmurou ela.

Xavier sorriu com suavidade.

— Acho que você vai se sair bem.

— Não, estou falando sério. Minha agenda de trabalho é *intensa*. Vou perder coisas importantes de vez em quando e talvez nem sempre consiga te ver quando eu quiser... mas quero tentar. Quero de verdade.

— Eu também. — Ele apoiou a testa na dela. — Também vou dar o meu melhor. Mas uma coisa que sei é que não vou partir seu coração de novo, Vi. Juro por tudo.

Ela fechou os olhos, deleitando-se com sua proximidade.

— Por favor, não faça promessas que não pode cumprir.

Ele segurou suas bochechas e ergueu o rosto de Violet para que ela o olhasse nos olhos.

— Eu juro — repetiu ele com convicção.

Violet o encarou, vendo ao mesmo tempo o garoto magnético por quem tinha se apaixonado muito tempo atrás e o homem instruído que a cativava agora. As mãos dele pressionavam seu rosto com delicadeza. Ela se aproximou um pouco, um movimento quase imperceptível, controlada pelo desejo de sentir-se mais próxima dele, como quando eram mais novos e tinham a sensação de que viviam na pele um do outro. A sensação de suas mãos quentes e ásperas tocando suas bochechas despertou uma chama dentro de Violet, e ela ergueu as mãos para envolver o rosto dele também, acariciando a espessura de seu cavanhaque. O pulso de Xavier saltou, e ela viu que ele olhava para sua boca. A respiração de Violet acelerou quando ele lambeu os próprios lábios e baixou a mão para a curva da cintura dela.

— Vi — falou, com a voz baixa, quase uma pergunta.

Em resposta, ela ocupou o espaço restante entre eles e pressionou a boca na dele. Xavier respirou fundo e a puxou para mais perto, curvando a cabeça para apanhar seu beijo. Um gemido suave saiu da garganta dele, espalhando calafrios pela coluna de Violet. Ela queria mais daquele som, mais dele. Abriu a boca, recebendo sua língua, e o beijo logo passou de hesitante para faminto. Beijá-lo era muito bom, muito revigorante. Ela passou os braços pelo pescoço dele, e Xavier intensificou o aperto em seus quadris, prendendo-a mais perto e levando o rubor dela para seu peito. Ele beijou seu maxilar e levou a boca para o pescoço, chupando e lambendo sua pele. Violet perdeu o fôlego e pôs a mão debaixo do casaco dele, passando-a pelo abdômen tenso. Ela desceu os dedos, acariciando sua rigidez, e Xavier grunhiu.

— Violet — sussurrou, os olhos vidrados de calor.

Ela empurrou seus ombros, deitando-o, e subiu em cima dele. Violet o beijou de novo, sua língua procurando a dele. Ele puxou a bainha de seu moletom, e ela tentou impetuosamente tirar a peça sem interromper o beijo. Xavier riu, uma risada profunda e áspera que fez seu corpo tremer, e puxou com habilidade o moletom pela cabeça dela. Violet abriu o sutiã e o jogou de lado, e Xavier a encarou, maravilhado. Aproximou-se e apalpou seus seios com delicadeza, esfregando os polegares em seus mamilos, espalhando calor por ela. Violet balançou os quadris nos dele, e Xavier abocanhou seu seio esquerdo, dando beijinhos e então chupando antes de passar para o seio direito. Ela amava o jeito que ele a tocava com tanta reverência, como se ela fosse preciosa. Quando os lábios atenciosos nos seus seios a estimularam além do controle, Violet puxou o moletom dele.

— Tira, por favor — murmurou.

Ele sorriu e tirou a blusa em tempo recorde. Com avidez, ela passou as mãos pela extensão macia e rígida do peito dele. Como se tivessem um acordo velado, estenderam as mãos de forma frenética e faminta, ele abaixando a calcinha dela e ela desafivelando o cinto dele e tirando a calça jeans.

— Não tenho camisinha — avisou Xavier quando suas mãos agarram a bunda dela.

— Um segundo — sussurrou ela sem fôlego, correu para o quarto o máximo que o tornozelo permitia e pegou uma camisinha na gaveta inferior da mesinha de cabeceira.

Quando voltou para a sala, o olhar de Xavier irradiou enquanto ela se aproximava. Ele pegou sua mão e beijou a palma, e ela se acomodou de volta em cima dele. Estavam com o peito colado, sem barreiras entre a pele. Ele deslizou a camisinha, e ela sentiu sua grossura tocar o meio de suas pernas e inspirou fundo. Ela se curvou para beijá-lo, deslizando a língua pelo seu lábio inferior carnudo, esticou a mão e agarrou o volume dele. Num ritmo lento e torturante, subiu e desceu a mão.

— Porra — exclamou Xavier, erguendo o quadril, com a respiração entrecortada.

Ela beijou seu pescoço de novo e arrastou a língua quente por sua clavícula. Xavier agarrou suas coxas com desejo.

— Quero entrar em você — declarou ele.

A voz profunda e sedutora dele fez com que calor se amontoasse entre suas pernas. Ela levou a boca de volta para a de Xavier enquanto se afundava lentamente nele.

— Ah, meu Deus — sussurrou quando ele a preencheu. Violet cravou os dedos nas costas de Xavier, e ele agarrou sua bunda, ofegando enquanto encontrava um ritmo rápido e a bombeava. Ela envolveu as mãos no pescoço dele e segurou, roçando os quadris nos dele. O ângulo e o ritmo a envolveram de prazer. Era quase mais do que conseguia lidar. Gemeu no seu ouvido, e as estocadas dele se tornaram mais erráticas.

— Você é tão gostosa — afirmou. — Gostosa pra cacete.

Ele deslizou as mãos até o lugar em que os corpos úmidos de suor se encontravam e usou o polegar para esfregá-la lentamente entre as pernas enquanto continuava suas estocadas incansáveis. Violet ficava entregue quando ele a tocava assim, e facilmente se desfez naquele ponto. Segundos depois, Xavier a seguiu, grunhindo com intensidade.

Eles caíram numa quietude silenciosa, agarrados um no outro, ofegantes demais.

— Isso — disse ela, tonta e desorientada — foi *bem* melhor do que quando éramos adolescentes.

Xavier riu e usou o restante de força que tinha para apertar de leve a bunda dela.

Uma batida na porta os assustou, e Violet se sobressaltou. Xavier a segurou com mais força, mantendo-a no lugar.

O celular dela vibrou no sofá ao lado deles com um alerta de que o pedido tinha sido entregue na porta.

— A comida chegou — avisou, sorrindo para ele.

○ ○ ○

Sentaram-se no chão ao redor da mesinha de centro de Violet e dividiram pad thai e arroz frito com manjericão, cada um usando um dos roupões macios dela. O roupão que Xavier usava mal chegava a seus joelhos, e ela riu do quanto ele parecia bobo, ainda que confortável, sentado ao lado dela. Suas pernas estavam cruzadas sobre as dele, e se encaravam dando sorrisos tolos e apaixonados. Como adolescentes. Como eles mesmos.

— Eu meio que quero um banho — comentou Violet, olhando para a pele cinzenta ao redor do tornozelo.

— Eu também. — Xavier a encarou com calor renovado.

Ela correu para pegar a touca.

○ ○ ○

No banho, eles se exploraram mais, dessa vez com movimentos menos ávidos e sem pressa. Com uma esponja, Violet espalhou círculos de espuma no peito e nos braços de Xavier, parando na tatuagem de violeta no bíceps, dando a ela uma inspeção mais atenciosa. As pétalas roxas tinham desbotado um pouco, mas, fora isso, a tatuagem tinha a mesma aparência de quando ele a tinha feito. Xavier passou as mãos por suas costas de forma descontraída, parando em sua bunda e apertando de leve. Ele trilhou beijos por seu corpo, começando na boca, então movendo para seu maxilar, ombros, até ficar ajoelhado na frente dela. A água do chuveiro borrifava em seus ombros. Ele passou os dedos pelo x no quadril dela e a encarou. Violet viu algo em seus olhos, tão afetivo e suave que se derreteu. Ele beijou seu quadril e continuou os beijos até chegar ao meio de suas pernas, usando a língua para beijá-la mais profundamente. Ela gemeu quando ele ergueu uma perna sua, apoiando-a no ombro para um acesso melhor.

É isso que perdi por nove anos, pensou ela, momentos antes de a língua habilidosa a jogar além do limite.

○ ○ ○

Mais tarde, seus braços e pernas estavam emaranhados, aconchegados sob uma montanha feita do edredom quentinho de Violet e dos lençóis de flanela. Eles se encararam no escuro, piscando e respirando. Sem dizer nada, apreciando o silêncio. Xavier tinha acabado de configurar o despertador para cinco e meia da manhã a fim de poder escapar do trânsito da Ponte George Washington de volta para Jersey. Violet desejou poder prolongar o tempo deles juntos.

Ela se aninhou mais nele e apoiou a cabeça em seu peito. Xavier envolveu o braço ao redor dela e beijou o topo da sua cabeça. Ela escutou o coração dele batendo e sentiu o confortável subir e descer do seu peito.

— Eu te amo — declarou ele, baixo. — Nunca deixei de te amar.

Violet ergueu o olhar. Xavier a encarou.

Ela sabia, sim, que ele ainda a amava. Pensando bem, soubera no instante em que se esbarraram no saguão do hotel em Vegas. O amor por ela estava nítido em seus olhos. No abraço firme. No jeito como ele tinha cuidado de Violet quando ela ficou doente e na maneira como entrou na onda da mentira sobre o casamento com tanta facilidade.

— Dou uma olhada no seu Instagram de vez em quando para garantir que está bem — continuou ele. — Faço isso desde quando terminamos.

— Então você *tem* rede social — respondeu ela. Violet se aproximou e lhe deu um beijo suave e longo. Quando se afastou, declarou: — Também te amo.

Porque, naquele momento, ela podia enfim admitir para si mesma que nunca tinha parado de amá-lo. Era muito bom verbalizar a verdade, como se seu coração, que estivera revestido de medo e dúvida, tivesse finalmente permissão para ser livre. Não tinha que decidir se daria seu coração para Xavier, ele nunca deixara de ser dele.

O sorriso que ele abriu a deixou tonta de felicidade.

— Não uso muito o Instagram — falou ele. — Nunca nem publiquei uma foto.

— Eu vou achar seu perfil. — A exaustão pesou em suas pálpebras. — Mas só amanhã.

Ela ouviu o som fraco de sua risada.

— Vamos ficar bem — sussurrou Xavier, segundos antes de Violet pegar no sono. — Não importa o que aconteça.

Ela fechou os olhos com tranquilidade confiante; acreditava nele.

20

Violet voltou ao trabalho alguns dias depois e já na correria. Ou "caminhando vigorosamente", considerando a situação de seu tornozelo e o fato de que sua nova fisioterapeuta havia aconselhado de forma enfática que ela fizesse as coisas com calma. Chegara cedo ao escritório, assim que o sol estava nascendo, armada de um copão de vitamina de banana com morango e seu laptop. Quando Alex chegou, um pouco depois das oito da manhã, Violet estava bem desperta e energizada.

— Bom dia, trouxe comida — anunciou Alex, segurando um copo de café e uma sacola de papel. — Muffins.

— Bom dia. — Violet sorriu e apontou para o copo de vitamina vazio. — Acredite se quiser, eu já comi.

Alex piscou, confusa, enquanto se sentava do outro lado da mesa.

— Uau, e eu nem precisei te lembrar.

— Não.

Violet estava radiante. Mas não podia levar todo o crédito por aquela pequena mudança. Na noite anterior, enquanto estava ao telefone com Xavier, ela lhe contara que tinha dificuldade de tomar café da manhã no trabalho porque quando entrava no ritmo não conseguia parar para comer. Xavier sugerira que ela tentasse tomar vitaminas, já que eram rápidas e fáceis de fazer. Então ele entrara numa longa explicação sobre os benefícios de usar leite de aveia em vitaminas enquanto ela só sorria, assentindo para o som tranquilizante de sua voz, mesmo que não estivesse entendendo uma palavra do papel das enzimas ou minerais no fortalecimento dos ossos.

— Enfim, saudade de você — afirmou Violet, abraçando Alex. — Obrigada demais por segurar todas as pontas enquanto eu estava fora.

Alex sorriu e deu de ombros, tímida.

— Eu só estava fazendo meu trabalho.

— E o fez muito bem. — Violet retornou para seu assento e esfregou as mãos. — Certo. Manda. Onde estamos?

Alex abriu o laptop e a agenda.

— Certo, hoje temos a sessão de fotos de Angel para a *Billboard*, e uma prova de roupas com Gigi Harrison na sexta para a aparição dela no *The Cut*. — Alex continuou olhando a planilha criada meticulosamente por ela. — Semana que vem, enquanto você estiver em Los Angeles, vamos ter uma segunda prova de roupas com a Karina para a turnê de divulgação de *Kat House*, e você tem uma reunião preliminar com as Black Velvet.

— Tudo bem — respondeu Violet, pegando um muffin com gotas de chocolate e quebrando um pedaço. — As irmãs Black Velvet são bem novinhas. Acho que a mais velha da dupla acabou de fazer vinte anos. Me interessa saber qual tipo de visual estão procurando, pensando no futuro.

— Talvez queiram uma renovação de imagem, como você fez para a Destiny Diaz, menos patricinhas adolescentes, mais chiques e sérias — comentou Alex.

— Sim, talvez — respondeu Violet. Então seu celular vibrou na mesa, atraindo sua atenção. Sorriu enquanto lia a mensagem de Xavier.

Ótimo dia pra você. Te vejo à noite.

Ela respondeu que estava ansiosa para vê-lo e, quando ergueu o rosto, Alex a observava com um sorriso.

— Tá falando com o seu "marido"? — perguntou Alex.

— Bom, estamos meio que namorando agora, na verdade... — Violet riu quando Alex piscou de surpresa pela segunda vez naquela manhã.

— Uau, Vi — exclamou. — Que legal! Estou feliz por você.

— Obrigada. — Violet sorriu. Ela achava irônico as pessoas ficarem mais chocadas em saber que ela estava namorando do que em saber que estava fingindo ser casada. Levantou e limpou as migalhas de muffin da calça. — Vamos então?

○ ○ ○

Quando chegaram ao escritório da *Billboard* para a sessão de fotos de Angel, a equipe interna felizmente já tinha desempacotado e pendurado as roupas que Violet providenciara para serem entregues ao estúdio. Alex e Violet estavam examinando os cabides com peças e escolhendo as opções que ofereceriam a Angel primeiro quando alguém deu um abraço de urso por trás em Violet.

— Maninha! — falou Angel. A voz melódica explodiu em seu ouvido. — Que maravilha, você está curada!

Ele girou Violet para que ela pudesse vê-lo e a abraçou de novo, curvando o corpo alto. Violet sorriu para o rosto ridiculamente bonito dele.

— Oi pra você também — respondeu, rindo.

Violet o conhecera no ano anterior, apresentado por Eddy, que tinha sido empresário de Angel até ele o demitir. O artista tinha sido descoberto aos dezoito anos, depois que um vídeo seu cantando um solo num coro de igreja ficou famoso. Então ele passou um curto período se apresentando como cantor gospel até que trocou o estilo para R&B. Devido a uma criação protetora, tinha sido um trauma sair da sua cidadezinha natal na Georgia para assinar um contrato com uma gravadora em LA. Agora, aos vinte e seis anos, ele estava a caminho de um estrelato potente. No verão anterior, tinha comparecido à festa anticasamento de Violet e ficado até de madrugada, divertindo todo mundo.

— Então, que história é essa de um novo marido? — perguntou Angel, segurando a mão esquerda de Violet e olhando diretamente para as alianças.

Violet sorriu e fez um gesto de descaso com a mão. Ela e Xavier estavam tão confortavelmente envolvidos na redescoberta do amor que nenhum dos dois pensara em como fazer a transição de marido e mulher de mentirinha para duas pessoas que estavam apenas namorando.

— É uma longa história — respondeu. — Te conto quando não estivermos trabalhando.

Angel enrugou a testa e cruzou os braços.

— Por que não me atualiza numa conversa entre amigas como faz com a Karina?

Violet riu.

— Pare de fazer bico e olhe as roupas que a Alex e eu escolhemos pra você.

Eles passaram a olhar com atenção para os cabideiros. O primeiro look era uma calça de couro preta e um sobretudo prata Saint Laurent, sem blusa por baixo, porque ele vinha malhando e queria exibir os gominhos esculpidos.

Violet e Alex ficaram de lado e assistiram a Angel fazer sua mágica para o fotógrafo. Música jorrava enquanto ele dançava, jogando o sobretudo para trás e girando. Ele lambeu os lábios e se agachou, olhando para a câmera. Depois se virou para trás e riu, como se tivesse ouvido a piada mais engraçada do mundo. Parecia bastante esforço para quem estivesse assistindo, mas valeu a pena porque as fotos ficaram incríveis.

O segundo look era um suéter de tricô verde-limão e calça chino Dior branca. Ele se olhou no espelho e levantou a blusa, exibindo os gominhos de novo.

— Afffff, que gostoso — declarou.

Violet e Alex bufaram, e Angel riu.

— Que foi? — perguntou, lançando um sorriso para elas. — Só estou tentando dar ao público o que ele quer.

Violet sacudiu a cabeça enquanto enrolava as mangas do suéter, deixando os braços dele mais à mostra.

— Você é incrível.

Angel sorriu para ela, então piscou, como se tivesse acabado de pensar em algo.

— Falando nisso, tá sabendo que eles terminaram, né?

Violet inclinou a cabeça.

— Quem?

— Eddy e Meela.

— Ah. — Ela olhou para Alex, que deu de ombros. — Não sabia.

— O Eddy me procurou uns dias atrás — continuou Angel. — Pelo que parece, a Meela começou um caso com um dos dançarinos de apoio e demitiu Eddy, então acho que ele está procurando novos clientes. Quer trabalhar comigo de novo, mas eu disse não. Não depois do jeito que ele te tratou.

Violet esperou sentir algo com a notícia. Talvez satisfação ou confirmação. Mas não sentiu... nada. Não se importava nem um pouco.

— Ei — falou Angel, chamando sua atenção de volta para ele. — Você vai no meu show em Los Angeles na semana que vem, não vai? Pode levar sua irmã?

Violet olhou torto para ele. No verão anterior, ela tinha tentado juntar Angel com Lily, mas então a irmã conhecera Nick e o resto era história.

— A Lily tem namorado agora.

— Eu sei. — Ele ergueu uma sobrancelha. — Não estou falando da Lily.

— Então... — Violet congelou, franzindo a testa quando por fim entendeu. — Está falando da Iris?

Angel fez que sim. Seus lábios formaram um sorriso lento e acanhado.

— Conversamos um pouco na sua festa anticasamento ano passado. Senti um clima. Um clima real.

— Hum, tá bom — respondeu Violet. O fato de Iris não ter nem comentado a conversa com Angel indicava para Violet tudo que ela precisava saber sobre o nível de interesse da irmã. E, mesmo na ínfima possibilidade de Iris ter achado Angel levemente intrigante, ela nunca faria nada em relação a isso. Iris não namorava. Não desde Terry. Violet realmente tinha dificuldade em visualizar a irmã com outra pessoa. — Acho que não é uma boa ideia.

— Por que não? — perguntou Angel.

Violet deu um tapinha gentil em seu braço.

— O que não falta são mulheres se jogando em cima de você todo dia. Foca em uma delas.

Ele riu enquanto era acompanhado de volta ao estúdio.

○ ○ ○

Depois da sessão de fotos, Violet e Alex voltaram para o escritório, onde Violet respondeu a alguns e-mails, preparou a prova de roupa de Gigi Harrison, fotografou o inventário e embrulhou as roupas que seriam devolvidas aos designers.

— Peço uma comida? — perguntou Alex certo momento.

Violet olhou a hora no celular e arfou.

— Ah! Tenho que ir! — Ela disparou da mesa e foi pegar o casaco. — Eu devia ter ido embora há uma hora! O Xavier está vindo para a minha casa e eu vou preparar o jantar!

Alex recuou.

— *Você?*

— Ah, não faz essa cara de surpresa! — Então Violet parou e admitiu. — Tá bom, pode ficar um pouquinho chocada. — Ela se apressou para abotoar o casaco. — O Xavier fica me provocando dizendo que não sei cozinhar, então vou mostrar a ele que sei. Ele sempre despertou meu lado competitivo.

— Mas, Violet — disse ela, comedida —, você não *sabe* cozinhar.

— Nem Julia Child sabia no começo, e olha aonde ela chegou. — Violet jogou o laptop na bolsa e deu um abraço de despedida em Alex. — Tenha fé em mim. E, por favor, vai pra casa também. Chama as suas amigas pra tomar uma bebida ou algo assim.

Alex encarou Violet, balançando a cabeça lentamente.

— Cadê a minha chefe e o que você fez com ela?

— Ela ainda está aqui — respondeu Violet, rindo enquanto corria para a porta.

o o o

Violet estava a segundos de incendiar o apartamento e talvez o prédio inteiro.

Tivera a magnífica e extremamente confiante ideia de fazer um filé grelhado para Xavier, como o que eles comeram no restaurante em Montclair em que ela pegara a intoxicação alimentar. Tinha comprado cauda de lagosta para si e preparado macarrão com queijo de forno e couve como acompanhamento. Havia empurrado o carrinho com tanta alegria pelos corredores do supermercado. Então voltou para casa, colocou um vídeo de receita no YouTube, temperou a carne, colocou o bife na frigideira, ferveu a água numa panela grande, colocou as caudas de lagosta lá dentro e... a coisa toda se complicou, porque ela se distraíra em uma chamada de vídeo com Karina, que tivera uma pausa de trinta minutos no set de *Up Next*, e fora para o quarto experimentar o minivestido quadriculado creme e verde novinho em folha para que a amiga visse o que pretendia usar no jantar. Quando se deu conta, o detector de fumaça tinha disparado.

— Ah, meu Deus — berrou, correndo para a cozinha. Ela ficou boquiaberta, olhando o estado do fogão. A carne estava torrada, envolvida em uma nuvem de fumaça. A água na panela com a lagosta estava fervendo e escorrendo para o fogão. Violet correu para desligar as bocas e abanar a área com papel-toalha.

— Caramba, mulher — falou Karina, ainda na chamada de vídeo. Ela estava deitada no sofá de seu trailer, assistindo à cena toda como se fosse um programa de televisão. A peruca de Karina naquele dia era lavanda-clara, com cachos grandes e ondulados no estilo da Velha Hollywood emoldurando seu rosto.

— Mas que desastre. — Violet apoiou o celular para que Karina ainda pudesse vê-la. Ela balançou a toalha debaixo do detector até o alarme parar. Depois abriu as janelas, disposta a sofrer com a brisa gelada da noite para se livrar da fumaça restante.

— Esse é bem o tipo de comportamento doido que as pessoas assumem quando estão paunotizadas — explicou Karina, com calma. — Ele fez você ficar na cozinha de salto mesmo você sabendo que consegue queimar até manteiga.

Violet olhou feio para Karina.

— Não estou de salto!

O interfone tocou avisando que Xavier estava no saguão.

— Ele pode subir, obrigada — disse ela, serena. Para Karina, guinchou: — O Xavier já está aqui! Ele chegou cedo!

— São oito e meia — apontou Karina. — Ele chegou na hora marcada.

— *Ah, meu Deus.*

Violet fez uma careta, imaginando como poderia salvar a situação. Talvez pudesse servir apenas o macarrão com queijo e a couve? O que Julia Child faria?

— Amiga, você sabe que ele não está indo aí pra comer sua comida — declarou Karina. — Atenda a porta usando só um sobretudo e uma lingerie e ele vai ficar tão distraído que nem vai sentir o cheiro de fumaça.

Era uma ideia, mas Violet não teria tempo de trocar de roupa; um segundo depois, ouviu uma batida na porta.

— Tenho que ir. Te amo — disse ela para Karina antes de desligar.

Abriu a porta, e Xavier estava do outro lado, sorrindo. A visão aqueceu seu coração e a fez esquecer seus fracassos culinários por um pequeno instante.

— Oi — cumprimentou ela, pegando a mão dele e o puxando para dentro.

— Oi. — Ele se curvou e a beijou. Violet amava a sensação da boca dele na sua. Ele envolveu os braços na sua cintura e a puxou para mais perto. Depois se afastou e farejou o ar. — Tem alguma coisa queimando?

— Então, sobre isso... — falou ela, colocando-se na frente dele para bloquear a visão da cozinha, o que era inútil, visto que ele era muito maior e conseguia ver claramente acima da sua cabeça. — Houve uma mudança de planos.

— É mesmo? — Xavier sorriu enquanto colocava a mochila de viagem no chão. Ele foi até o fogão e assobiou, observando o cenário desastroso diante dele. Cutucou o bife carbonizado com o indicador. — Você colocou fogo nele?

— Queimei o jantar sem querer — respondeu ela, jogando as mãos para o ar. — Não sou a Julia Child, e Gordon Ramsay provavelmente me jogaria na prisão.

Xavier riu, erguendo a panela e espiando as caudas de lagosta desperdiçadas.

— Hum. Te dou nota dez pelo esforço.

— Você só está dizendo isso pra ser gentil. — Ela ficou ao lado dele olhando para a bagunça com uma careta.

— Não, sou muito justo quando se trata de notas. Pergunte aos meus alunos — rebateu. Ele pôs o braço nos ombros dela e plantou um beijo afetuoso no topo da sua cabeça. — Agradeço por você ter se dado o trabalho, Vi. De verdade.

Ela apoiou a cabeça em seu braço e suspirou.

— Ia ser incrível.

— Acredito — respondeu ele, dando uma risadinha. Então sua barriga roncou bem alto.

— Vamos sair pra jantar — sugeriu ela.

○ ○ ○

Foram a uma taqueria na esquina e pediram burritos e refrigerantes Jarritos de limão. Então sentaram bem pertinho um do outro numa mesa nos fundos do restaurante para comer.

— Tenho uma entrevista com Tim e os outros treinadores da Riley semana que vem — contou Xavier enquanto amassava o papel do seu burrito. Ele tinha devorado a comida em uns cinco segundos.

— Espera, isso é incrível. — Violet o olhou, radiante, mas Xavier parecia menos entusiasmado. — Qual o problema? Era isso que você queria, não era?

Ele fez que sim.

— Era, mas estou preocupado com meus alunos. A equipe do Willow Ridge é ótima, e eu sei que vão ficar em boas mãos, mas me sinto responsável por eles. Ainda mais pelos meninos do time. É estranho pensar que este pode ser meu último ano com eles. O sr. Rodney não tem mais a mesma energia para ser treinador.

— Entendo — respondeu Violet, acariciando suas costas. Sabia que os alunos de Xavier provavelmente não teriam outro professor como ele, mas ser treinador na Riley era seu objetivo, e, apesar da opinião que tinha sobre Tim Vogel, ela ia apoiá-lo. — Mas seus alunos vão ficar bem, e você ainda pode manter contato com eles.

— É verdade. E a Riley é uma oportunidade melhor pra mim. Mais dinheiro, mais crescimento. Tenho que me lembrar disso.

Xavier virou de lado, encarando-a. Ela fez o mesmo e segurou sua mão. Estava muito feliz por ele estar ali com ela. Por ter arranjado tempo para vê-la durante a semana.

— O que acha que devemos contar para as pessoas sobre a gente agora? — perguntou ela. — Antes a gente ia avisar a todo mundo que estávamos nos separando.

Ele pôs um cacho errante atrás da orelha de Violet e acariciou seu rosto com ternura.

— Pra ser sincero, eu não ligo mais para o que as pessoas pensam ou têm a dizer. Que tal a gente contar a verdade só para os nossos pais no jantar que sua mãe está planejando? Depois disso, não temos por que ficar nos explicando. Se descobrirem que não estamos casados de verdade, que seja. Não é da conta de ninguém.

— Parece bom pra mim — murmurou ela, sorrindo. Amou a repentina atitude "dane-se o mundo" dele. Era meio que excitante.

Ela se aproximou e lambeu os lábios dele. Os olhos de Xavier brilharam, e ele baixou a boca até a dela e logo começou uma empreitada ardente para tirar seu ar com o beijo. Suas mãos foram para a cintura dela, e Violet envolveu o pescoço dele com os braços, puxando-o para si. Agarraram um ao outro com fome, soltando o desejo reprimido. Ela estava praticamente subindo no colo dele quando a garçonete apareceu na mesa e pigarreou. Violet ergueu o rosto, alerta, e notou que os clientes do pequeno restaurante encaravam Xavier e ela boquiabertos.

— Gostariam de sobremesa? — perguntou a garçonete, de rosto corado.

— Ah, não, obrigada — respondeu Violet, afastando-se de Xavier. Ela pegou o guardanapo e deu pancadinhas no batom borrado.

— Só a conta, por favor — pediu Xavier.

Eles voltaram para o apartamento de Violet de mãos dadas, andando apressados no frio. No instante em que ela abriu a porta, Xavier a pressionou na parede, correndo para abrir seu casaco e deixando uma trilha de beijos sensuais em seu pescoço.

— Tenho um ingresso extra para o show do Angel sábado que vem em Los Angeles — comentou ela, ofegante e tonta. — Sei que tem a programação do basquete, mas, se conseguir, quer ir comigo ao show?

Xavier pausou e ergueu o olhar acalorado para seu rosto.

— Não teremos treino nem jogo no sábado que vem, então vou estar livre. Vou com você.

— Tá bom. Pode continuar.

Ela sorriu quando ele continuou a descida de beijos pelo seu corpo.

21

Voltar ao ginásio da Riley fez Xavier se sentir estranho. Ele estava sentado na arquibancada, observando Tim Vogel e os dois técnicos-assistentes, Justin e Vince, conduzirem o treino. Enquanto os alunos driblavam e corriam pela quadra, foi impossível para Xavier não se lembrar de quando era igualzinho a eles, usando uma camiseta de treino, tentando retomar o ritmo depois da lesão e da troca de faculdade.

Quando o treino acabou, Xavier achou que Tim fosse convidá-lo para irem ao seu escritório para a entrevista, mas, em vez disso, eles ficaram sentados na arquibancada, com Vince e Justin, que pareciam exaustos e mais do que prontos para dar o fora dali.

— Xavier, o que achou do time? — perguntou Tim.

— É um grupo interessante — respondeu ele, tentando ser diplomático. Estava bem convencido de que seus alunos os venceriam com facilidade. Já estava pensando em como ajudar a Riley a melhorar.

Tim fez um barulho de desdém entre os dentes e acenou com a mão.

— Ah, você pode ser sincero comigo. São um bando de vagabundos.

Xavier arregalou os olhos. Atrás de Tim, Justin afundou os ombros com um suspiro silencioso. Vince estava com o queixo apoiado na palma da mão. Parecia adormecido.

— Por mais que a gente tente, algo não bate com essa safra de alunos — continuou Tim. — Não é como quando você estava aqui. — Para Justin e Vince, explicou: — Xavier jogou na Riley há mais ou menos... quanto tempo, Xavier, dez anos?

Ele assentiu.

— Quase isso.

— Aqueles dois anos foram alguns dos melhores que tivemos — declarou Tim. Ele encarou o nada, nostálgico. Justin revirou os olhos. Vince estava com certeza roncando baixinho. — Soube que seu time em Willow Ridge está imbatível este ano. É bastante impressionante.

— Obrigado — respondeu Xavier. — A gente espera chegar ao campeonato. Vamos para as semifinais estaduais semana que vem.

Tim assentiu.

— Precisamos de um pouco dessa energia na Riley. Como você a traria?

Ah, as verdadeiras perguntas de entrevista.

— Bom, primeiro, acho que poderia ser melhor começar com treinos mais simples. Voltar ao básico e garantir que cada jogador tenha controle do que está fazendo. Pode ser bom implementar um cronograma de dois ao dia, treino logo cedo antes das aulas e depois das aulas, de noite.

— Hum — murmurou Tim, esfregando o maxilar. — Não é uma má ideia. Sabe, é realmente importante para esses garotos terem mentores para orientá-los. Querem jogar basquete, mas muitos deles não sabem diferenciar direita de esquerda. Você se considera um mentor dos seus jogadores?

Xavier pensou em seus atletas de Willow Ridge, em como eles o procuravam para pedir conselhos e se inspiravam nele.

— Gosto de pensar que sim — respondeu. — Tento ser um bom exemplo.

Tim assentiu de novo.

— É isso que não temos.

Ele deu um olhar afiado por sobre o ombro para Justin e Vince. Justin pareceu um pouco ofendido, mas Vince estava esfregando os olhos, como se Justin o tivesse sacudido segundos antes para acordar.

Então Tim levantou, e Xavier também, esperando que a entrevista se movesse para o escritório do treinador, mas, em vez disso, Tim estendeu a mão para um aperto.

— Gostei da conversa.

— Ah — exclamou Xavier, surpreso pela entrevista acabar tão rápido. — Você não tem outras perguntas para mim?

— Minha assistente vai te enviar um e-mail esta semana para combinar uma segunda entrevista, comigo e com o diretor de atletismo. Protocolo padrão, você entende. Tem muita gente competindo por esse cargo, Xavier. Mesmo que você seja um legado, estamos dando a todos uma chance justa.

— Sim, claro. Entendo completamente.

— Ótimo. — Tim se afastou em direção ao vestiário. Justin e Vince se despediram com desânimo e o seguiram.

Aquilo fora mais fácil do que o esperado. O comportamento desconectado de Vince e Justin tinha sido estranho, mas Xavier ainda se sentia esperançoso. Enquanto caminhava até o carro, ele mandou para Violet a notícia de que haveria uma segunda entrevista. Ele não estava esperando uma resposta imediata, porque ela estava ocupada com o trabalho.

Quando passou de carro pela escola a caminho de casa, imaginou o rosto sorridente dos alunos e sentiu uma dor no peito. Ficariam bem sem ele. Xavier sabia disso. No mínimo, assumir um cargo na Riley deveria inspirá-los. Mas esse pensamento não estava lhe dando o conforto esperado.

○ ○ ○

Naquele sábado, Xavier foi para LA depois de conseguir uma passagem barata em uma promoção de última hora. Quando o avião começou sua descida no Aeroporto LAX, Xavier alisou a calça jeans e fez uma rápida checagem na roupa, se certificando de que o suéter preto e o jeans parecessem novos. A última coisa que desejava era ser uma aberração na vida esplêndida de Violet.

Ela ainda estava trabalhando quando o voo pousou, então ele foi para o hotel, onde ela o encontraria mais tarde para um jantar antes do show. Quando Xavier chegou ao hotel, a recepção já tinha recebido instruções para dar o cartão-chave extra de Violet a ele. O quarto era espaçoso, com uma cama queen size e um sofazinho pequeno branco encostado na parede. A luz do sol entrava pela janela, e Xavier colocou a mala ao lado da cama e se sentou. Eram duas da tarde, mas seu corpo ainda estava no fuso horário da Costa Leste. Tinham programado o jantar para dali a duas horas, e ele queria usar esse tempo para explorar a cidade, já que era sua primeira vez em Los Angeles, só que estava cansado do voo. Bocejou, se jogou na cama e ligou a televisão. Fechou os olhos por um instante, deixando-os descansar. Em pouco tempo adormeceu.

Acordou com a sensação de alguém passando os dedos delicadamente em suas sobrancelhas. Ele piscou e sua visão clareou, revelando Violet, que sorria para ele.

— Oi — cumprimentou ela, plantando um beijo suave nos seus lábios.

— Oi. — A voz de Xavier estava grogue enquanto ele esfregava os olhos. O sol tinha se posto. — Que horas são?

— Quase sete.

— Sete? — Ele se sentou na hora. — Droga, a gente ia jantar.

— Tudo bem. Cheguei faz quarenta minutos. A prova de roupas da Karina demorou bem mais do que o esperado. Te liguei várias vezes. — Com um sorriso, ela emendou: — Agora sei por que não atendeu.

Ele passou a mão no rosto.

— Desculpe. Apaguei.

— Não precisa se desculpar. Pelo jeito você estava precisando descansar. Eu estava prestes a deitar do seu lado, na verdade.

Agora que estava mais desperto, ele conseguia observar Violet de verdade. Estava linda como sempre. O cabelo escovado emoldurava seu rosto em camadas suaves, e ela usava uma camisa de botões branca e larga com calça jeans escura. Mas algo em sua expressão estava tenso, e Violet tinha olheiras sob os olhos. Xavier se recostou na cama e abriu os braços.

— Vem aqui.

Ela foi até ele prontamente e se enroscou no seu peito. Ele esfregou círculos grandes e lentos nas suas costas.

— Teve um bom dia? — perguntou.

Ela respirou fundo, então parou.

— Não diria bom, mas está bem melhor agora que você está aqui.

— Quer falar do que aconteceu?

Violet sacudiu a cabeça.

— Na verdade, não. Não é importante.

Ele desejou saber o que a incomodava, mas não pressionaria. Em vez disso, massageou sua nuca, e Violet suspirou profundamente, se aconchegando mais nele. Queria reter aquele momento por mais tempo. Os dois abraçados na bolha silenciosa deles.

— Queria que a gente não precisasse sair — murmurou ela, como se lesse sua mente. — Mas prometi ao Angel.

Violet se sentou, e Xavier estendeu a mão para ela, protestando por sair do abraço. Ela sorriu e se curvou para beijá-lo de novo, ajustando a posição para que sua boca pairasse sobre a dele. Xavier embalou seu rosto com as mãos e a beijou, apreciando a sensação dos lábios macios. Passou as mãos por sua coluna para pousar na bunda. Quando ela se afastou, ele grunhiu.

— Eu sei, desculpe — pediu ela. — Temos que ir para o show, mas depois o tempo vai ser só nosso.

Ela movimentou as sobrancelhas de forma sugestiva, e Xavier riu, ainda excitado. Ela foi até o espelho e reaplicou o batom ameixa-escuro que ele amava.

— Minha roupa está boa? — perguntou ele, ao se endireitar e deixar que ela visse o suéter preto de gola redonda e a calça jeans escura.

Violet olhou para o reflexo dele no espelho e sorriu.

— Você está perfeito.

o o o

Quando chegaram, Xavier e Violet não precisaram ficar na fila e foram acompanhados até os bastidores. Seguiram um segurança que se movimentava com facilidade pelas hordas de fãs, a maioria garotas adolescentes esperando na fila por camisetas e outras lembrancinhas. Depois que terminaram o trajeto pelo que pareceu um labirinto elaborado, pararam na porta do camarim. O segurança bateu duas vezes, e um segundo segurança abriu a porta, revelando uma sala cheia de gente, incluindo Angel, Karamel Kitty e dois outros amigos de Violet, Brian e Melody, que Xavier se lembrava de ter conhecido em Vegas.

— Maninha — falou Angel, saltando da cadeira. Ele era alto e esbelto, quase tão alto quanto Xavier. — Você chegou!

— Oi — respondeu Violet, sorrindo, quando Angel a abraçou. Ela se afastou e apontou para Xavier. — Este é o Xavier, meu namorado.

O peito dele se aqueceu ao ouvi-la pronunciar essas palavras.

— E aí? Legal te conhecer — falou Xavier, cumprimentado Angel.

— Idem, amigo. — Angel sorria para ele, cheio de energia. — Fico feliz que tenham vindo hoje. — Ele olhou para Violet. — Quase compensa por não ter trazido a sua irmã.

Violet franziu a testa.

— É, ainda não entendi o que rolou entre vocês. — Para Xavier, ela explicou: — Angel tem uma queda pela Iris porque conversou com ela por dois segundos em uma das minhas festas.

— *Iris?* — Xavier arregalou os olhos. Se existia um par incompatível, provavelmente era o cara entusiasmado na sua frente e a reservada irmã mais velha de Violet. Mas, ei, cada um com seu gosto. — Boa, cara.

Angel se iluminou ainda mais, se era possível.

— Mas eu já te falei. Sabe quando você encontra alguém e sente uma faísca? Foi o que aconteceu com a gente.

Violet riu e sacudiu a cabeça.

— Desculpe te falar, mas não tem como minha irmã ter sentido a mesma faísca. — Ela enroscou o braço no de Xavier e o guiou até Karamel Kitty.

— Lembra dos meus amigos Karina, Brian e Melody?

Ela se referia a Karamel Kitty com muita casualidade, como se ela não fosse uma das pessoas mais famosas do país.

— Sim — respondeu Xavier, tentando soar tão descontraído quanto Violet. — Tudo bem, pessoal?

— Oi, Xavier — responderam eles em uníssono, como se fossem as panteras travessas de Charlie. Todos exibiam um sorriso como o do gato de Alice e alternavam olhadas furtivas entre Xavier e Violet. Ele tinha a nítida sensação de que havia sido o tema da conversa daquele grupo de amigos mais de uma vez.

As bebidas chegaram e Violet e os amigos dividiram a garrafa de um champanhe aparentemente caro. Xavier olhou ao redor e notou o quanto todos pareciam atraentes e na moda. Olhou para suas roupas sem glamour e se perguntou se pertencia àquele lugar. Mas Violet lhe dissera que estava bom. *Perfeito,* ela falara. E segurava sua mão enquanto conversava com os amigos, tranquila e confortável. Ele passou o polegar nos nós dos dedos dela, e Violet se virou e sorriu, apertando sua mão.

Quando saíram e foram para os lugares na fileira da frente com sofás vermelhos exuberantes, as pessoas ergueram a câmera do celular na direção de Karamel Kitty, e Xavier sentiu vontade de sair da frente, mas Violet aparentou nem perceber. Estava acostumada com aquilo, claro, então ele tentou relaxar também. Sentiu-se melhor quando as luzes se apagaram e o show de Angel começou. Não conhecia muito suas músicas, então foi uma surpresa agradável ver que Angel era ótimo ao vivo e um bom dançarino. Ele era meio que uma combinação de Usher e D'Angelo.

Violet cantava junto, acenando e dançando. Mas, de vez em quando, seu celular vibrava e o mesmo semblante perturbado que tinha exibido mais cedo no quarto de hotel surgia em seu rosto.

— Tudo bem? — perguntou Xavier, abaixando-se até ela.

— Sim, é só um cliente. — Ela enfiou o celular de volta no bolso.

Na terceira vez que ela pegou o celular, Karina, que estava do outro lado de Violet, suspirou.

— Porra, foda-se esse cara. Você sabe que essas garotas vão mandar o cara embora logo. Ele é um lixo. Nem esquenta.

— Quem é um lixo? — perguntou Xavier.

— Não é nada — respondeu Violet rápido demais. Ela se virou para Xavier e sacudiu a cabeça. — Sério, não é nada.

Ele fez uma careta.

— Não parece ser nada. O que está acontecendo?

Ela ficou em silêncio por um momento e olhou para o palco, como se estivesse contemplando se queria ou não responder. Por fim, falou:

— Lembra da dupla de irmãs que mencionei que quer trabalhar comigo, Black Velvet?

— Lembro.

— O Eddy é o novo empresário delas — afirmou Violet. — Tive uma reunião com as meninas esta manhã e ele apareceu. Ele foi contratado recentemente e eu não sabia.

Xavier a encarou.

— Eddy, seu ex-noivo?

Violet fez que sim.

— É por isso que você estava chateada mais cedo?

— Um pouco, sim. — Ela mordeu o lábio, a expressão se tornando mais agitada.

Xavier apertou os olhos, lutando para entender por que ela esconderia aquilo dele.

— Por que não me contou quando perguntei o que estava errado?

— Porque fazia mais de uma semana que eu não te via e não queria perder tempo falando desse cara. — Ela baixou a voz e lhe deu um olhar implorador. — Podemos conversar sobre isso quando estivermos no hotel, por favor?

Ele avaliou seu rosto em silêncio.

— Sim.

Violet entrelaçou os dedos nos dele e apertou sua mão de novo numa tentativa de tranquilizá-lo. Xavier apreciava o esforço, mas sua mente disparou mesmo assim, imaginando um milhão de cenários em que o ex rico e bem-sucedido de Violet ficava entre eles.

22

Violet e Xavier não conversaram pelo restante do show, embora suas mãos permanecessem entrelaçadas. Escolheram não sair com Karina e Angel após o fim da apresentação e voltaram para o hotel. Continuaram de mãos dadas durante a viagem de carro também, mas Violet sentiu a mudança entre eles. Sabia o quanto era ruim ter escondido que se encontrara com Eddy, mas não o fizera por mal. Apenas não queria que a interação com ele ganhasse alguma importância, mesmo incomodada com a possibilidade de ter que encontrá-lo com alguma frequência no futuro.

Naquela manhã, ela e Alex tinham ido ao Blu Jam Café para uma reunião com as garotas da Black Velvet. Quando as irmãs, Willow e Harlow, chegaram, falaram todas sorridentes o quanto amavam o trabalho de Violet com Karamel Kitty e Destiny Diaz. Mesmo com dois anos de diferença, as irmãs pareciam quase idênticas, com a pele marrom-médio e tranças goddess vinho. Estavam entrando no ramo da atuação e desejavam um visual mais maduro para combinar com o novo momento. Também haviam acabado de gravar uma música para o próximo filme biográfico sobre Maya Angelou, e a música já estava entrando no burburinho do Oscar.

Esse tipo de reunião preliminar com clientes em potencial era padrão. Uma forma de ver se a energia batia, para que stylist e cliente pudessem sentir se trabalhariam bem juntos. Até ali, parecia que Violet e Black Velvet tinham um relacionamento tranquilo, e Violet já estava considerando que designers contataria para a primeira prova de roupa delas. Então Willow, a mais velha, olhou para o celular e falou:

— Nosso novo empresário está vindo pra dar um oi.

— Ah. Tudo bem — respondeu Violet.

Não era supercomum empresários participarem dessas reuniões, mas alguns clientes precisavam de mais apoio que outros. E, se o empresário era novo, Violet compreendia por que ele queria garantir que a reunião estivesse ocorrendo sem problemas.

Mas essas explicações lógicas saíram pela janela quando Eddy passou pela porta do restaurante. O primeiro pensamento de Violet foi que era estranho ter conseguido evitar Eddy desde que terminaram e mesmo assim vê-lo na sua primeira viagem de volta a Los Angeles. E então a recepcionista apontou na direção da mesa delas e os olhos dele pousaram em Violet. E tudo fez sentido. Eddy era o novo empresário da Black Velvet.

Sem fala, Violet encarou Eddy enquanto ele caminhava até a mesa. Estava atraente como sempre, vestindo uma camisa social clara e calça ajustada. Sua pele negra estava hidratada graças a sua rotina extensiva de cuidados com a pele, e a careca brilhava sob a iluminação do restaurante.

— Senhoritas — cumprimentou ele, tranquilo. E ergueu os cantos dos lábios, dando forma a um sorriso. — Bom dia.

Abraçou as clientes, e Alex não escondeu a cara feia quando Eddy se aproximou para um abraço; ela ergueu a mão rígida para um aperto, como se não o conhecesse. Então ele deu a volta até a cadeira de Violet, e ela piscou, ainda lutando contra a névoa de choque.

— Bom te ver, Vi.

O uso do apelido a despertou.

— Oi, Eddy — respondeu, deixando o profissionalismo tomar conta. Forçou um sorriso e aceitou o abraço com educação. Pigarreou discretamente quando ele a segurou por um instante a mais.

— Como você está? — perguntou ele, puxando uma cadeira entre Violet e Harlow.

— Estou bem. — Violet manteve a voz neutra, consciente de que aquela era uma reunião de trabalho e que precisava tratá-la como tal. — E você?

Ele a encarava com intensidade, como se estivesse se familiarizando de novo com os detalhes do seu rosto.

— Estou bem.

— Esperamos que não seja um problema Eddy se juntar a nós — comentou Willow. — Ele começou como nosso empresário na semana passada, e sabemos que ele já trabalhou com você com clientes anteriores...

Willow se interrompeu e olhou para a irmã. O constrangimento da sua afirmação permeou o ar ao redor da mesa. Claro que o passado de Violet com Eddy não era nenhum segredo. Tinham frequentado vários eventos juntos quando namoravam. E quem andava em certos círculos sabia muito bem que a relação de Violet e Eddy tinha acabado porque ele a traíra com Meela.

Mas Violet não deixaria que aquela situação do passado atrapalhasse seu trabalho. Independentemente do quanto se sentisse desconfortável naquele momento.

— Ah, sem problema nenhum — respondeu, rápido. Ela até achou um jeito de sorrir para Eddy, tranquilizando as garotas. Mexeu-se para olhar Harlow e Willow. — Me falem quem são seus designers favoritos.

As garotas começaram a contar o quanto amavam Fe Noel, e Violet assentia, fazendo comentários quando necessário, e ao mesmo tempo sentindo que Eddy não tirava os olhos dela, o que aumentava seu desconforto. Quando a reunião acabou e as garotas foram levadas por uma assistente para outro compromisso, Eddy ficou. Violet e Alex reuniram suas coisas, trocando olhares privados uma com a outra e evitando olhar para Eddy. Então ele tocou o cotovelo de Violet. Ela se retraiu por instinto.

— Posso falar com você um instante?

Se fosse um encontro aleatório normal com um ex, Violet negaria e iria embora. Mas Eddy era o empresário de suas novas clientes e, se ela queria que a relação com a Black Velvet fosse tranquila, precisava pegar leve

— Claro — respondeu, colocando a bolsa na mesa.

Alex franziu o cenho, olhando feio para Eddy. Para Violet, disse:

— Vou esperar lá fora. Nosso carro chega em cinco minutos.

Violet assentiu e se virou para Eddy, esperando que ele falasse.

— É muito bom mesmo ver você — afirmou ele. — Tentei te ligar algumas vezes.

Violet piscou, confusa. Então lembrou que o tinha bloqueado quando terminaram. Estava irritada demais na época. Foi justificado, mas, no momento, se arrependia de ter desperdiçado tanta energia com ele.

— Você sabe que não precisava aparecer nesta reunião — declarou ela. — O que está fazendo? É por causa de você que as garotas me querem como stylist?

— Não, acabei de começar a trabalhar com elas. Essa é parte da verdade. Se eu usei a reunião de hoje como uma oportunidade de te ver? Sim, usei. Não vou mentir.

Ela suspirou, tendo dificuldade em combater a irritação com a expressão ávida no rosto dele.

— Não vou fazer rodeios. Me desculpe pelo que aconteceu com a Meela — pediu ele, baixando a voz. — Foi um erro. O que eu fiz foi errado, muito errado, e arruinei tudo que tínhamos.

— Eddy, por favor. — Violet ergueu a mão para interrompê-lo. Não queria ouvir mais uma palavra sobre o assunto. — Não temos que falar disso. Deixe o passado ficar no passado.

Ele esfregou a nuca com uma expressão abatida.

— Certo — murmurou. — Sim, você tem razão.

Ele só estava falando com ela daquela maneira porque Meela o tinha largado. Violet não conseguia acreditar que antes o achava muito direto e genuíno. Agora via o que tinha por trás da fachada. Era uma encenação, como em um filme de Hollywood, para conseguir exatamente o que queria. Ele tinha feito o mesmo na festa de Halloween quando se conheceram: a emboscara e falara do desejo de se acomodar e casar. Na ocasião, ela tinha achado aquela atitude direta revigorante. No momento, só parecia manipuladora e falsa.

Violet colocou a bolsa no ombro e avistou Alex do lado de fora do restaurante, acenando para um carro preto que provavelmente devia ser o Uber que chamara.

— Tenho que ir — falou, andando até a porta. Para sua irritação contínua, Eddy a seguiu de perto.

— Soube que devo te dar os parabéns — declarou ele.

Ela olhou para ele por cima do ombro.

— Quê?

— Li a entrevista na *Look Magazine* — respondeu. — Você disse que se casou.

Ele olhou para as alianças, e Violet tirou a mão da linha de visão de Eddy. Ela e Xavier tinham concordado em deixar as pessoas pensarem o que quisessem, se estavam mesmo casados ou não. Mas ela não queria que Eddy comentasse sua relação.

— Boa matéria, falando nisso — continuou. — A "30 Under 30" é muito impressionante.

— Valeu.

Ela estava passando pela recepcionista, a poucos metros da porta. Eddy continuava em seu encalço, ainda falando.

— Então você acabou ficando com o namorado da escola — disse ele. — O que você tatuou a inicial do nome.

Ela sentiu o tom ciumento na voz dele. Nunca tinha contado para Eddy os detalhes de seu passado com Xavier. Só tinha contado que tivera um namorado na escola e que fizeram tatuagens juntos. Havia suspeitado mais de uma vez que sua tatuagem, e a decisão de não a remover, irritava Eddy. E agora tinha provas.

Violet chegou à porta e se virou para ele.

— Isso não é da sua conta mesmo.

— Não é — rebateu, com facilidade. — Só estou comentando o que li na entrevista. Presumo que ele ainda more na sua cidade natal. E é professor, certo? Deve ser difícil.

O tom cuidadosamente frio a deixou na defensiva.

— O que exatamente você está querendo dizer?

Ele deu de ombros.

— Nada. Estou sinceramente imaginando como faz para funcionar. Você mesma disse que gostava de estar comigo porque eu compreendia sua carreira e a ética de trabalho que vinha com ela, porque eu tinha um estilo de vida parecido. E, mesmo com essa compreensão, as coisas entre a gente não foram fáceis.

— Sim, porque você me traiu — rebateu, seca.

— Traí, e peço desculpa por isso, porque foi errado. Passar tempo demais com a Meela quando eu não podia te ver mexeu com a minha cabeça. Assumo total responsabilidade por meu erro. Eu poderia ter sido mais presente, mas você também não era presente, Violet. Você coloca o trabalho antes de tudo, então fiz o mesmo. Talvez seu novo marido seja um homem muito paciente e ficar em segundo plano não seja um problema pra ele.

Ela encarou Eddy, tentando não demonstrar como suas palavras a machucaram. Ele a encarou também, em um confronto com ela na porta.

— Violet, o carro chegou — gritou Alex.

Ela saiu para a calçada, mantendo o olhar duro no rosto de Eddy.

— A única coisa que você precisa saber do meu marido é que ele é um bom homem. Ele nunca me constrangeria como você fez.

Eddy inclinou a cabeça, todo cheio de boas maneiras e gentilezas falsas.

— Espero que sejam muito felizes — declarou ele, mantendo o tom frio.

Violet deu meia-volta e se afastou dele, entrando muda no carro.

— Você está bem? — perguntou Alex enquanto ela colocava o cinto.

Violet assentiu e respirou fundo.

— Estou bem.

Elas se apressaram para a prova de roupas de Karina, e depois o foco de Violet foi para a próxima tarefa programada, mas as palavras de Eddy a acompanharam no fundo da sua mente pelo restante do dia. Enviou um e-mail para Jill a fim de avisar que Eddy era o novo empresário da Black Velvet e perguntar como aquele detalhe tinha sido ignorado por elas. Queria saber o que poderiam fazer para garantir que ela e Eddy tivessem o mínimo de interação possível. Violet tinha ficado muito empolgada para trabalhar com as irmãs e poderia até ter uma oportunidade de vesti-las para o próximo Oscar, seu evento dos sonhos. Só que, no momento, tudo estava tingido com o envolvimento de Eddy. Violet fumegou, percebendo que Eddy tinha prejudicado sua carreira *de novo*.

No fim daquele dia, quando ela entrou no quarto de hotel, ficou tão aliviada em ver Xavier dormindo em paz que quase quis chorar. Ele era seu porto seguro, muito distante da sua vida profissional. E não quis estragar o momento contando o que acontecera.

Xavier entrou na suíte em silêncio. Com passos tranquilos, ele cruzou a sala e se sentou no sofá de dois lugares perto da janela. Sua postura estava tensa quando se inclinou para a frente, colocando os cotovelos nos joelhos, e a olhou.

— Agora você pode me contar o que aconteceu?

Ela se sentou ao seu lado. Xavier se virou para ela e, depois de inspirar profundamente, Violet lhe contou a história toda do encontro com Eddy. Quando terminou de falar, as sobrancelhas de Xavier estavam unidas.

— Quando perguntei o que estava te incomodando, por que você não disse nada?

— Eu queria esquecer tudo aquilo. Era a última coisa sobre a qual eu queria conversar com você depois de dias sem nos vermos.

— Entendo — respondeu ele. — Mas quero que você sinta que pode falar comigo sempre que algo estiver te chateando.

— Eu sei que posso, claro. Acho que só estava tentando proteger nosso tempo juntos, mas acabei piorando as coisas. Me desculpe.

Xavier sacudiu a cabeça. Seus lábios estavam apertados num franzido profundo.

— Não precisa se desculpar. Não estou bravo com você. Estou puto com ele. Ele foi desrespeitoso, te incomodou enquanto você tentava trabalhar e insinuou na cara dura que nosso relacionamento não tem futuro. Se eu não estivesse no jogo, acho que ele tentaria voltar com você.

— Isso *nunca* vai acontecer — respondeu Violet, evidentemente chocada com a ideia. — Não consigo enfatizar o bastante. Mesmo se eu não estivesse com você, nunca voltaria com ele.

Xavier olhou pela janela. Sua expressão estava ilegível.

— Não posso te dar as coisas que ele pode — comentou ele, baixo. — Os presentes e as viagens. Pelo menos, não posso fazer isso agora. Mas, com o novo emprego, minha situação financeira vai melhorar.

— Xavier. — Ela tocou a bochecha dele com delicadeza, fazendo com que ele olhasse para seu rosto. — Já te disse. Não me importo com essas coisas. O Eddy pode ter feito umas coisas bem extravagantes pra me impressionar, mas também mentiu para mim. Tudo o que quero é estar com uma pessoa confiável e que gosta de mim de verdade. Você.

Ela baixou a mão do rosto dele e a pousou na sua coxa.

— Sabe o que eu queria fazer este fim de semana? Ficar deitada na cama com você. Só isso. E, tipo, quem sabe assistir televisão e comer batatas sabor sal e vinagre.

Ele sorriu. Quando Xavier entrelaçou os dedos nos dela, a tensão por fim saiu dos ombros de Violet.

— Acho que devíamos tentar nosso melhor para sermos honestos um com o outro daqui pra frente — declarou ele. — Se algo estiver incomodando um de nós, ou se alguma coisa acontecer que sentimos que a outra pessoa deve saber, vamos simplesmente contar um para o outro. Fico pensando que não ter falado com você com honestidade sobre meus sentimentos e terminado nosso namoro como um babaca fez a gente perder nove anos. Não quero que isso aconteça de novo.

— Nem eu. Sem segredos. — Ela sorriu de leve. — Acho que vamos ficar aliviados depois que conversarmos com nossos pais no jantar. Sua mãe vai estar lá, certo?

— Sim, eu estava torcendo para que ela voltasse depois que a gente contasse a verdade, mas sua mãe mandou mensagem para ela no Facebook e a convidou. Ela vai chegar na véspera do jantar.

— Bom, veja por esse lado. Depois que acabar, vamos ficar livres para viver nossa vida como um casal não casado.

Ele riu, e ela se aproximou, procurando seu abraço. Xavier a envolveu nos braços, e Violet pousou a cabeça em seu peito, encantada com o quanto os dois tinham amadurecido. Na escola, costumavam explodir um com o outro pelas coisinhas mais minúsculas. Agora tinham conversado sobre um problema e saído dele inteiros.

Só que algo que Eddy dissera ainda incomodava Violet. Ela se sentou e olhou nos olhos de Xavier.

— Vou me esforçar ao máximo para ser presente — declarou ela. — Prometo.

Xavier pousou as mãos no seu rosto.

— Vou fazer o mesmo.

Ela o encarou, com o peito aquecido e efervescente, borbulhando de emoção.

— Te amo — afirmou Violet. Era a primeira vez naquela interação de Violet e Xavier 2.0 que ela tinha sido a primeira a pronunciar as palavras.

Os olhos dele se suavizaram.

— Também te amo.

Ele a puxou para si e a beijou intensamente. Eletricidade disparou por suas veias, e seu centro começou a latejar enquanto os beijos se tornavam mais lentos e pesados. Ela suspirou com prazer enquanto suas mãos procuravam a pele de Xavier. Tirou o suéter dele e espalhou os dedos por seu abdômen. Xavier a segurou com mais intensidade, e Violet gemeu quando as mãos dele desceram para apertar sua bunda. Num movimento fluido, ele ficou de pé, colocando as pernas de Violet ao redor de sua cintura e a carregando até a cama. Ela sorriu, insanamente excitada por sua força enquanto ele a deitava com delicadeza. Xavier a beijou de novo, e ela levou a mão até seu cinto, abrindo-o.

— Pensei nisso a semana toda — contou ele, rouco, tirando a calça e a cueca, então removendo o suéter.

— Eu também. — O coração de Violet começou a acelerar quando encarou o lindo corpo nu dele. Abriu sua calça jeans e a tirou dançando pelas pernas, junto com a calcinha. Xavier a ajudou a remover as peças de vez e as jogou de lado, e ela tirou o casaco Alexander McQueen de gola alta branco com cuidado, porque era vintage. Tudo que sobrou foi o sutiã e, quando ela o abriu por trás e o jogou de lado, Xavier inspirou fundo. Ela amava essa reação, como se já não tivesse visto seus seios muitas vezes.

Violet o chamou com um gesto, e Xavier se deitou em cima dela. A pele quente dele aqueceu seu corpo, e Violet sentiu o martelar do coração quando ficaram a meio centímetro de distância. Eles se encararam, e os lábios se acharam. Se beijaram como se tivessem todo o tempo do mundo. Xavier enganchou as mãos sob os joelhos dela e ergueu suas pernas até a cintura dele enquanto ela beijava seu lábio inferior, seu maxilar e depois seu pescoço. Ele pôs a mão entre as pernas de Violet e ela gemeu enquanto ele continuou tocando-a até que ela sentisse que poderia se estilhaçar em milhões de pedaços excitados. Com tranquilidade, ele pegou sua calça jeans e tirou uma camisinha da carteira. Ela o ajudou a colocar, amando a sensação dele nas mãos. Depois, com uma lentidão deliciosa, Xavier se afundou nela. Acharam um ritmo guiado pelas estocadas profundas e calmas dele.

— Te amo — sussurrou ele, rouco, com os olhos cravados nela.

Violet estava tão feliz, e era tão gostoso senti-lo, que ficou a ponto de chorar.

— Eu também te amo. — Ela o beijou de novo, girando a língua em volta da dele. As estocadas se tornaram mais fortes e rápidas, e logo se desfizeram juntos, terminando ofegantes nos braços um do outro.

Em seguida, foram para debaixo das cobertas, e Xavier a abraçou por trás, logo pegando no sono. Violet, entretanto, permaneceu bem acordada. Estava muito zonza para fechar os olhos, sobrecarregada de felicidade e pela repentina satisfação profunda com sua vida. Estar com Xavier era muito fácil.

Quase fácil demais.

Terem se redescoberto era bom demais para ser verdade; ela já tinha se conformado com a ideia de que nunca se apaixonaria de novo e focado em sua carreira. E se ela não conseguisse manter a vida amorosa e a vida profissional ao mesmo tempo? De repente, o medo de que pudesse perdê-lo a dominou. Medo de que, depois de tudo pelo que tinham passado, ela inevitavelmente encontraria um jeito de estragar as coisas.

Ela se aconchegou mais sob a coberta e se virou para Xavier, deixando que o abraço dele mantivesse as preocupações afastadas.

23

Com os olhos alternando do placar para os jogadores na quadra, Xavier foi tomado por uma avalanche de ansiedade. Depois de uma temporada invicto, o time tinha viajado por uma hora e meia para um jogo no sul de New Jersey e estava perdendo por três pontos para o Colégio Saulsboro no último jogo das semifinais. Faltavam apenas quinze segundos do tempo regulamentar.

— Passa a bola, Dante! — gritou Xavier. — Lembra da jogada!

Dante, que tinha um metro e oitenta e cinco de altura, parecia um tampinha perto do garoto enorme que o marcava. Se Xavier não tivesse provas legítimas de que eram adolescentes, teria desconfiado de que seus alunos estavam jogando contra homens bem adultos.

— Vamos, Dante — gritou ele. — Você consegue.

Seis segundos.

O que Dante não tinha em volume, compensava na velocidade. Ele driblou o garoto do Saulsboro e levou a bola para o centro da quadra, passando-a para Elijah Dawson, que fez o gestual falso de lançar a bola para a cesta e a devolveu para Dante. Com três segundos restantes, Dante tentou uma cesta de três pontos. Xavier, assim como todos no ginásio, prendeu a respiração enquanto a bola voava pelo ar.

A bola bateu no aro e voltou.

O sinal tocou.

Eles perderam: 62 a 59.

Xavier piscou, pasmo por um momento. Então sentiu o sr. Rodney bater em seu ombro. Ele voltou à ação aos poucos e foi cumprimentar os técnicos de Saulsboro, oferecendo parabéns. Ele observou o rosto carrancudo dos alunos enquanto apertavam as mãos, por dever, do time vitorioso.

Tinha sido culpa dele. Sua cabeça não estava no jogo do jeito que deveria.

Desde a viagem a Los Angeles, Xavier não conseguia parar de pensar nas coisas que o ex-noivo de Violet lhe dissera. A insinuação de que o relacionamento se desgastaria porque a carreira deles os puxava para direções diferentes. No início, Xavier tinha ficado irritado e considerou suas palavras um monte de baboseira. Só que, quanto mais pensava sobre o assunto, mais ele percebia, a contragosto, que havia um pouco de verdade no que Eddy havia dito. Xavier e Violet não tinham tanto tempo para o outro como ele gostaria, dadas as agendas opostas, e ele se preocupava com o que isso significava para o futuro.

Essa sensação persistente foi o que o motivara dias antes, durante a segunda entrevista com Tim Vogel e o diretor de atletismo da Riley. Xavier dera tudo que tinha. Achava que esperaria semanas para a decisão deles. Mas, depois de dois dias, recebera uma ligação com a oferta de emprego. Ele tinha aceitado o cargo e um salário maior sem ter que refletir sobre aquilo. Terminaria o ano letivo em Willow Ridge e começaria na Riley durante o programa intensivo de verão.

Seria um ótimo passo na carreira dele. Mas também significava que sua agenda ficaria mais flexível. No fim e no começo de temporada, ele conseguiria fazer mais viagens rápidas para ver Violet em qualquer lugar que ela estivesse trabalhando e, se ele se mudasse para mais próximo do campus, só ficaria a trinta minutos de distância de onde ela estava, em comparação com a viagem de uma hora de carro ou de trem saindo de Willow Ridge. Talvez em um ou dois anos, se Violet estivesse disposta, eles poderiam achar um apartamento para morarem juntos. Em todos os aspectos, aceitar o emprego na Riley era a melhor opção para sua vida pessoal e profissional.

Xavier só desejava não sentir um aperto no estômago toda vez que pensava em se afastar de Willow Ridge e abandonar seus alunos. O sr. Rodney já sabia da decisão que ele tomara, mas Xavier estava segurando para contar ao time somente no fim das eliminatórias, na esperança de que fossem campeões. Agora o time não só tinha perdido, como também receberia a notícia de que ele estava indo embora.

Um silêncio melancólico preenchia o vestiário enquanto eles guardavam suas coisas. Antes de saírem do local, o sr. Rodney chamou a atenção de todos.

— Foi uma temporada espetacular — declarou. — Vocês lutaram bastante. Não iremos à final, mas não quer dizer que não temos muitas razões para comemorar tudo o que vocês conquistaram.

Os garotos assentiram. Mas os olhos estavam em Xavier. Esperavam pelas palavras dele. Xavier enfiou as mãos no bolso. O que podia dizer? Nunca quis que seus alunos experimentassem uma decepção tão profunda. Sentia que tinha falhado com eles. Mas não era isso que desejavam escutar no momento. Precisavam de um incentivo.

— Quando eu tinha a idade de vocês — disse ele —, sentia dificuldade em aprender com minhas falhas. Eu teria passado por um momento como o de hoje e ficado estressado com ele por semanas, só lembrando da parte ruim. Eu não conseguiria ver a parte boa ou o crescimento. E é nisso que desejo que vocês todos foquem. Quero que se lembrem e se orgulhem do jeito como esse time se uniu e jogou com maestria por meses a fio. O talento, a vontade e a *ligação* de vocês me deixaram impressionado. Posso ser o treinador de vocês, mas vocês me ensinaram tanto quanto eu os ensinei. Vocês me inspiram, de verdade.

Alguns dos garotos choravam e desviavam o rosto para limpar os olhos. A tentativa de esconderem a emoção fez Xavier sorrir.

— Sei que estão desapontados por não termos chegado à final — continuou ele. — Também estou. Mas ainda temos uma ligação, e é algo que nunca vamos perder. Esse é o mais longe que Willow Ridge chegou em *anos*. Vocês fizeram história. Vocês têm muito do que se orgulhar. Independentemente de termos um troféu ou não, aos meus olhos vocês venceram. Estou incrivelmente orgulhoso.

Xavier pigarreou e olhou para seu time ao redor do cômodo. Abriu os braços, chamando-os para uma última reunião, que se tornou mais uma espécie de abraço em grupo. Houve fungadas e risadas, suspiros de decepção e aceitação.

— Está tudo bem, sr. Wright — disse Dante, quebrando o silêncio. — A gente consegue ano que vem.

— Sim, ano que vem com certeza — emendou Elijah, e os outros garotos entraram na conversa, dizendo o mesmo. Elijah olhou esperançoso para Xavier. — Não é?

Droga. Xavier olhou para o sr. Rodney, que sorriu de leve e assentiu. Ele respirou fundo.

— Tem uma coisa que preciso falar com vocês — avisou.

Os garotos silenciaram, olhando Xavier com interesse.

— Eu aceitei um cargo como técnico-assistente na Universidade Riley — contou, lentamente. Um por um, ele viu se abater uma tristeza pura em seus alunos. — Não estarei com vocês no ano que vem.

Dava para ouvir uma mosca voando.

— Lamento muito, *muito* deixar vocês — afirmou Xavier. Seu coração se partia enquanto falava. — Eu queria que tivesse um jeito de poder ficar.

— Então fica — falou Dante, limpando os olhos. — A gente precisa do senhor aqui. Mais do que os palhaços da Riley. São um bando de fracassados.

— Somos uns fracassados também — murmurou Elijah, baixando a cabeça.

— Vocês *não são* fracassados — falou Xavier. — Não falem de si mesmos assim. Perderam um jogo. Tiveram uma temporada quase perfeita.

— Sim, por causa do senhor — respondeu Dante. Alguns dos outros murmuraram em concordância.

Eles nem pareciam estar com raiva, e foi o que derrubou Xavier. Achara que eles ficariam irritados e frustrados. Só que, em vez disso, estavam com a aparência angustiantemente triste. Xavier não sabia o que dizer, como deixar aquilo melhor.

— Vocês poderão continuar contando comigo — avisou. — Só não vou ser seu professor e técnico.

Os garotos ficaram quietos, olhando para ele com o rosto deprimido. Ao observá-los, Xavier sentiu vontade de chorar ele mesmo.

— Somos gratos por tudo que você fez, Xavier — afirmou o sr. Rodney. — Não somos, meninos?

O time assentiu e os garotos murmuraram agradecimentos. Um momento silencioso se passou. Então Dante pigarreou.

— Acho que isso significa que a gente vai ter que torcer para ser aceito na Riley, para o senhor treinar a gente de novo — comentou ele. E exibiu um sorriso suave, fazendo a tensão no vestiário começar a baixar.

Xavier puxou Dante para um abraço de lado, e logo o time todo o rodeou, agradecendo e dizendo o quanto gostavam dele.

Naquela noite, quando Xavier chegou em casa, estava exausto, emocional e fisicamente. Não conseguia parar de ver o rosto desapontado dos alunos. Era quase meia-noite e sabia que Violet estava trabalhando com Karina durante as inúmeras aparições da turnê de divulgação. A estreia de *Kat House* seria no domingo, e Xavier iria como o acompanhante de Violet. Por ela estar muito ocupada, ele não esperava mesmo ver ou falar muito com ela até lá. Mas estava se sentindo para baixo e precisava conversar com ela e ouvir o som de sua voz.

Ligou, e ela atendeu pouco antes de a ligação ir para a caixa-postal.

— Oi, amor — cumprimentou ela. Sua voz parecia tensa.

— Oi, está tudo bem?

— Sim, tudo. — Ela soltou um suspiro pesado. — Arrebentou uma das tiras do sapato que a Karina ia usar no *Jimmy Fallon* amanhã, e está sendo um inferno achar um substituto que não mate o visual totalmente. As roupas do Angel para a apresentação dele no festival em Los Angeles foram extraviadas no aeroporto, então fiquei no telefone com a companhia aérea por horas tentando descobrir o que tinha acontecido. Estou acordada desde as cinco e ainda estamos fazendo inventário. Quase perdi minha fisioterapia esta tarde. Muita coisa pra lidar. Mas nada incomum, pra ser sincera. Como você está? — Então ela se empertigou. — Calma, meu Deus, como foi o grande jogo?

— Perdemos — respondeu Xavier. Foi a vez dele de suspirar.

— Ah, não, lamento muito.

— Sim, é um saco. — Ele se sentou na cama e olhou para o lado que Violet costumava ocupar. — Contei ao time que aceitei a vaga na Riley. Ficaram bastante chateados.

— Sei que deve ter sido difícil — disse ela, suave.

— Foi. Quero fazer algo por eles. Talvez pedir umas pizzas ou…

Ele ficou quieto quando ouviu alguém falar com Violet no fundo.

— Xavier, mil desculpas, tenho que desligar — avisou ela. — Finalmente conseguimos contato com alguém da Valentino para conversar sobre o envio de outro vestido para a Karina usar na turnê de divulgação. Posso te ligar mais tarde? Ou quem sabe de manhã? Será cedo, tipo, antes das cinco, por causa da aparição da Karina no *Good Morning America*.

— Eu, hum… quer saber, está tudo bem — respondeu ele, deixando de lado a decepção. — Não esquenta com isso. Te vejo no domingo. Conversamos mais depois.

— Tem certeza?

— Tenho — garantiu, torcendo para soar crível.

— Tudo bem, te amo.

— Também te amo — declarou ele. Mas ela já tinha desligado antes de ele terminar a frase.

Xavier deitou na cama e fechou os olhos. Não podia ficar bravo com Violet. Ela estava trabalhando. Sua dedicação ao trabalho era uma das muitas coisas que admirava nela. Só desejava que tivessem mais tempo um para o outro.

Aceitar o emprego na Riley agora fazia mais sentido.

Sua esperança era de que houvesse menos distância entre eles.

24

No dia da estreia de *Kat House*, Violet estava por um fio, e tão atrasada que chegava a ser cômico. Enquanto ajudava Karina a se vestir, o zíper do vestido Alexander McQueen vintage de estampa de leopardo que ela usaria tinha estourado, e claro que Violet não tinha nada para substituir na mala de stylist. Alex foi ao armarinho mais próximo a fim de achar uma peça que não fosse muito chamativa. Quando Alex voltou e o incêndio do zíper foi apagado, Violet, Melody e Brian deram os toques finais ao visual de Karina. Bem quando Violet estava prestes a sair para se arrumar, Karina se olhou no espelho e foi dominada por ansiedade pré-estreia. De repente, odiou a roupa. Tudo, desde o cabelo até os sapatos, estava errado.

Violet e a equipe estavam acostumadas às explosões de ansiedade de última hora de Karina antes de um grande evento; então, com paciência, ficaram mais uns trinta minutos lhe assegurando que estava maravilhosa. Depois disso, com menos de uma hora para a estreia, Violet saltou num táxi e foi do centro para seu apartamento. Deveria ter reservado um quarto no hotel de Karina e se arrumado lá, mas decidira que se aprontaria em seu apartamento, com Xavier. Ele seria seu acompanhante naquela noite, mesmo precisando voltar a Jersey no dia seguinte para trabalhar. E já a esperava.

Ela sentia que Xavier andava num estado constante de espera. Esperando que ela retornasse sua ligação ou respondesse suas mensagens. Esperando que ela fosse tão atenciosa quanto ele. Às vezes Violet ficava tão concentrada que responder a uma mensagem de Xavier ou retornar sua ligação flutuava no fundo da sua mente como uma coisa esquecida. E se sentia muito culpada quando percebia que tinham se passado horas até ela se lembrar de responder para ele. Estava dando o seu melhor para estar presente, mas não era sempre fácil. Relacionamentos são muito frágeis. Sabia disso melhor do que ninguém. E temia que estivesse falhando em ser uma boa namorada.

Talvez estivesse deixando as palavras de Eddy a assombrarem. Ele tinha feito parecer como se ela o tivesse empurrado diretamente para o colo de Meela. Eddy era um babaca, e infiéis nunca deveriam culpar os parceiros por seu próprio comportamento medíocre. Mas Violet de fato não tinha sido a mais presente na relação. Sua carreira fora seu grande amor.

Era diferente com Xavier, claro. Ela já o amava antes de pisar num estúdio fotográfico ou ficar maravilhada com os cabideiros entupidos de roupas na redação de uma revista de moda. Não queria perdê-lo. Mas, ao mantê-lo, será que ela estava sendo injusta, sabendo que seu estilo de vida poderia não ser favorável ao que ele queria ou precisava? Violet não conseguia espantar a preocupação. O jantar na casa dos pais seria em dois dias. Ela tinha uma viagem rápida para Miami, e, no dia seguinte, eles iriam para o jantar e por fim contariam para a família sobre a pequena mentira. Com certeza isso faria um pouco da tensão se esvair, e eles poderiam seguir em frente. Pelo menos, era isso que dizia a si mesma.

Quando enfim chegou ao apartamento, Xavier já estava vestido com o terno preto elegante que tinha alugado para a ocasião.

— Oi — cumprimentou ela, correndo para lhe dar um selinho.

— Oi. — Os lábios dele se demoraram nos dela por uma fração de segundo, então Xavier se afastou. — Você deveria se arrumar.

O pequeno sorriso dele a encorajou a relaxar um pouco. Ela correu para o quarto e arrancou a roupa esportiva que usara o dia todo, trocando-o por um macacão Tom Ford sem alça preto. Estava tentando decidir entre um par de saltos de bico fino pretos e um par dourado que combinava com os brincos de argola — ambos tinham só sete centímetros e sido aprovados pela fisioterapeuta. Ela calçou um sapato em cada pé e andou até a sala para perguntar a Xavier de qual ele gostava mais, porém congelou quando o encontrou sentado no sofá com a cabeça entre as mãos.

— O que foi? — perguntou. Imediatamente sentiu uma onda de ansiedade brotar.

Ele se assustou e ergueu o rosto. Xavier ajustou a postura e sacudiu a cabeça.

— Nada. Você está linda — elogiou ele. — Mas pode ficar com frio. Vai levar uma jaqueta?

— Obrigada — agradeceu, lentamente. — E tenho um blazer.

Ela o encarou, disposta a não fingir que tinha acabado de pegá-lo num estado tão contemplativo. Violet se aproximou até ficar de pé na sua frente. Seu celular vibrou com uma ligação de Alex, mas ela o silenciou.

— Me fale qual o problema.

Ele parou por um instante. Então suspirou.

— Não é nada. Só estou pensando no trabalho e nos alunos. Nas mudanças que vou fazer.

— Eles vão ficar bem — garantiu ela, baixinho, observando a tensão em seu rosto. — Mas, sabe, não precisa sair de Willow Ridge se não quiser. Aceitar o emprego na Riley não é uma exigência.

Ele lhe deu um olhar de estranhamento.

— Claro que preciso. Se não aceitar, vou continuar me sentindo empacado.

— Do que está falando? Você não está empacado.

— Sim, estou. Penso em todo o meu potencial da juventude e nas coisas que podia ter feito da minha vida em vez de voltar para Willow Ridge e ficar.

— Você fez bastante coisa na vida — afirmou ela. — E ainda tem potencial. Todo mundo te ama, Xavier. Para quem você precisa provar alguma coisa?

Ele não respondeu, só sacudiu a cabeça e desviou o olhar.

— Eu não sabia que você estava se estressando tanto com isso — disse ela.

— Bom, não tivemos muito tempo pra conversar nos últimos dias.

Violet se enrijeceu. O celular vibrou de novo. Outra ligação de Alex que ela deixou ir para a caixa-postal.

— Sei que estive muito ocupada nos últimos dias, mas também não leio mentes — respondeu ela. — Você podia ter falado comigo.

— Eu teria — replicou ele. — Mas nossas conversas ao telefone são bem curtas ou nem acontecem. Não queria conversar sobre isso por mensagem.

Ela apertou as mãos, ficando mais ansiosa.

— Os últimos dias foram mesmo caóticos.

— Não, calma. Não estou te culpando — garantiu ele. — Só estou dizendo que é por isso que você pode se sentir por fora do que está acontecendo comigo.

Violet não disse nada. Não sabia o que *podia* dizer. Xavier quebrou o silêncio primeiro.

— Sinto sua falta — admitiu ele. — Quando estamos juntos, é como se eu tivesse você e depois você some.

— Nem sempre vai ser assim — falou ela, mesmo que soubesse que essa era a regra geral. Mas um dia, num futuro semidistante, quando estivesse bastante estabelecida para desacelerar, se sentiria mais confortável para tirar folga.

— Tem muita coisa acontecendo com você. — Xavier se levantou, pegando suas mãos. — É seu trabalho. Você *tem* que dar o máximo. Eu compreendo. Só andei pensando em modos de deixar as coisas mais fáceis para a gente, e trabalhar na Riley vai ajudar. Queria conversar com você sobre isso.

Ela avaliou sua expressão séria.

— Como assim?

O celular vibrou de novo antes de ele poder responder. Alex ligando mais uma vez.

— Estamos atrasados — avisou ele. — Vamos falar disso depois da estreia e tudo o mais, tudo bem?

Ela não queria deixar aquela conversa ao meio, mas precisavam ir.

— Sim, tudo bem — respondeu. Então mandou mensagem para Alex dizendo que estava a caminho e escolheu os saltos dourados.

Durante todo o caminho até o AMC Theater no Lincoln Square e enquanto ficava alguns passos atrás de Karina no tapete vermelho, enquanto estava sentada no auditório durante a exibição do álbum visual, Violet tentou estar presente, só que, no fundo da mente, não conseguia parar de pensar o que exatamente Xavier quisera dizer quando falou que aceitar o emprego na Riley tornaria o relacionamento deles mais fácil. Achava que ele queria trabalhar na Riley por causa do desejo de levar a carreira para uma direção diferente. Não sabia que ela tinha algo a ver com a decisão.

A informação pesou muito sobre ela. Principalmente porque não tinha certeza se conseguiria responder à altura.

Quando a apresentação de uma hora e meia acabou, a plateia irrompeu numa aclamação de pé. Karina chamou Violet e o restante da equipe para a frente do palco para que pudessem fazer uma reverência. Violet olhou para Xavier, que sorria radiante para ela, com a aparência extremamente orgulhosa e apoiadora. Por um instante, Violet se esqueceu da tensão entre eles. Seu peito se aqueceu enquanto sorria de volta.

Na festa que se seguiu, Violet passou um bom tempo sendo entrevistada pelos jornalistas presentes. Todo mundo elogiava seu trabalho como figurinista-chefe, e ela estava com a adrenalina alta, sorrindo muito e de olhos brilhantes. Aquele era um momento grande, do tipo pelo qual tanto ansiara. E significava muito para ela que Xavier compartilhasse o momento com ela. Ele ficou apropriadamente ao lado dela, observando enquanto ela falava com a imprensa, ainda com a expressão orgulhosa daquele trabalho.

Depois que as entrevistas acabaram, Violet e Xavier foram para perto do bar enquanto Karina e o restante da equipe estavam na pista de dança. Violet estava cansada demais para dançar. Antes de dar um gole em seu uísque sour, ela bocejou três vezes seguidas.

— Tudo bem? — perguntou Xavier.

— Sim. — E bocejou de novo. Xavier sorriu, e ela sacudiu a cabeça. — Não, sério. Tenho que ficar até o fim. — Ela parou, notando que Xavier estava cansado também. — Quer ir embora?

— Eu fico enquanto você ficar.

— Você não precisa — respondeu ela, sentindo-se culpada e pensando que ele teria que voltar dirigindo para Jersey de manhã. — Te encontro em casa mais tarde.

— Não, esta noite é sua, e quero estar aqui com você. Vou ficar. Não tem problema. Não esquente comigo.

Ela mordeu o lábio e assentiu, dando outro gole na bebida. Mas então a colocou no balcão do bar, presumindo que seria melhor se estivesse sóbria mais tarde quando ela e Xavier tivessem oportunidade de continuar a conversa que tinham começado.

Violet ficou na ponta dos pés e se inclinou para o ouvido dele, gritando por cima da música:

— Vou ao banheiro.

Ele assentiu, então ela abriu caminho pela multidão e suspirou quando chegou à área dos banheiros e viu grupinhos de pessoas tirando fotos na frente do espelho que se estendia pela parede inteira. Enquanto se apertava entre as influencers e outras convidadas, sentiu alguém tocar sua mão e dizer seu nome antes de chegar à porta do banheiro. Virou e fechou a cara na hora.

Eddy.

— Ótima festa, não é? — disse, sorrindo para ela.

Violet franziu a testa e puxou a mão.

— O que você está fazendo aqui?

— Fui convidado? — respondeu ele, como se fosse uma pergunta tola. Como se fosse certo ele estar ali. — De última hora. Eu estava na cidade e mexi uns pauzinhos. O trabalho que você fez no álbum visual foi fenomenal.

Ela estreitou os olhos, incapaz de ao menos conjurar um desejo de agradecer.

— Tchau — respondeu, começando a se afastar, mas Eddy se moveu para bloqueá-la.

— Não me trata assim. Por que não podemos ser cordiais? A gente divide um cliente, esqueceu?

— Estou *tentando* ser cordial. Você está sendo irritante.

— Eu realmente não quero nenhum problema com você. — Ele sorriu e apontou com a cabeça para a mão dela. — Fico feliz de conseguir finalmente dar uma boa olhada no seu anel. É... sutil.

Violet baixou o olhar para as alianças falsas. O diamante estava opaco, e o dourado parecia berrante sob aquela luz.

— Me deixa em paz. — Ela manteve a voz num sussurro, sem querer causar uma cena.

Eddy parou de sorrir e perdeu toda a pretensão de parecer agradável.

— Você não pode estar de verdade com esse cara — declarou ele. — Com esse anel? O que está fazendo? Só está querendo me deixar com ciúme?

Ela o encarou, chocada.

— Como se eu fosse me incomodar de fazer qualquer coisa por você. *Tchau*, Eddy.

Ele a segurou pelo cotovelo.

— Espera, Violet.

Ela puxou o braço, olhando-o de cara feia.

— O que está acontecendo aqui? — uma voz profunda interrompeu.

Violet se virou, e Xavier estava bem atrás dela.

○ ○ ○

Xavier encarou o ex-noivo de Violet. Ele era mais baixo do que parecia nas fotos que tinham sido deletadas do Instagram de Violet. A careca brilhava sob a luz da boate, e o terno marsala de grife tinha um corte perfeito para sua forma magra. Toda a sua aparência cheirava a hipocrisia. Estava no jeito como seus lábios forçavam o sorriso mais falso do planeta enquanto piscava surpreso para Xavier.

— Você deve ser o marido da Violet — falou ele, estendendo a mão. — Eddy Coltrane.

Xavier só tinha ouvido o fim da conversa de Violet e Eddy, mas o ouvira perguntar a Violet se ela estava com Xavier a sério e se só havia casado com ele para lhe fazer ciúme. Que filho da puta egocêntrico.

Xavier ignorou a mão estendida de Eddy.

— Tem algum problema aqui?

— Claro que não. — Eddy enfiou a mão no bolso tranquilamente. Olhou para Violet. — Tem?

Ela estreitou os olhos para Eddy e pegou a mão de Xavier.

— Vamos embora.

Só que Xavier não estava disposto a deixá-lo se livrar tão fácil.

— Você acha legal assediá-la assim enquanto ela trabalha?

Eddy teve a coragem de parecer ofendido.

— Eu não estava *assediando*. — Então, como se Xavier fosse o maior idiota do lugar, emendou: — É uma festa. Ela não precisa trabalhar neste evento.

Xavier o encarou. Não estava no clima para aquela baboseira. Tinha passado a semana toda se sentindo um bosta por causa da situação na escola e pelo jeito distante de Violet. Não sabia como ela reagiria à ideia dele de se mudar para mais perto do campus e de Nova York, e a possibilidade de morarem juntos no futuro. E também tinha que lidar com o fato de que ela não estava tão animada com a ideia de que ele trabalhasse com Tim. Tudo o que desejava naquele momento era ter pelo menos vinte minutos sozinho com ela para conversarem. Ela queria ficar até o fim da festa, o que ele entendia. E ele estava tentando fazer o que lhe restava de energia durar a noite toda. Temia pegar no sono ainda no caminho de volta para casa e serem obrigados a adiar a conversa até se verem de novo. Mas sua energia tinha voltado com tudo para lidar com o canalha do ex-noivo dela.

— Deixe a Violet em paz, como ela pediu — avisou Xavier, com a voz mortalmente baixa. — Estou falando sério. Não fale com ela. Nem olhe pra ela, porra.

Eddy endureceu os olhos, mas curvou a boca num sorriso.

— Vai ser difícil, já que teremos que trabalhar juntos.

— Xavier, vamos — repetiu Violet, implorando com os olhos. Ela olhou ao redor, e ele notou que as pessoas na área do banheiro estavam observando. Violet apertou sua mão, e Xavier decidiu deixar aquela merda com Eddy para lá. *Violet* era a coisa mais importante. Não desperdiçaria o tempo limitado que tinham juntos brigando com aquele idiota e não queria chateá-la mais. Respirou fundo e beijou sua têmpora.

— Tá bom. Vamos.

Ela suspirou de alívio, e ele começou a encaminhá-la para fora. Quando ele olhou de volta para Eddy, viu uma chama de ciúme amargo se espreitar na atitude fria. Eddy tinha pisado na bola com Violet, o que era problema dele. Teria que simplesmente superar. Xavier não tinha mais nada para dizer a ele.

— Me liga quando ele voltar pra sala de aula, Vi — gritou Eddy. — Estarei aqui.

Xavier virou na hora, indo para cima dele.

— Que porra você falou? — sibilou.

— Seguranças! — gritou Eddy antes de Xavier alcançá-lo. — Alguém me ajude por favor!

— Xavier! — chamou Violet, puxando-o.

Foi a voz de Violet que o fez parar. Ele a deixou puxá-lo para o centro da boate e pela multidão pulsante. Ele estava nadando na onda da raiva. Percebeu, meio distante, Violet acenar para chamar a atenção de Alex e lhe dizer que estavam indo embora. Chegaram à porta da boate e saíram para a rua. Ela chamou um táxi, e saltaram para dentro.

— Sixteenth com a Fifth — informou Violet ao taxista. Exausta, passou as mãos no cabelo e olhou para Xavier. A preocupação em seu rosto foi o que fez a raiva dele retroceder, embora a adrenalina ainda bombasse loucamente por suas veias conforme o peso de suas ações caía sobre ele.

— Porra, me desculpe, Violet — pediu. — Eu não devia ter reagido daquele jeito. Você está bem?

— Estou. Você nem encostou nele. — Ela sacudiu a cabeça, soltando um suspiro frustrado. — Não tem como trabalhar com a Black Velvet enquanto ele for empresário delas. Não vou aguentar. Vou mandar um e-mail para Jill de manhã. — Ela se aproximou dele. — *Você* está bem?

Ele não estava. Tinha envergonhado a si mesmo em um evento de trabalho dela. Deveria ter retribuído a frieza de Eddy com alguns comentários sarcásticos. Mas fora levado ao limite quando viu Eddy incomodando Violet.

Pensamentos demais corriam por sua mente. Ele queria dizer tanta coisa para Violet e já tinha esperado a noite toda, a semana toda. Sem realmente raciocinar, soltou o pensamento que o consumia há dias.

— Acho que a gente devia morar junto.

○ ○ ○

Violet encarou Xavier boquiaberta, completamente perdida.

Tinha perguntado se Xavier estava bem, e sua resposta foi que deviam morar juntos. Qual era a lógica daquilo?

— O quê? — murmurou. — Morar junto? De onde veio isso?

— Não agora, imediatamente. No futuro — respondeu ele. — Tenho pensado muito nisso, e, além da Riley ser uma oportunidade de avanço na minha carreira, posso me mudar para perto do campus e ficar mais perto de você. E talvez, no futuro, a gente possa morar junto. Em algum lugar que seja entre a cidade e o campus. Dependendo do lugar para onde nos mudarmos, você chega a Nova York de trem em trinta minutos.

Então era *esse* o assunto que ele tanto queria conversar.

O olhar de Xavier era penetrante, à espera de uma aprovação.

Violet sacudiu a cabeça enquanto o coração martelava no peito.

— Não posso te deixar fazer isso. Você não pode tomar uma decisão na carreira baseada em mim.

— Não é baseada em você — rebateu ele. — Estou dizendo que é um bônus. A gente se veria mais. — Uma ruga apareceu entre suas sobrancelhas. — Sinto falta daqueles pequenos momentos. Chegar em casa e saber que vou te ver. Jantar junto. Dormir ao seu lado toda noite. Você não sente falta?

— Claro que sinto — respondeu ela. — Mas não era nossa realidade. Estávamos vivendo numa bolha. Eu não estava trabalhando. Não podia fazer nada ou ir a qualquer lugar. Não é assim que é minha vida de verdade.

— Eu sei, e é por isso que acho que morar junto tornaria as coisas mais fáceis. Poderíamos não ter esses momentos o tempo todo, mas seria mais do que temos agora.

— Sim, à noite quando eu enfim chegasse do trabalho, e quando não estivesse viajando — disse ela. — Mesmo assim, mais vezes do que você imagina, a gente mal se cruzaria pela casa.

O táxi estacionou na frente do prédio. O rosto de Xavier exibia um franzido tenso enquanto pagava o taxista. Foram andando pelo saguão até o elevador.

— Me preocupa a gente não estar na mesma sintonia em relação a isso — confessou Violet, quebrando o silêncio quando a porta do elevador se fechou e subiram para o andar dela.

— Você tem razão — respondeu ele. — Não estamos em sintonia. Só temos que conversar para achar um meio-termo.

O elevador chegou ao andar, e a conversa foi interrompida quando uma mulher e seu cachorro entraram enquanto eles saíam. Durante a caminhada até a porta de Violet, o cérebro dela se sobrecarregou. Xavier queria coisas que Violet não sabia se poderia oferecer. Já estava estragando o relacionamento deles sem morarem juntos. Imagine o quanto ficaria pior se, além de namorada, eles morassem juntos. Seriam mais oportunidades de Xavier ficar decepcionado com ela. E, com o tempo, ele perceberia que Violet nunca poderia lhe dar o que ele precisava numa parceira, pelo menos não naquele momento. Ela avistou o sofrimento iminente que a esperaria e de repente se sentiu sufocada de medo. Medo daqueles dias compridos e sombrios que vivenciara quando terminaram pela primeira vez. Não podia viver aquilo de novo. Não *conseguiria*.

Entraram no apartamento, e Xavier foi até a ilha da cozinha e se virou para ela. Estava pronto para continuar a conversa. Era do tipo que arregaçava as mangas e continuaria falando até chegarem a um acordo. Era o que amava nele.

Mas tinha medo de a que acordo chegariam.

Foi medo que a levou a dizer:

— Podemos conversar mais de manhã? Estou muito cansada.

Xavier a encarou.

— Você tem um voo amanhã cedo para Miami.

— Eu sei, mas antes do voo. Vou buscar um café da manhã pra gente, daí podemos conversar com calma.

Ele continuou encarando-a, observando em silêncio a postura enrijecida. Depois de um longo segundo, suspirou.

— Sim, tudo bem. Sei que está cansada. Nós dois devíamos dormir.

Ela deu um suspiro interno de alívio. Xavier foi até o quarto para se trocar, e ela tirou o macacão e o blazer e os colocou no sofá. Trancou-se no banheiro, deixou o chuveiro ligado, fechou os olhos e se recostou na porta. Visualizou a árvore do lado de fora da janela do seu quarto de infância. Seu peito doeu quando se lembrou de como o rosto de Xavier se iluminava quando ela abria a janela e o deixava entrar. Eles eram tão imbatíveis. Tão despreocupados e dedicados um ao outro.

Se pelo menos as coisas fossem tão simples quanto dois adolescentes se apaixonando.

Na manhã seguinte, antes de Xavier acordar, Violet não comprou rosquinha e suco de laranja no mercadinho do outro lado da rua. Apenas fez as malas em silêncio e com rapidez e saiu. Quando chegasse ao aeroporto, Xavier ainda estaria dormindo.

Era uma pessoa horrível. Sabia disso. Mas estava guiada pelo medo. Se pudesse adiar a conversa que faria Xavier perceber que ela não servia para ele, Violet adiaria o máximo que desse.

A verdade, egoísta e injusta, mas pura e simples, era que ela o amava demais para abrir mão dele.

25

Durante o quarto período, enquanto os alunos de Xavier faziam a leitura silenciosa, ele olhou pela janela, girando o anel no dedo, repassando os eventos da noite anterior repetidamente. Ele avaliou a conversa com Violet de todos os ângulos, tentando determinar como poderia ter evitado o olhar amedrontado e o jeito que ela saíra do apartamento naquela manhã sem se despedir. Quando ele acordou, viu uma mensagem dela lampejando na tela.

Desculpe, tive que ir para o aeroporto mais cedo.

Ela já estava no ar quando ele entrou no carro para voltar a Willow Ridge.
Tinha estragado a conversa toda. Não era para ter mencionado a ideia de morar junto tão cedo. Era óbvio que a assustara. Ele sentia que alguém havia colocado seu coração numa máquina de lavar em velocidade alta e então o devolvido de qualquer jeito, ensopado e disforme. E o momento não podia ser pior. Precisavam jantar com os pais no dia seguinte e admitir que não estavam casados de verdade.

— Sr. Wright?

Xavier saiu assustado de sua espiral de desanimação e olhou para Cherise.

— Oi?

— A mão do Brandon está levantada há, tipo, cinco minutos. Ele vai se mijar.

Xavier olhou para Brandon Givens, sentado nos fundos da sala. Ele estava mordendo o lábio com a mão bem alto no ar.

— Vai, pode ir, Brandon — disse Xavier, depressa. — Me desculpe.

Brandon se levantou todo atrapalhado e correu da sala. Uma parte da turma deu risadinhas e Xavier os calou.

— Sr. Wright — chamou Cherise —, não leve a mal, tá bom? Mas você parece que precisa de um dia de spa, urgente.

O restante da turma concordou.

— Um dia de spa — repetiu Xavier, dando uma olhada em si mesmo.

— Sim, o senhor está emanando uma energia estressada — disse Jerrica. Ela vasculhou a bolsa. — Falando nisso, tenho um pouco de cristais para o senhor.

— É porque o senhor vai sentir nossa falta no ano que vem? — perguntou Dante.

Seus alunos o olharam com expressões ávidas e esperançosas.

— Claro que vou sentir falta de vocês — respondeu ele, cheio de uma sinceridade tão comovente que era doloroso. — *Claro* que vou.

— Não precisa ficar triste, sr. Wright — declarou Cherise. — A gente não vai sair daqui. Você sempre pode fazer uma visita.

— E pode trazer a sra. Greene também — emendou Jerrica. — Ela é nossa pessoa favorita.

Xavier sorriu, fingindo que as palavras deles não o abalavam. Quem sabia dizer onde ele e Violet estariam no próximo ano?

Logo o sinal do intervalo tocou, e seus alunos correram para o refeitório. Xavier foi até a sala dos professores pegar o almoço na geladeira. Pretendia comer no carro. Não sabia se estava com humor para aguentar a constante falação de seus colegas. Quando foi contar a eles sobre a oferta do emprego na Riley, tinha para si que ficariam felizes por ele seguir em frente, numa nova direção, como sempre desejou. Só que, junto aos parabéns, eles também expressaram tristeza genuína por perdê-lo. A reação deles derrubara Xavier. Na cabeça dele, os colegas sempre pensaram que seu período em Willow Ridge seria temporário.

Ele chegou à sala dos professores e inspirou profundamente antes de girar a maçaneta. Dentro da sala, viu os colegas reunidos em volta da mesa enquanto a sra. Franklin e o sr. Rodney abriam vários pacotes, revelando camisetas verde e amarelo novinhas em folha para os times de basquete. Outra caixa continha novos uniformes para o hóquei de campo e o softball. Os frutos do trabalho na campanha de arrecadação de fundos.

A sra. Franklin ergueu o rosto e avistou Xavier na porta. Ela sorriu para ele.

— Vem ver, Xavier.

Todo mundo ergueu o olhar e o chamou. Xavier foi para o lado do sr. Rodney, que segurava uma das camisetas para ele ver, e passou os dedos no material brilhante, percebendo que as camisetas eram ótimas. Algo que os alunos teriam orgulho de usar.

— Chega de uniformes com décadas de uso — comentou o sr. Rodney, dando um tapinha no ombro de Xavier. — Graças a você.

— A mim? — repetiu ele. — Todos nós juntamos forças.

— Não — negou a sra. Franklin. — A campanha foi ideia sua. Aceite o crédito.

— Está deixando um presente para seus alunos — acrescentou o sr. Rodney. — De muitas maneiras.

— Queríamos que ficasse — emendou a sra. Franklin, melancólica, e o sr. Rodney a cutucou com um olhar afiado. — Mas estamos muito orgulhosos de você, óbvio.

Os outros colegas falaram o mesmo. Xavier sempre soube que sentiria falta dos alunos, mas, pela primeira vez, percebeu que sentiria falta dos colegas também.

— Obrigado — disse, baixinho.

Decidiu ficar e comer o almoço na sala dos professores. Ele achava frustrante as pessoas em Willow Ridge serem tão envolvidas na vida umas das outras e ansiava por escapar. Mas agora percebia que estar cercado de gente que se importava com seu bem-estar, com o bem-estar da sua mãe e de todo mundo que conhecia era bastante especial. As pessoas ali o apoiariam mesmo que estivesse planejando ir embora. Ele não acharia uma comunidade como aquela em nenhum outro lugar, e não tinha dado a ela o valor merecido.

De algum jeito, ele tinha suas dúvidas de que fosse sentir o mesmo na Riley com Tim Vogel. Ia jantar com Tim e os outros técnicos naquele dia mesmo. Uma comemoração de boas-vindas ao time. Mas Xavier tinha o pressentimento de que a refeição não lhe daria a sensação de uma comemoração, assim como o jantar anterior com Tim, que tinha sido tenso e estressante.

Depois do trabalho, enquanto ia ao restaurante para se encontrar com os novos colegas de trabalho, Xavier se sentiu ainda mais pressionado e, quando parou no estacionamento, não quis sair do carro.

Na noite anterior, Violet havia perguntado se ele sentia a necessidade de provar algo a alguém, e ele não respondera porque ficara envergonhado demais em admitir que ele precisava provar algo para *ela*. Mas percebeu que não era apenas para Violet.

Estava tão envolvido em suas frustrações anteriores — a faculdade e o desejo de fazer algo mais "impressionante" da vida — que perdera de vista o que realmente importava. Fazia tanto tempo que tentava provar a si mesmo que era digno que se tornara inseguro. Era por isso que Eddy o irritara muito e que havia perseguido a Riley com tanta avidez e aceitado a oferta na hora, sem considerar de verdade seu lugar em Willow Ridge. O sentimento de inadequação que o acompanhava o fizera colocar pressão no relacionamento com Violet, achando que morar junto consertaria o medo de não ser o bastante para ela.

De início, não queria ser professor. Era verdade. Era um papel no qual tinha caído de paraquedas. Não tinha ficado em Kentucky. Não era um atleta multimilionário. Mas algumas coisas não aconteciam conforme o planejado e a vida se saía bem mesmo assim.

O que Violet dissera para Xavier algumas semanas antes era verdade. Ele de fato era importante para as pessoas em Willow Ridge. Tinha ficado tão consumido com a própria merda que não olhara em volta e percebera que tinha achado ouro.

Xavier se obrigou a sair do carro e entrou no restaurante. Avistou Tim, Justin e Vince sentados a uma mesa ao fundo. Tim dominava a conversa com sua voz crescente, gesticulando, quase atingindo Vince no nariz sem nem notar. Justin e Vince exibiam expressões cansadas enquanto Tim falava. Aquele seria o destino de Xavier. Escutar Tim e sua baboseira o dia todo. Aí sim, *de fato*, estaria empacado.

— Olha quem chegou — falou Tim quando ele se aproximou da mesa. — Três minutos de atraso. Nada bom, Xavier. Vamos ter que melhorar isso.

É, não tinha jeito. Ele não podia fazer aquilo. Iria para onde era necessário. *Realmente* necessário.

— Muito obrigado pela oportunidade, Tim — disse Xavier. Nem se incomodou em sentar. — Mas não vou aceitar o emprego.

Justin e Vince arregalaram os olhos. Um rubor raivoso subiu pela garganta de Tim e se espalhou por seu rosto.

— Eu *sabia* — soltou Tim, apontando um dedo trêmulo para Xavier. — Perdido. Descuidado. Desinteressado!

— Ele foi o único que quis a vaga — murmurou Justin. — Todos os outros foram alertados de como é trabalhar com você.

Tim lançou um olhar para Justin.

— Não é verdade! — berrou.

— Me desculpe mesmo — pediu Xavier. Lamentava ter desperdiçado o tempo de todo mundo durante o processo seletivo. Lamentava ter desperdiçado o *próprio* tempo se esforçando para impressionar Tim. Mas não lamentava se afastar. — Você merece contratar alguém que vai ficar, como você queria.

Tim ainda balbuciava insultos monossilábicos quando ele saiu do restaurante, mas as palavras mal ricocheteavam nas costas de Xavier. Ele nem as ouvia.

Entrou no carro e começou a ligar para Violet por instinto, querendo contar a novidade, mas, com tristeza, lembrou-se de como ela tinha ido embora de manhã e que mal tinha respondido suas mensagens.

Em vez de ligar para Violet, escreveu um e-mail para o diretor da escola, perguntando se podia continuar no mesmo emprego, e recebeu em resposta um enorme sim.

Naquela noite, buscou a mãe no aeroporto. Ela era um sopro de ar fresco, ainda cintilante dos meses passados sob o sol da Flórida. Xavier abraçou a mãe e a segurou.

— Saudade, mãe.

Tricia o beijou na bochecha.

— Também senti saudade, amor. E senti falta da cafeteira, porque o café do Harry é terrível. — Ela sorriu para Xavier e apertou mais a jaqueta clara que usava. — Está congelante aqui, mas estou feliz de estar de volta.

Xavier carregou as malas para o carro e, quando pegaram a estrada, Tricia não perdeu tempo e mencionou Violet.

— Então, vai me explicar por que você e a Violet decidiram se casar em Las Vegas e não contar pra ninguém? — perguntou ela, com um olhar determinado.

Ele inspirou e expirou rápido. Era melhor acabar logo com aquilo.

— A Violet e eu não estamos casados de verdade.

Tricia piscou.

— Como é que é?

Então ele explicou tudo. Desde o casamento falso em Vegas e a entrevista de Violet até a ideia de Xavier de manter a mentira para conseguir o emprego na Riley. Enquanto ele falava, Tricia só arregalava os olhos. Ela balançou a cabeça uma vez quando ele terminou de atualizá-la.

— Juro que só você e a Violet se envolveriam em algo assim — comentou. — O que vocês dois vão fazer?

— Íamos contar a verdade pra você e os pais dela amanhã à noite — respondeu ele. — Me desculpe por não contar desde o começo, mas tínhamos um plano, e, não sei, acho que por um momento paramos de pensar na mentira e focamos só um no outro.

Tricia balançou a cabeça de novo, colocando a mão no braço dele.

— Não, eu quis dizer quais são suas intenções com a Violet?

— Ah. — A pergunta o pegou desprevenido. — Estamos juntos. Só não casados.

— Então vocês se apaixonaram de novo enquanto fingiam ser marido e mulher. — Tricia riu. — Você e a Violet sempre souberam como manter tudo empolgante. Admito.

Xavier olhou para a mãe e sua alegria tranquila. Ela tinha acabado de sair da casa do namorado e não o veria de novo até o verão. Dali a meses, e parecia totalmente contente.

— Como você e o Harry fazem isso?

— Fazemos o quê?

— A distância. Ficar sem se ver. Deve ser difícil.

— Sinto muita falta dele — respondeu ela. — Mas acho que nós dois confiamos que nosso amor é forte o bastante para seguirmos. Cada um de nós tem a própria vida em lugares diferentes, e nós dois gostamos do nosso espaço. A gente vai se acomodar no mesmo lugar quando for o momento certo.

— Hum. — Ele ficou abalado pela simplicidade da resposta. — A Violet e eu... meio que temos dificuldade em achar tempo um para o outro. Nossa vida não é muito parecida.

Tricia inclinou a cabeça, olhando-o com mais atenção.

— Sempre senti que toda garota que você namorou depois da Violet estava vivendo sob a sombra dela — declarou. — Como se não importasse o quanto se davam bem ou o quanto estavam felizes, Violet era quem você realmente estava esperando. Você diria que isso é verdade?

Ele assentiu, lentamente.

— Sim, é verdade.

— Às vezes a gente se apaixona por uma pessoa e, independentemente de aonde a vida nos leva, o coração se recusa a esquecê-la. Comigo e o Harry é assim. É por isso que a distância não atrapalha o que realmente importa. E acho que é por isso que você reencontrou a Violet. Vocês vão se resolver. É só não perder a fé no outro e garantir que estejam presentes todos os dias.

— Sim — respondeu ele, baixo. — Tem razão.

Xavier não ia desistir deles. E estaria presente. Mesmo que Violet precisasse de mais tempo para acompanhá-lo.

Não precisavam morar juntos e não precisavam ter estilos de vida similares, pelo menos não no momento. O que importava era se desejavam ter uma vida juntos, lado a lado. Passariam pelo caminho tortuoso porque se amavam. Sim, a carreira dela a obrigava a viajar em algumas ocasiões e, visto que ele ia ficar em Willow Ridge, não conseguiria encontrá-la do outro lado do país com tanta frequência, o que significava que precisavam aproveitar ainda mais o tempo disponível na companhia um do outro.

O amor deles havia sido o bastante para resistir à prova do tempo por quase uma década separados. O amor deles era mais do que suficiente.

O relacionamento não era perfeito, mas era real. E era exatamente o que lhe diria quando a visse no dia seguinte. Estava louco para falar com Violet, mas queria lhe dar o espaço de que ela precisava.

Tinha esperado nove anos. Podia esperar um pouquinho mais.

26

Naquela noite, Violet estava sentada no desfile Cruise Collection da Chanel ao ar livre em Miami. A exaustão de sempre tinha feito um retorno triunfal, e ela lutava para manter a energia alta enquanto assistia às modelos desfilarem pela praia numa passarela iluminada. Aquela linha especial da Chanel tinha sido inspirada em Monte Carlo e Riviera. Usando tênis brancos, jaquetas quadriculadas e biquínis indecorosos em vários tons de vermelho, as modelos desfilavam de cabeça empinada enquanto a brisa de Miami açoitava o ar úmido noturno. Violet em geral amava assistir aos desfiles que aconteciam fora da temporada oficial, e aquele em particular era para ser ainda mais especial, já que ela tinha perdido por completo o mês da moda. Só que estava distraída. Não conseguia parar de olhar as alianças falsas. Ou de pensar em Xavier e no jeito que ela praticamente fugira dele naquela manhã.

Ele tinha mandado algumas mensagens. Primeiro para saber se ela tinha pousado em segurança; ela confirmou que sim. Depois ele perguntara se ela estava bem, querendo saber se estava chateada com ele. Não estava. Tudo o que queria era ligar para Xavier. Mas ainda duvidada de sua capacidade de ser uma parceira justa e generosa. E temia que ele tivesse chegado à mesma conclusão, dado o comportamento dela. Era melhor conversar pessoalmente no dia seguinte, quando iam se reunir na casa dos pais dela para o jantar e contariam toda a verdade sobre o casamento falso.

Então não respondeu e se jogou no trabalho. Como sempre.

Ela girou as alianças no dedo com um suspiro profundo, e se sobressaltou quando a plateia começou a aplaudir. Na primeira fileira, Karina e Angel estavam lado a lado, sorrindo enquanto eram fotografados. Várias fileiras atrás, Violet estava sentada entre um punhado de stylists e jornalistas de moda. Ela desejou que Alex estivesse ali com ela, mas sua assistente estava em Charleston para o casamento do irmão. Violet não permitiria que Alex perdesse um evento familiar tão importante. Por que era tão fácil para ela garantir que a assistente mantivesse um equilíbrio entre o trabalho e a vida pessoal, mas não conseguia fazer o mesmo por si mesma?

O desfile estava apenas na metade, e Violet soltou um suspiro profundo. Nossa, estava *cansada*. E ainda havia a festa. Ela aguentou o restante do desfile e, ao fim, levantou e bateu palmas junto com o público. Então foi até Karina e Angel e esperou ao lado dos dois enquanto posavam para foto atrás de foto. Angel estava usando uma jaqueta de corrida masculina, enquanto Karina vestia um conjuntinho branco de jogar tênis. Quando os fotógrafos seguiram para o próximo grupo de celebridades, Violet se aproximou dos dois.

— Pronta para a festa? — perguntou Angel, sorrindo de orelha a orelha.

Violet conseguiu dar um sorriso.

— Você com certeza está.

— Tudo bem, Violet? — Karina deu uma olhada geral na amiga, com a testa franzida de preocupação.

— Estou bem. — Violet fez um gesto indicando para que ela não se preocupasse. Contanto que estivesse na cama até umas três da madrugada, teria mais ou menos quatro horas de sono até o voo para Nova York, então poderia dormir mais um pouco no avião.

— Tem certeza? — perguntou Karina. — Porque se quiser você pode ir direto para minha casa.

— Se ela quer farrear, deixa ela farrear — disse Angel. Karina o olhou de cara feia, e ele selou os lábios com os dedos.

— Estou bem — garantiu Violet. — Sério.

— Tá bom — respondeu Karina, lentamente.

Esperava-se que todos os convidados fossem à festa depois do desfile. Era quase uma ofensa não aparecer. Além do mais, a festa aconteceria no espaço aberto do Museu Rubell, então pelo menos estaria ao ar livre e não esmagada como uma sardinha dentro de uma boate calorenta.

Entretanto, como previsto, Violet só conseguiu aguentar a batida alta da festa por uns vinte minutos antes de sentir que seu cérebro ia vazar pelos ouvidos. Karina e Angel dançavam e tiravam fotos com admiradores e outras celebridades, e Violet escapou para dentro. Por sorte, a batida da música estava menos pronunciada no banheiro, e ela apoiou o quadril numa das pias e esfregou a testa. Então ergueu o olhar para seu reflexo no espelho. O cabelo e a maquiagem estavam impecáveis. Não tinha uma curva fora do lugar mesmo no calor de Miami. Pelo menos isso.

Enquanto as pessoas entravam e saíam do banheiro, Violet se fez de ocupada, como se estivesse checando e-mails no celular em vez de evitando a festa por completo. Congelou quando uma voz estridente falou de repente:

— Violet?

Ela ergueu o olhar e piscou vendo sua antiga cliente Meela Baybee ir ao encontro dela. Meela ainda usava o corte pixie platinado. Mas a roupa estava toda errada. Ela usava um top esportivo vermelho-vivo da coleção, uma calça de couro apertada de cintura baixa com estampa xadrez preta e verde e sapatos altos de bico fino abertos no calcanhar. Parecia um pesadelo saído diretamente dos anos 2000. Uma bagunça maior do que quando Violet a conhecera. Quem, pelo amor de Deus, a estava vestindo agora?

— E aí? — perguntou Meela enquanto Violet a encarava boquiaberta.

E aí? Eram essas as primeiras palavras a saírem de sua boca? Aquela era a mulher que tinha contribuído conscientemente para a dissolução do relacionamento de Violet duas semanas antes do casamento, e tudo que ela tinha a dizer era *e aí*?

Apesar da agitação, Violet manteve a voz neutra e profissional.

— Olá.

— Tenho pensado muito em você — respondeu Meela. — Venho sentindo, tipo, culpa pra caramba, então comecei a consultar um novo coach de meditação, que disse que eu precisava resolver as questões que contribuíam para meus sentimentos profundos de culpa. O que eu fiz com relação ao Eddy foi muito desonesto. Você tem todo o direito de me dar uma surra.

O rosto de Violet corou. Duas das mulheres que estavam lavando as mãos as olharam. Meela estava falando tão alto que era provável que desse para ouvi-la no banheiro masculino também.

— Não esquenta — respondeu Violet, sorrindo de leve, como se ela e Meela estivessem compartilhando uma piada interna. — Não tenho energia pra brigar agora.

— O Eddy é um babaca — continuou Meela, ainda alto, ainda sem noção. — Estou falando sério. Ele me enganou por um tempo. Me encheu de amor. Acho que você sabe o que quero dizer porque namorou com ele também. Mas, quando você dá um passo pra trás, percebe que ele é meio irritante e sempre quer que tudo seja do jeito dele.

Sem querer, Violet sorriu.

— É verdade.

— Ele ficou tão puto por você ter cancelado o casamento. Falava disso o tempo todo. Como se eu não fosse sua nova namorada. Grosso pra cacete! — Ela silenciou quando percebeu que os lábios de Violet estavam apertados. — Enfim, fiquei sabendo que ele discutiu com você e seu marido na festa da Karina, e isso me deixou muito irritada. Tipo, o Eddy precisa te superar. Parabéns, falando nisso.

Ela olhou para a mão esquerda de Violet, e o impulso de Violet foi esconder as alianças porque não eram ouro de verdade ou sofisticadas. Só que... mesmo que aqueles anéis baratos e, sim, feios tivessem sido comprados num momento de erro bêbado, significavam algo para Violet. Karina estava certa. De todas as coisas que ela e Xavier podiam ter feito em Vegas, tinham decidido fazer um casamento falso quando poderiam ter ido para um cassino, uma boate ou literalmente qualquer outro lugar.

Violet amava os anéis bregas e o homem que os tinha colocado em seu dedo.

— É verdade que seu marido disse para o Eddy nunca mais falar com você? — perguntou Meela.

A reação automática de Violet era manipular a verdade e apresentar sua vida por uma ótica melhor. Dizer que Meela não tinha ouvido a verdade sobre a festa da noite passada. Porém, até aquele momento, esse impulso de moldar sua imagem só a colocara em apuros. Por causa disso ficara com Eddy e aceitara seu pedido de casamento mesmo sem amá-lo e sabendo que ele não a amava de verdade. E havia sido por isso que mentira para Olivia Hutch na entrevista. Violet estava muito cansada de manter as aparências. Aceitar a realidade era muito mais fácil.

— Sim, meu marido falou pro Eddy não falar comigo de novo, porque o Eddy estava sendo desrespeitoso, o que não é nenhuma surpresa. E, Meela, o que você e o Eddy fizeram comigo *foi* desonesto pra cacete. Fiquei puta com os dois por muito tempo. Mas, sinceramente, você me fez um favor. Casar com o Eddy teria sido o maior erro da minha vida. — Ela deu uma última olhada em seu reflexo no espelho e notou que várias mulheres estavam de escuta na conversa com atenção redobrada. — E não estou casada de verdade, mas o Xavier é meu namorado.

Meela e as mulheres à espreita arfaram. Violet deu meia-volta e saiu pela porta, com Meela em seu encalço.

— Como assim não está casada?

— É uma longa história. — E Violet não tinha energia para explicar os detalhes, ainda mais para Meela. Ela virou e a encarou. — Boa sorte com tudo.

E descobriu que desejava sinceramente isso.

Meela segurou a mão de Violet antes que ela pudesse se afastar.

— Calma, você acha, bom, que consideraria, quem sabe, ser minha stylist de novo? Não estou mais com a minha última stylist porque ela não entendia minha vibe, e tenho tido dificuldade.

— Eu notei — respondeu ela, olhando a roupa de Meela mais uma vez. — Acho que não seria uma boa ideia trabalharmos juntas de novo. Mas a Alex é brilhante. Talvez esteja disposta a te aceitar.

Meela assentiu com avidez.

— Sim, claro. Eu amo a Alex.

— Vou falar com ela — declarou Violet, retirando a mão da de Meela.

Alex era ferozmente leal, e Violet duvidava de que concordaria em trabalhar com Meela. Mas presumiu que, contanto que Alex mantivesse os namorados longe de Meela, elas ficariam bem. E era hora de Alex vivenciar como era ter os próprios clientes.

Violet encontrou Karina e Angel dançando no centro da multidão, compartilhando os holofotes da festa. Ela sorriu ao observá-los. Estavam no topo da carreira, e ela também. Aquela não era a hora certa para diminuir o ritmo, mas ela podia priorizar melhor o que era importante e fazer um esforço real para manter uma vida mais equilibrada.

E começaria naquele momento, indo embora do evento mais cedo porque estava morta de cansada.

— Vou embora — gritou para Karina depois de se apertar pela multidão.

— Agora? — gritou Angel. Ele virou uma dose e sua voz saiu gaguejada quando disse: — Acabamos de começar.

Karina bateu no braço dele e deu um abraço apertado em Violet.

— Vai descansar, amor. Te vejo em algumas semanas.

Violet abraçou Karina, então um Angel muito bêbado, que lhe deu um beijo desajeitado na bochecha.

— Manda um oi pra Iris — murmurou, piscando.

Violet riu. Então saiu da festa e pegou um táxi para a mansão de Karina sem nenhuma culpa ou medo de perder algo. Era fácil assim. Vai entender.

Teve que se perguntar do que sentira tanto medo. Na vida profissional *e* na vida pessoal. Havia fugido de Xavier por medo de ele descobrir que não queria ficar com ela. Mesmo tendo acolhido a reconexão com Xavier e sabendo como ambos tinham amadurecido na última década, ela ainda estava se apegando ao passado, temendo que Xavier mais uma vez terminasse com ela do nada. Tinha se sentido tão feliz com ele nos últimos meses que não notara que estava esperando o pior acontecer e, por antecipação, tinha planejado ela mesma o pior.

Xavier afirmara que não a machucaria de novo, e provara isso. Violet teria que confiar nele com todo o coração, o que era assustador. Mais assustador ainda era confiar em si mesma e acreditar que, embora fosse sempre possível melhorar, ela era uma boa parceira do jeito que era. Violet era tão leal a ele, assim como Xavier era leal a ela. E estava se esforçando ao máximo.

Desejava uma vida com Xavier, não importava como fosse. Morando juntos, se deslocando em voos de última hora para assistir a seus jogos de basquete, levando-o para a Europa durante o mês da moda. E até se casando de verdade um dia.

Ela ia fazer o que fosse preciso para salvar as coisas entre eles. E começaria naquele momento.

Oi, mandou.

Ela mordeu o lábio enquanto observava o balão de resposta dele aparecer.

> Oi

Soltou um suspiro grato por ele ter respondido.

> Me desculpe mesmo pelo sumiço de hoje. Acha que consegue me pegar amanhã na estação de trem antes do jantar?

A resposta chegou na hora.

> Estarei lá.

27

Infelizmente, o reencontro comovente com Xavier que Violet tinha imaginado não aconteceu de acordo com o planejado. Lily acabou pegando o trem com ela, então as duas foram para a plataforma esperar por Xavier.

— Estou morrendo de fome — declarou Lily. — O que acha que a mamãe preparou para o jantar?

— Não sei. — Violet estava distraída, observando os carros enquanto saíam, procurando o Altima preto de Xavier.

— Aposto que ela contratou um bufê — continuou Lily. E então assentiu para si mesma. — Sim, aposto que foi isso que aconteceu. Será que contratou Shalia McNair para fazer? Que pena o Nick não poder vir. Ele teria amado os bolinhos fritos de macarrão com queijo que ela faz.

Violet olhou feio para Lily. Se Shalia McNair tivesse algo a ver com seu jantar de casamento falso, Violet veria isso como um mau sinal. Estava prestes a fazer esse comentário quando avistou o carro de Xavier entrar no estacionamento. Seu estômago se revirou em antecipação. Quando ele parou na frente delas, ela ficou surpresa em ver Tricia no banco do carona.

— Violet, querida, é muito bom te ver — cumprimentou a mulher, correndo para sair do carro e envolvê-la num abraço apertado. Ela se afastou e ergueu uma sobrancelha com um sorriso ardiloso. — Você e meu filho andam bem ocupados, não é?

Violet trocou o olhar com Xavier, que estava dando a volta na frente do carro até ela.

— Ela já sabe da verdade — explicou ele. — Contei ontem à noite.

— Ah — exclamou Violet. Ela se virou para Tricia e engoliu em seco. — Está brava?

— Brava? — Tricia balançou a cabeça. — Não. Mais para confusa, mas por que eu estaria brava? É a vida de vocês, não a minha. Ah, Lily. Oi, querida.

Tricia moveu a atenção para Lily, e, enquanto elas se acomodavam no banco de trás, Violet e Xavier ficaram do lado de fora do carro, encarando-se. Ela queria dizer muitas coisas para ele no trajeto até a casa dos pais, mas a presença de Tricia e Lily era um impedimento.

— Oi — cumprimentou ela, fracamente.

— Oi — respondeu ele. E então sorriu de leve para ela.

Como ímãs, foram atraídos um para o outro. Ela entrou em seu abraço, e ele a apertou próximo de seu peito. Violet inspirou o perfume familiar e inclinou o rosto para cima a fim de olhá-lo. Pegou sua mão, entrelaçando os dedos deles com um aperto firme.

— Queria conversar com você sobre a outra noite, mas... — Ela gesticulou para Tricia e Lily, que estavam esperando no banco de trás.

— Eu sei, está tudo bem. — Ele plantou um beijo suave no topo da cabeça dela. — Podemos conversar mais tarde. Depois do jantar.

Ela assentiu, ansiosa.

— Tá bom.

Durante o trajeto curto até a casa dos pais dela, Tricia os divertiu com uma história sobre seu namorado lhe ensinando a pescar, mas Violet e Xavier só se olhavam, sem conseguir prestar muita atenção. Ela queria que o jantar acabasse logo para que pudessem ficar sozinhos e conversar.

Ao entrarem no quarteirão da casa dos pais dela, viram que a rua estava cheia de carros estacionados, dos dois lados.

— Pelo jeito mais alguém está dando uma festa hoje — comentou Lily.

— É o que parece — murmurou Violet.

Porém, ao se aproximarem da casa, viram um arco de balões brancos e dourados na porta da frente. Os cabelos na nuca de Violet se arrepiaram. Pelas janelas da sala de estar e da cozinha dava para ver os grupos de convidados espalhados pela casa.

— Ah, não — sussurrou ela.

Xavier estacionou e desligou o motor. Eles encararam boquiabertos o cartaz dourado-vivo na porta. *Parabéns, Violet e Xavier.*

Violet abriu a janela.

— Mas o que...?

Então a porta se abriu, revelando Dahlia.

— Até que enfim chegaram! — gritou ela, descendo correndo até o carro. Ela abriu a porta de Violet. — Vem, vem. As pessoas estão esperando. Oi, Tricia. Olha só pra você! Esse sol da Flórida te deixou bonita e bronzeada, moça!

— Mãe, eu falei que a reunião seria apenas para a família — sibilou Violet enquanto Dahlia a tirava do carro. — Isso é uma festa!

— Só uma festinha — emendou Dahlia, pegando a mão de Violet e a guiando pela calçada. Ela se virou e gesticulou para Xavier se juntar a elas. Como um autômato, ele piscou para Dahlia enquanto a seguia. — Todos queriam uma chance de celebrar a união de vocês, e eu sabia que, se te contasse todos os detalhes, você não me deixaria convidá-los. — Ela olhou de volta para Lily, que andava atrás deles, igualmente confusa. — E não contei para você ou a Iris porque sabia que falariam para a Violet.

Violet ficou encarando a mãe enquanto ela a puxava com Xavier para dentro. A casa estava cheia de gente da cidade. Os colegas de trabalho de Xavier e os amigos dos pais dela. Tias, tios e primos que moravam perto. As salas de estar e de jantar estavam decoradas com serpentina dourada e branca pendurada no teto. O aroma de comida afro-americana fluía da cozinha. Como Dahlia tinha planejado tudo aquilo bem debaixo do nariz de Violet? Ela havia ficado tão consumida com trabalho e Xavier que nem pensara em checar. O plano de revelar a verdade num pequeno jantar familiar tinha ido para o ralo.

— Olhem quem finalmente chegou — anunciou Dahlia para a sala.

Todos viraram a atenção para a porta, aplaudindo. Violet pegou a mão de Xavier, e eles trocaram um olhar alucinado enquanto eram bombardeados pelos convidados, que aproveitaram a oportunidade para parabenizá-los pelo casamento formalmente. O tempo todo, Xavier não soltou a mão de Violet, mesmo quando a palma dela se tornou impossivelmente pegajosa.

— Xavier, posso falar com você um instante? — perguntou o sr. Rodney, surgindo ao lado dele.

Xavier ergueu uma sobrancelha.

— *Agora, agora?*

— Só vai levar alguns minutos, prometo.

Ele olhou para Violet.

— Você vai ficar bem?

— Estou bem — respondeu ela. — Pode ir, te acho depois.

Pelo menos um deles poderia fugir por um tempo daquele desastre.

— Tem certeza?

Ela assentiu e então sua tia Doreen se aproximou e a apertou num abraço de urso, interrompendo-os. De canto de olho, ela viu Xavier seguir o sr. Rodney pela sala, parando várias vezes quando alguém lhe dava os parabéns.

Por que a mãe não podia ter ficado na dela e feito um pequeno jantar em casa como tinham combinado? Agora ela tinha gastado dinheiro numa festa extravagante, dando a Violet ainda *mais* motivo para se sentir culpada!

Quando a tia Doreen a soltou, Violet foi até as irmãs e as puxou para a cozinha. No caminho, esbarrou em Shalia McNair, que usava um avental escrito *Refeições McNair* em letras laranja. *Claro* que Shalia estava cuidando do bufê.

— Oi, Violet — cumprimentou. Ela estendeu uma bandeja de bolinhos de macarrão com queijo. — Alguém quer experimentar antes de eu levar para a sala?

Violet e Iris fizeram que não. Lily, porém, pegou dois bolinhos e os colocou num guardanapo em sua mão.

— Vou levar pro Nick — explicou.

— Você devia pegar um pro Xavier — sugeriu Shalia, docemente, para Violet. — Ele amou quando eu fiz para o jantar do time de basquete no ano passado. Me disse que eram os melhores bolinhos de macarrão com queijo que já tinha comido.

Se Violet tivesse visão de raio x, teria fritado Shalia.

Mas deu um sorriso tenso.

— Com certeza ele vai te achar se quiser um.

As irmãs se moveram para o lado a fim de deixar Shalia e os funcionários do bufê passarem. Quando a cozinha ficou completamente vazia, Violet olhou ao redor com cuidado antes de baixar a voz até um cochicho.

— Me ajudem — implorou. — Temos que achar um jeito de acabar com esta festa.

— E como faríamos isso? — perguntou Iris.

— Não sei — respondeu Violet. — Vamos botar a culpa na Shalia. Podemos falar pra todo mundo que ela usou ingredientes estragados na comida. É uma questão de saúde e todo mundo deve ir embora antes de passar mal.

Lily parou de mastigar o bolinho de macarrão com queijo.

— Hum.

— Você não devia ter concordado com este jantar, isso sim — respondeu Iris, como se isso ajudasse alguma coisa. — Sabe como a mamãe fica.

— Claro que eu não queria concordar — rebateu Violet. — Mas achei que ajudaria! Ela ficou tão chateada com a ideia de a gente casar escondido, e ainda me odeia por causa da festa anticasamento.

Lily franziu a testa.

— Ela não te odeia.

— Ela odeia quase tudo que eu faço — declarou Violet. — Era pra ser um jantar pequeno e íntimo com a família mais próxima. Agora parece uma reunião familiar e do centro comunitário numa coisa só. Eu e o Xavier íamos contar a verdade para o papai e a mamãe hoje à noite.

— Você devia contar esta noite mesmo assim — comentou Iris.

— Como, Iris? — Violet jogou as mãos para o ar. — O que deseja que eu faça? Confesse na frente de todo mundo que nosso casamento é falso?

De repente, Lily arfou e Iris arregalou os olhos, focadas em algo atrás do ombro de Violet. Ela girou e viu Shalia na entrada da cozinha, segurando a bandeja de pesticos vazia, encarando-a, boquiaberta.

Ah, Deus.

— Estou brincando, claro — apressou-se em dizer. E forçou uma risada.

Shalia piscou, depois correu para o fogão e pegou uma panela de almôndegas.

— Tudo bem — murmurou ela. — Não vou contar nada, juro. — Em ritmo recorde, ela começou a espetar palitos nas almôndegas e arrumá-las na bandeja. — Seu segredo está seguro comigo.

E então, sem olhar para Violet, voltou correndo para a sala.

Violet e as irmãs ficaram em silêncio olhando Shalia passar pela porta.

— Em mais ou menos cinco minutos, todo mundo nesta festa vai saber da sua vida — avisou Iris.

— *Merda* — sibilou Violet.

28

— O que está acontecendo? — perguntou Xavier ao sr. Rodney quando chegaram ao quintal.

Alguns convidados também estavam no quintal, mas, mesmo assim, a área estava quase deserta, e Xavier ficou grato por isso. Dahlia tinha convidado quase metade da droga de Willow Ridge para o tal jantar. Aquilo estava uma balbúrdia completa! Ele tinha se forçado a sorrir tanto nos últimos vinte minutos que achava que teria uma contusão nas bochechas. Olhou para dentro, vasculhando a sala abarrotada, procurando Violet, mas não conseguiu vê-la.

— Eu conheci uma pessoa — falou o sr. Rodney. Xavier se virou e olhou para ele, que abriu um sorriso eufórico. — O nome dela é Misty. Ela mora em Tulsa. A gente se conheceu em um site de relacionamento para pessoas maduras.

— Ah, uau. Que ótimo, parabéns. — Xavier deu um tapinha no ombro do sr. Rodney, feliz pelo amigo e mentor, mas um pouco confuso por ele sentir que aquela informação era importante o bastante para tirá-lo do meio da festa.

— Queria que você fosse o primeiro a saber. Vou me mudar para Tulsa pra ficar com a Misty — informou o sr. Rodney. — Vou me aposentar no fim do ano letivo.

O choque deixou Xavier sem fala. E então gaguejou:

— O... quê?

— Chegou a minha hora de me aposentar — respondeu ele. — Amo o meu trabalho, mas dou aula há muito tempo. Não sou mais o mesmo. Não consigo acompanhar as crianças. E nós dois sabemos que você fez o trabalho pesado com o time este ano.

Xavier só conseguia encará-lo, pasmo, em estado de descrença. O sr. Rodney ia se aposentar? Ele tinha que ficar em Willow Ridge para sempre.

— Mas os alunos te amam — declarou Xavier.

O sr. Rodney deu um tapinha no ombro dele.

— E te amam também. Vou recomendar que você seja promovido a técnico-chefe. Vai ter um aumento de salário.

Xavier sentiu uma vontade repentina de sentar. Havia muita coisa acontecendo naquela noite.

Antes de conseguir entender totalmente as novidades do sr. Rodney, a porta do quintal se abriu e Violet saiu, indo direto ao encontro dele.

— Oi — falou Xavier, aliviado por estar com ela em meio ao caos, mas então observou sua expressão tensa. — O que foi?

Ela esperou o sr. Rodney pedir licença e se retirar para lhes dar privacidade. Depois olhou para Xavier e mordeu o lábio.

— Tenho quase certeza que todo mundo já sabe a verdade sobre a gente — cochichou ela.

Ele hesitou. Lentamente, perguntou:

— Como assim?

Violet lhe contou que Shalia entreouvira a conversa dela com as irmãs e que a verdade provavelmente estava se espalhando pela festa. O corpo inteiro de Xavier ficou tenso. Mas Violet parecia tão estressada que seu primeiro instinto foi confortá-la.

— Está tudo bem — falou ele, abraçando-a, embora seu coração tenha começado a martelar conforme o peso do dilema deles se infiltrava. Tinha dito a Violet antes que, se as pessoas descobrissem que não estavam realmente casados, não importava. Não era da conta delas. Mas... não havia achado que metade da população da cidade descobriria a verdade no meio de uma festa na casa dos pais dela sem antes terem a chance de contar a Dahlia e Benjamin.

— Não ligo para o que as pessoas pensam — disse ela. — Só não quero envergonhar minha mãe.

— Então vamos contar agora.

Violet respirou fundo e assentiu. Quando voltaram para a sala de estar, parecia que os convidados tinham se reunido num só lugar. Uma por uma, todas as cabeças giraram na direção deles. Encaravam Xavier e Violet, cochichando entre si. Xavier avistou Raheem e Bianca perto do corredor de entrada, e o primo o encarou com os olhos arregalados e apreensão, sacudindo a cabeça discretamente. Certo. Aquilo era prova suficiente de em que estavam se metendo. Pelo canto do olho, ele avistou a sra. Franklin se apressando até eles, com o rosto num franzido profundo. Por sorte, Tricia a interceptou antes de ela alcançar Xavier ou Violet.

As únicas pessoas que pareciam ignorantes à fofoca eram Dahlia e Benjamin. Eles estavam na sala de estar, perto da lareira, rindo com algumas das tias de Violet. Dahlia olhou na direção de Xavier e Violet e, ao notar que haviam entrado na sala, ergueu a taça de champanhe e bateu nela com uma faca de plástico.

— Pessoal, pessoal — cantarolou, retornando o foco da multidão para a frente da sala. — Eu gostaria de fazer um brinde à minha filha e ao meu genro. Violet e Xavier, por favor, venham aqui.

Com o olhar focado, Violet entrelaçou a mão na de Xavier e os dois navegaram lentamente pela multidão e seus burburinhos. Ele sentiu que estavam indo em direção a um penhasco. Da entrada da cozinha, Shalia McNair o olhou de cara feia. E foi isso que o fez pensar: *Foda-se*. E daí que as pessoas sabiam que ele e Violet não estavam casados? Eles se amavam. Sentia-se mal por ter mentido? Claro. Mas todo mundo tinha sua própria roupa suja. Quem eram todos ali para julgar Violet e ele? Xavier só se importava com a questão dos pais dela.

— Mãe — sussurrou Violet, com gentileza, mas também urgência. — Tem uma coisa que o Xavier e eu precisamos falar com você.

— Claro. Só vou fazer meu brinde primeiro. — Dahlia sorriu. Suas bochechas estavam levemente coradas por causa do calor da sala e da taça meio vazia de champanhe.

— Mãe, não, espera...

— Tenho que ser sincera com vocês — falou Dahlia para os convidados, ignorando os pedidos de Violet. — Violet e Xavier não sabiam que hoje seria um evento dessa escala. Achavam que eu estava planejando um jantarzinho. Mas muitos de vocês nesta sala assistiram ao amor deles florescer quando jovens, e, mesmo que as bobagens que faziam na escola com certeza tenham me dado alguns cabelos brancos prematuros, acho infinitamente precioso eles terem se reencontrado, e quis celebrá-los e ao amor que sentem um pelo outro de forma adequada. — Dahlia ergueu a taça. — Ao lindo casal. Desejo a vocês muitos e muitos anos de felicidade.

Benjamin e as tias de Violet, que estavam ao lado da mãe dela, aplaudiram. Da cozinha, Iris e Lily se retraíram e ergueram suas taças. Do seu lugar no corredor de entrada, Raheem e Bianca fizeram o mesmo. Mas, fora isso, um silêncio constrangedor se estendeu pela sala. Xavier sentiu a palma de Violet ficar úmida em sua mão de novo.

— Com licença — pediu a sra. Franklin de repente, marchando até a frente da sala. — Tem algo que eu gostaria de dizer.

— Ah, por favor, diga. — Dahlia sorriu, encantada. — Aceitamos todos as felicitações ao casal.

— A senhora não precisa... — falou Xavier, depressa, tentando afastar a sra. Franklin, mas ela o dispensou com a mão e arrumou espaço entre Dahlia e Violet. Então encarou a multidão.

— Alguém aqui espalhou um boato malicioso de que Violet e Xavier não estão realmente casados — declarou ela. Sua voz pingava de desaprovação. — É infantil e não gostei. Tenham respeito.

Ah, merda. Xavier resistiu à vontade de arrastar uma mão pelo rosto. Benjamin franziu o rosto. Ao seu lado, Dahlia piscou.

— O quê? Quem disse isso?

A sra. Franklin lançou um olhar duro para Shalia McNair, e todo mundo se virou na direção dela.

— Eu... Eu... — gaguejou Shalia. — Não olhem pra mim! Foi a *Violet* que disse. Não estou inventando! Esse drama não é meu!

A sala caiu em silêncio de novo quando todos retornaram a atenção para Violet.

— Violet? — Dahlia enviou um olhar questionador para a filha.

— Hum — murmurou ela. Seu aperto na mão de Xavier se intensificou. — Nós...

— Estamos casados — emendou Xavier, movendo-se para a frente de Violet para bloquear os olhares inquisitivos de todos. Seu desejo de protegê-la superava a decisão de não se importar com o que ninguém pensasse.

Então Violet soltou sua mão e o chocou quando disse:

— Não, o boato é verdade.

o o o

Violet ouviu Xavier inspirar fundo.

Ele se virou de forma abrupta e a olhou, baixando a voz para apenas ela ouvir:

— O que está fazendo?

— O que deveria ter feito quando a matéria foi publicada.

Violet podia sair da cidade naquela noite, e o que as pessoas falassem dela não lhe importaria. Retornaria a Willow Ridge para feriados ocasionais ou para festas de família e iria embora de novo. Só que Xavier morava ali. Dava aula ali, pelo menos por enquanto. Aquele boato, e a natureza questionável do relacionamento deles, o afetaria. Eles estavam encantados demais um com o outro para ver a realidade da situação. Xavier merecia mais do que aquilo. Os pais dela mereciam mais do aquilo também.

— É minha culpa — afirmou ela, direcionando-se aos convidados. — Meses atrás, eu dei uma entrevista e disse que estava casada. Não mencionei o nome de ninguém, mas ficou claro que eu falava do Xavier. Menti para salvar minha reputação na indústria, e o Xavier entrou na onda para me ajudar. Ele não merece nenhum julgamento ou desrespeito. E nem meus pais. Eles não têm nada a ver com isso. — Ela se virou para Dahlia e Benjamin. — Mãe, pai, lamento muito. Planejávamos contar para vocês hoje à noite, pois achávamos que seria um pequeno jantar em família. Me desculpem por ficarem sabendo desse jeito.

Dahlia a olhava boquiaberta, piscando. Benjamin, em geral muito estoico e silencioso, empacou, igualmente chocado.

— Nós dois lamentamos — esclareceu Xavier, pegando a mão dela de novo. — A Violet mentiu primeiro, mas eu insisti para mantermos a mentira porque achei que estar casado me daria uma chance melhor para conquistar um novo emprego, que acabei recusando.

Foi a vez de Violet se virar para ele, espantada e em confusão.

— O quê? Você não vai aceitar o emprego na Riley?

Ele fez que não, e ela pensou em muitas perguntas, mas não era a hora certa de fazê-las.

— Mas não foi uma enganação total — gritou Lily, tentando ser útil. — Vocês estão namorado de verdade! Estão apaixonados!

O que fez a multidão começar uma nova agitação de murmúrios. Um falatório preencheu o ar, e Violet encarou Xavier, que devolveu o olhar com um aceno de cabeça tranquilizador. Ela estava aliviada por estarem no mesmo time. Mas se sentia culpada pelos pais, que ainda estavam em choque.

— Bom — falou a sra. Franklin —, vou ter que pensar em um jeito de incluir *isso* na newsletter mensal.

Algumas pessoas riram, e a tensão na sala diminuiu quando as vozes ficaram mais altas, uma falando por cima da outra, tentando determinar o que pensar daquela nova fofoca da cidade.

— Acho que é melhor se todo mundo for pra casa agora — sugeriu Tricia, surgindo ao lado de Dahlia e Benjamin, acariciando o ombro de Dahlia para confortá-la.

Aos poucos, os convidados foram saindo, lançando olhares intrigados para Violet e Xavier.

— Tem gente que mente por motivos piores por causa de trabalho — falou a sra. Franklin para eles. — O diretor Maroney foi demitido do cargo como vice-diretor em Burlington County e nem mencionou isso na entrevista. E pensem nos bilionários de que ouvimos falar nos noticiários cometendo fraudes nas empresas. — Ela abraçou Xavier, depois Violet. — A poeira vai abaixar logo, não esquentem. Sempre aparece uma história nova que toma a atenção de todos.

Violet assentiu, então trocou olhares com Shalia, que devolveu um olhar de pesar envergonhado enquanto ela e a equipe carregavam seus equipamentos para fora. A casa esvaziou até restarem apenas Violet, Xavier, Tricia, os pais e as irmãs de Violet.

— Me ajude a dar sentido a isso, Violet — pediu Dahlia, sacudindo a cabeça. — Por que mentir? *Por quê?*

Em outros tempos, Violet teria baixado a cabeça de vergonha. Só que não faria isso. Tinha que assumir o que fizera. As pessoas erravam. Às vezes eram erros muito idiotas e mal concebidos. Não era o primeiro erro que Violet havia cometido, e não seria o último. Mas estava tentando aprender com eles, e era isso que importava.

— Achei que a verdade seria mais decepcionante para a senhora — admitiu ela.

— Mas você piorou a situação ao mentir — respondeu Dahlia. — Convidei essas pessoas para nossa casa para celebrar vocês dois.

— Não pedi para a senhora fazer isso — rebateu Violet, firme, ignorando o olhar reprovador do pai. — Me desculpe se a senhora se deu todo esse trabalho. Me desculpe mesmo, mãe. Mas eu te disse que não queríamos uma festa, e mesmo assim você resolveu dar uma sem nos contar.

— Me perdoe por querer fazer algo legal pra minha filha — declarou Dahlia, ofendida. — Você trata seu pai e eu como se fôssemos uma porcaria qualquer. Um pontinho na sua vida importante. Se você não sentisse que vir para casa nas festas de fim de ano é uma obrigação, nunca te veríamos. Você ficou um mês inteiro na casa do Xavier, a menos de dez minutos de distância, e não nos visitou nenhuma vez. Não me surpreende termos acreditado que você tinha se casado em Vegas sem nos contar. Quando você nos conta alguma coisa?

— Te conto coisas o tempo todo — respondeu Violet, baixinho. — Só acho que você não se importa tanto assim para se lembrar.

Violet se retraiu com a expressão magoada de Dahlia, mas não queria mais mentir.

— Claro que nos importamos com você e com tudo que está acontecendo na sua vida — declarou Benjamin.

Violet deu de ombros.

— Nem sempre sinto isso. Acho que lutamos para achar um ponto em comum por bastante tempo.

A sala caiu em silêncio. Xavier pôs a mão delicadamente no ombro de Violet, e ela se sentiu grata por sua presença reconfortante.

— Sempre tentei entender você, Violet — falou Dahlia. — Mesmo que não pareça. — Ela olhou para Benjamin e mordeu a boca antes de se virar para Violet de novo. — Confesso que eu não devia ter planejado a festa. Quis me sentir envolvida em sua vida e passei um pouquinho do limite. Me desculpe por isso. — Ela suspirou. — Não é a primeira vez que me excedo. A Lily também teve que chamar minha atenção no ano passado.

Violet olhou para a irmã caçula, que deu um sorriso suave para a mãe. No ano anterior, Lily precisou mandar Dahlia parar de tentar empurrá-la para uma nova profissão, e, no fim, a conversa havia ajudado a melhorar a relação entre elas. Violet queria que sua relação com a mãe melhorasse também. Ela era bastante realista para saber que não aconteceria de um dia para o outro, mas precisavam começar de algum lugar.

— Talvez a gente possa se esforçar um pouco mais para se entender — sugeriu Violet.

Dahlia assentiu.

— Seria bom fazermos isso.

Violet, assim como todos na sala, soltou um suspiro pesado de alívio.

— Acho que está na hora de eu ir para casa — disse Tricia, abraçando Dahlia e Benjamin. — Vamos planejar outra noite, só a gente. — Depois abraçou Violet e cochichou em seu ouvido: — Estou muito feliz por vocês dois terem voltado.

O coração de Violet cresceu enquanto a mãe de Xavier a envolvia num abraço apertado. Ela piscou para Violet quando se afastou.

— Vou te levar pra casa, mãe — avisou Xavier enquanto a mãe pegava o casaco.

Os pais e irmãs de Violet tinham saído da sala. Violet ouviu Iris falando, da cozinha, que os ajudaria a limpar tudo antes de ir embora. Violet não quisera aquela festa, mas a mãe a tinha planejado para ela.

— Preciso ficar e ajudar na limpeza — falou para ele, com relutância.
— Pode me ligar quando chegar em casa? Posso ir te encontrar mais tarde?
— Com certeza.

Ele se inclinou e beijou sua testa.

Violet fechou os olhos brevemente. Eles ainda tinham muito o que conversar, mas aquele pequeno gesto lhe deu esperança de que ficariam bem.

o o o

Xavier e Tricia saíram para pegar o carro.

— Willow Ridge nunca tem um momento de tédio — comentou ela, rindo e balançando a cabeça.

Xavier conseguiu dar uma pequena risada e destrancou as portas. Um peso imenso tinha saído de seus ombros agora que todos sabiam a verdade. Ele teria que lidar com os comentários dos colegas de trabalho e dos alunos na segunda-feira, o que seria irritante, mas pelo menos seguiria em frente.

 Mas ainda precisava conversar com Violet. Falar para ela que não se importava com o quanto ela estava ocupada ou para onde o trabalho a levava. Ainda estaria com ela, mesmo se o trabalho demandasse que ela ficasse do outro lado do mundo por um ano. Ele a amaria mesmo assim. Mal tiveram a chance de conversar um com o outro naquela noite sem ninguém por perto.

Ele ligou o carro e o aquecedor, então olhou para a casa de Violet. Viu a luz do quarto dela acender. De repente, teve uma ideia.

— Tudo bem a senhora ir pra casa sozinha? — perguntou a Tricia. — Acho que quero ir andando.

Ela ergueu uma sobrancelha.

— O quê...? — Então parou e sacudiu a cabeça. — Esquece. Nem vou perguntar. Pode pegar o carro na minha casa de manhã.

— Valeu — respondeu ele. — Vejo a senhora amanhã.

Xavier sorriu para ela antes de sair do carro e se aproximar da robusta árvore ao lado da janela.

29

Violet mal tinha jogado a decoração da festa no lixo quando percebeu que cometera um erro ao deixar Xavier partir. Podia voltar para a casa dos pais na manhã seguinte e passar o dia inteiro limpando. Precisava ver Xavier *naquele momento*. Só que, primeiro, tinha que tirar as botas Stuart Weitzman que estava usando, que passaram a noite toda apertando seus dedos, e ela preferia não ter que continuar lidando com a dor.

Com as chaves do carro de Iris na mão, correu para o quarto da infância e se jogou no chão, procurando um tênis velho sob a cama. Ela avistou um velho All Star de cano baixo branco e, enquanto o puxava, outra coisa atraiu sua atenção: a caixa de sapatos com as fotos dela e de Xavier do passado. As fotos de que não conseguira se livrar tantos anos atrás.

Puxou a caixa de debaixo da cama e a abriu, encarando as fotos dela e de Xavier dançando no baile. Na praia, dentro da água, no mesmo dia que a gaivota roubou as batatas dela. A véspera do dia que ele partiu para Kentucky, aninhados no sofá da casa da mãe dele. Ela o amava profundamente. Isso estava claro nas fotos. Não saberia dizer quanto tempo ficou sentada encarando as fotos antes de perceber que estava desperdiçando um tempo precioso e que precisava ir se encontrar com Xavier.

Deu um pulo e calçou os tênis. Então ouviu uma batidinha na janela, seguida de uma voz dizendo seu nome. Ela virou e avistou Xavier empoleirado no galho estendido da árvore.

Ela piscou por um instante, espantada. Então partiu para a ação e abriu a janela. De forma desajeitada, Xavier tropeçou por cima dela, derrubando o abajur com as pernas grandes e caindo numa pilha de coisas no chão.

— Ah, meu Deus — sussurrou Violet, pegando os óculos dele, que tinham caído do seu rosto.

— Eu era *muito* melhor nisso — respondeu ele, se sentando lentamente. Ele se retraiu e esfregou a parte de trás da cabeça.

— Violet! — gritou Benjamin de algum lugar no andar de baixo. Ela e Xavier congelaram, encarando-se. — Tudo bem aí em cima?

— Sim! Tudo bem!

Ela correu para fechar a porta do quarto e então voltou para Xavier, agachando-se a sua frente. Deslizou os óculos de volta no rosto dele e tocou com ternura a parte de trás de sua cabeça.

— Você está bem? — perguntou ela.

Ele assentiu.

— Estou.

Quando Violet se afastou, ele pegou sua mão e a segurou no peito. Xavier sorriu, e ela não conseguiu evitar quando uma risada se formou dentro de si. Xavier riu também, e ela sorriu, sentindo-se sem ar.

— Juro que essa árvore cresceu — falou ele. — Não me lembro nem de perto que era tão difícil de subir.

Ela balançou a cabeça para ele, ainda rindo.

— Você podia ter usado a porta da frente desta vez, não é?

— Estava tentando ser romântico. — Ele inclinou a cabeça. — Funcionou?

— Dez pelo esforço — respondeu ela. — E eu dou notas justas.

Ele riu de novo e olhou para as chaves de carro na mão dela.

— Você ia sair?

— Ia te ver.

O olhar que ele lhe deu foi tão caloroso e suave que derreteu seu coração na mesma hora. Ela se remexeu e se sentou de joelhos na frente dele.

— Quando você me perguntou se podíamos morar juntos no futuro, eu entrei em pânico — admitiu ela. — Meu medo era não ser uma boa parceira pra você, e havia coisas que você precisava de mim que eu não conseguiria dar, especialmente meu tempo. E senti medo de você perceber que eu não era certa pra você e me deixar. Eu fiquei com medo de passar por aquele sofrimento de novo. Foi por isso que fui para o aeroporto sem me despedir. Você merecia muito mais do que isso, e eu lamento muito, muito. Me desculpe por te afastar quando deveria ter sido honesta sobre o que eu estava sentindo. Percebi que só preciso confiar em você, e eu confio.

— Vi, não acho você uma companheira ruim — afirmou ele, ainda pressionando a mão dela no peito. — Nunca achei isso. Nem agora e nem antes. *Eu* que peço desculpas. Eu meio que viajei, achando que *eu* não era certo pra você e que não tinha nada a oferecer.

— Isso está muito longe da verdade — respondeu ela, aproximando-se dele. — Você me oferece seu amor e seu apoio. É exatamente o que preciso.

— Sei disso agora. — Ele se aproximou também, envolvendo os braços na cintura dela. — Me deixei levar pelas minhas inseguranças e não vi o que realmente é importante para a gente, e lamento por isso. Te amo mais que tudo. Você poderia trabalhar na Antártida por um ano e daríamos um jeito. Esse é o tanto de fé que tenho em nós.

— Eu nunca aceitaria um trabalho que me fizesse ficar na Antártida por um ano — falou ela, e ele sorriu. — É sério. Estou sendo sincera. Eu amo meu trabalho, mas não é meu mundo todo, e não quero que seja. O que temos é importante para mim. — Depois, com uma piscadela, ela emendou: — E quero, sim, morar junto um dia, mas ainda não, porque amo meu apartamento e acabei de renovar o contrato.

— Não tem problema — respondeu ele. — Sei que você ama seu apartamento. E, por mais pobrinha que minha casa seja, eu amo meu espaço também.

— Sua casa não é pobrinha — falou ela, franzindo o cenho. — Também amo sua casa.

— Que bom que ama, porque vou ficar com ela. Vou ficar em Willow Ridge.

— Ah, isso! — exclamou ela. — O que aconteceu com a Riley?

— Não era o certo — explicou ele. — Eu estava tentando me convencer pelos motivos errados. Você tinha razão quando disse que eu me sentiria mais realizado aqui. E hoje à noite descobri que o sr. Rodney vai se aposentar, então há uma boa chance de eu ser o técnico-chefe do time de basquete no ano que vem.

— Xavier, que incrível! — Ela saltou para a frente e o abraçou.

— Ainda tem que ser aprovado — avisou ele, rindo. — Mas veremos.

— Claro que vai ser aprovado. Não tem como não ser. — Ela se afastou para poder ver seu rosto. — Estou orgulhosa de você.

— E eu orgulhoso de você — rebateu ele. — Sempre fui.

Sorriam um para o outro, ainda abraçados. Ele ergueu a mão e segurou o rosto de Violet, encarando-a. Ela fechou os olhos, deleitando-se com seu toque. Então se lembrou das fotos.

— Olha o que eu achei — falou ela, engatinhando para pegar a caixa. Ela voltou para se sentar ao lado dele e se recostou na cômoda enquanto Xavier pegava a caixa das mãos dela.

Ele vasculhou as fotos, rindo com algumas e encarando outras com os olhos brilhando de profunda emoção. Um sorriso suave se espalhou por seu rosto, e ele olhou para Violet. Pegou a carteira no bolso e tirou a foto dobrada deles se beijando na capela em Las Vegas.

— Comecei a carregar isso na carteira depois que você voltou para o seu apartamento — explicou ele.

Violet o olhou, radiante. Sentia que o coração ia explodir.

— Quando estávamos no último ano da escola, perguntei se você se casaria comigo quando fosse a hora certa. Nunca esqueci o nosso plano.

— Nem eu — respondeu ela, baixinho.

— Nunca amei ninguém do jeito que amo você — declarou ele. — Não tem mais ninguém no mundo para mim, Vi. Sei que tem muita coisa acontecendo, e que agora não é o melhor momento, mas, um dia, no futuro, quero me casar com você.

— Também quero — disse ela, abraçando-o. — Te amo muito.

Ela estava tão dominada de felicidade que poderia chorar. E foi exatamente o que começou a fazer. De início, Xavier ficou assustado, mas então compreendeu. Ele a conhecia como ninguém. E limpou suas lágrimas com os polegares.

— Que constrangedor — falou ela, sorrindo e fungando.

Ele sorriu de volta.

— Eu te amo do mesmo jeito que as pessoas desta cidade amam fofocar.

Ela riu, e seu coração se aqueceu quando se lembrou do jogo que faziam muito tempo atrás.

— Eu te amo do mesmo jeito que a sra. Franklin ama a newsletter dela.

— E eu te amo do jeito que aquele casal mais velho amava minigolfe.

— E *eu* amo *você* do mesmo jeito que seu time de basquete ama ganhar.

Ele sorriu e baixou o olhar para a boca de Violet.

— Você vai ter que provar.

Ela inclinou o corpo para ele e se aproximou, pressionando os lábios nos dele.

Xavier a abraçou e, com todo o seu ser, Violet soube que seu lugar era exatamente ali, nos braços dele.

Epílogo

Um ano e meio depois

Às vezes, é difícil largar velhos hábitos.

Isso explicaria por que Violet e Xavier estavam entrando às escondidas na piscina do sr. Bishop depois da meia-noite.

Em silêncio, subiram na cerca, suando no calor do fim de agosto. O sr. Bishop estava muito mais velho e não conseguia ouvir tão bem quanto costumava, mas sua filha morava com ele, então Violet e Xavier tinham que se mover com cautela enquanto atravessavam o gramado na ponta dos pés, rindo um para o outro.

Naquela noite, haviam jantado na casa ao lado, com Tricia e Harry, que estava de visita por algumas semanas. E, durante a tarde, o time de Xavier tinha participado do último jogo da liga de verão de Willow Ridge. Violet tinha assistido à disputa. Vê-lo na quadra ainda a empolgava tanto quanto tinha empolgado quando ela era adolescente.

No dia seguinte, iam tomar café da manhã com os pais dela. Dahlia ainda se metia onde não era chamada e com frequência passava dos limites, mas Violet tinha melhorado em avisar quando ela estava se excedendo, e tentava não ficar muito irritada quando a mãe apenas estava tentando mostrar que se importa. A relação delas não era perfeita, mas estavam tentando. Era o que importava. E, mesmo que a verdadeira história de como ela e Xavier tinham retomado o relacionamento deles tivesse confundido Dahlia e Benjamin, eles os apoiavam muito. A festa de casamento de Violet e Xavier tinha sido o tópico principal da fofoca da cidade por umas boas duas semanas. Então, de forma inevitável, uma história mais interessante roubou a atenção de todo mundo: a aposentadoria do sr. Rodney e sua mudança para Tulsa com a nova esposa, Misty. E, depois disso, a cidade seguiu para outra história. Foi assim que as coisas se ajeitaram. Violet e Xavier não deram importância.

Aquela seria uma semana de folga para os dois. Iam ser as primeiras férias de Violet com duração de uma semana, por escolha, em mais de cinco anos. Recentemente, ela aprendera um modo para ajudá-la a equilibrar a vida profissional e pessoal. Sempre que tinha uma viagem a trabalho, emendava alguns dias para si mesma. Às vezes, Xavier ia ao encontro dela, quando o calendário escolar permitia. No verão, quando não estava dando aula, ele se juntara a ela em Paris depois que ela compareceu ao desfile da Mugler, e eles pegaram um trem para visitar Barcelona e depois Lisboa. Quando não estavam viajando, os dois passavam um bom tempo no trem de Nova York para Willow Ridge e vice-versa para se verem, e por fim tinham decidido quem preparava o melhor queijo quente: Xavier. Violet concluíra que não ser capaz de cozinhar não era algo do que se envergonhar. Estava apenas assumindo sua verdade. Conversaram sobre morar juntos e achar um apartamento que atendesse a necessidade dos dois. Talvez em algum lugar em Jersey City ou Hoboken, próximo o bastante do trabalho de ambos. Iam visitar apartamentos quando o aluguel de Violet estivesse próximo de vencer, na primavera seguinte.

Logo o ano letivo começaria e Xavier voltaria para a sala de aula. Naquele ano, ele ia dar aula para um novo grupo do segundo ano e não se arrependia de não ter aceitado o emprego na Riley. De fato, nunca falava disso, exceto quando soube que mais um técnico-assistente de Tim Vogel tinha pedido demissão.

Enquanto Xavier estaria muito ocupado dando aula, Violet mergulharia na maratona do mês da moda no outono. Estava empolgada para os desfiles e as viagens, mas agora tinha uma regra para estabelecer limites. Precisava de pelo menos sete horas de sono toda noite. E, se isso significava sair de uma festa mais cedo ou nem comparecer a ela, que fosse. Precisava tomar café da manhã antes de sair de casa ou do hotel. E tomava um banho toda noite para espairecer.

Tinha conquistado a habilidade de relaxar um pouquinho mais. O álbum visual *Kat House* fora tão celebrado que havia aberto muitas portas para Violet, o que significou poder recusar alguns projetos ou clientes se sentisse que não teriam um bom encaixe. Como quando declinara de trabalhar com as garotas da Black Velvet, o que no fim havia sido a melhor escolha. Eddy ainda era o empresário delas, e Violet não precisava daquele drama em sua vida.

O status elevado pelo trabalho no álbum visual também significou a oportunidade de cuidar do figurino de programas de televisão como freelancer. A longo prazo, ela torcia para um dia cuidar do figurino de um filme.

Quando ela e Xavier tiveram certeza de que a área estava limpa, aproximaram-se da piscina e, enquanto ele se esgueirava pelas cadeiras do deque, Violet tirou o vestido soltinho com facilidade e pulou na água.

— Por que você pulou tão rápido? — cochichou Xavier.

Ela tirou a água dos olhos e olhou para ele. Ainda estava todo vestido de camiseta e calça jeans, de pé na beira da piscina. Era Xavier quem costumava pular naquela piscina como se não fosse da conta de ninguém.

Foi quando ela notou o buquê de violetas em uma das espreguiçadeiras, e a pequena vela que ele não tinha acendido ainda.

Lentamente, perguntou:

— Não vai entrar?

Ele fez que não.

— Quer dizer, sim. Só que não agora.

Ele deu um tapinha no bolso direito, um gesto que fizera a noite toda durante o jantar, tocando o bolso como se estivesse se reassegurando de que algo ainda estava ali, guardado em segurança.

Ela estreitou os olhos para observá-lo, tentando entender o comportamento estranho e a expressão um pouco nervosa no rosto. Então entendeu.

— Ah, meu Deus — exclamou. — Você está prestes a fazer o pedido?

Ele arregalou os olhos, e ela viu seu pomo de adão subir e descer quando ele engoliu em seco.

— Sim — respondeu ele, enfim. — Era esse o plano.

— Por que não falou nada? — perguntou enquanto nadava até ele. — Você podia ter me dito para esperar!

— Não achei que você mergulharia de cabeça na piscina! Você literalmente nunca fez isso! Sempre demorou para tirar a roupa!

O coração dela martelava no peito. Olhou depressa para as unhas, confirmando que o esmalte rosa-claro ainda estava intacto. Não queria que a mão parecesse nojenta enquanto ele deslizasse o anel no seu dedo. O *anel* no seu *dedo*. Puta que pariu, ele ia pedi-la em casamento!

— Melhor eu sair? — perguntou ela, começando a se levantar da piscina.

— Não, espere aí — respondeu ele. — Vou entrar.

Ele tirou a roupa, ficando só de cueca, e ela admirou seu corpo lindo enquanto o coração continuava a bombear e o frio flutuava em sua barriga. Ele escorregou na piscina e, com cuidado, segurou a caixinha do anel sobre a água. Parou na frente dela e encarou seus olhos.

— Violet Greene, eu te amo mais que a própria vida — declarou ele. — Casa comigo de verdade desta vez?

— Sim!

Nem precisava pensar.

Ele abriu a caixinha e a colocou na lateral da piscina. Então deslizou o anel no dedo esquerdo de Violet. Ela riu quando percebeu que era parecido com o anel de Vegas. Mas o diamante era verdadeiro e estontante, e o dourado brilhava. Era lindo. Xavier era lindo.

— Eu te amo — afirmou ela, colocando os braços ao redor do pescoço dele e o puxando para perto.

— Também te amo. — Ele pousou a testa na dela. — Sempre amarei.

Boa parte da reconexão deles tinha sido inesperada. Mas essa era a surpresa da vida. No fim das contas, o plano que tinham sussurrado um para o outro na noite do baile havia se concretizado. Porque, às vezes, você simplesmente sabe quando conheceu sua pessoa. É uma percepção, uma sensação preciosa. Violet soube quando tinha dezesseis anos, quando pôs os olhos em Xavier pela primeira vez.

Havia múltiplas variantes do amor deles.

Violet e Xavier no passado.

Violet e Xavier no presente.

E, quando se beijaram, começaram a versão que ainda estava por vir.

Agradecimentos

Cada livro é um trabalho de amor, e *O complô do casamento* não é exceção. Sou muito grata a todo mundo que deu uma mão na jornada deste livro.

Obrigada às minhas editoras, Angela Kim e Cindy Hwang, por amarem esta história e pelas orientações a fim de melhorar cada versão. Fico muito contente por conseguirmos, juntas, dar a vida às irmãs Greene.

Obrigada à minha agente, Sara Crowe, por tudo, como sempre.

Obrigada a toda a equipe na Berkley que ajudou a trazer meus livros ao mundo: Dache' Rogers, Anika Bates, Megan Elmore, Eileen Chetti, Dorothy Janick, Hanna Black, Christine Legon, Sammy Rice, Heather Haas, Catherine Degenaro, Tawanna Sullivan e Emilie Mills. Obrigada à equipe do Reino Unido na Penguin Michael Joseph. E obrigada a Lila Selle por outra capa linda!

Obrigada ao meu parceiro, crítico e amigo, Alison, pelas melhores anotações e pelo apoio e encorajamento sem fim.

Obrigada à minha família e amigos que compartilham tanta empolgação a cada livro. Sobretudo minha mãe, que me lembrou várias vezes durante o último ano que mal via a hora de ler o livro de Violet.

Obrigada a Jason por sempre ser minha inspiração. Este é para você.

E, por último, mas com certeza não menos importante, muito obrigada a cada leitor que já pegou um dos meus livros e falou deles com amigos ou na internet. Obrigada pelo apoio e por se engajar no meu trabalho.

Impresso no Brasil pelo Sistema Cameron da Divisão Gráfica da
DISTRIBUIDORA RECORD DE SERVIÇOS DE IMPRENSA S.A.